HENRI IV ÉCRIVAIN

PAR

EUGÈNE JUNG

ANCIEN ÉLÈVE DE L'ÉCOLE NORMALE,

DOCTEUR ÈS-LETTRES.

—◦◦◦—

PARIS

TREUTTEL ET WÜRTZ, LIBRAIRES,

19, RUE DE LILLE.

— 1855 —

HENRI IV ÉCRIVAIN

HENRI IV ÉCRIVAIN

PAR

EUGÈNE JUNG

ANCIEN ÉLÈVE DE L'ÉCOLE NORMALE

DOCTEUR ÈS-LETTRES

PARIS

TREUTTEL ET WÜRTZ, LIBRAIRES,

19, RUE DE LILLE.

— 1855 —

TABLE DES MATIÈRES.

HENRI IV ÉCRIVAIN.

AVANT-PROPOS.

DU TALENT DE HENRI IV
EN MATIÈRE DE POÉSIE ET D'ÉLOQUENCE.

A côté des auteurs de profession qui s'adressent au public, il y a ceux qui ont écrit privément, sans prévoir que leurs manuscrits pourraient être imprimés. On aurait tort de les négliger. Exempts d'ambition littéraire, ils sont dans d'admirables conditions pour bien écrire ; le désintéressement leur est un précieux avantage qui laisse leurs mouvements plus libres, et la simplicité leur est chose si facile qu'elle est à peine un mérite : ce n'est pas une conquête sur leur vanité. Heureux hommes! *sua si bona nôrint.* Si le style n'a aucune prétention, s'il se contente d'exprimer les pensées et ne vaut que ce que vaut leur esprit, ouvrons ceux dont l'esprit fut éminent, le style sera naturellement remarquable. Quelques-uns même mériteront le titre d'écrivains, titre sans valeur quand on le cherche, mais bien glorieux quand on le trouve sans le

1

chercher : et qui le refuserait à Mme de Sévigné, à Saint-Simon?

Je crois que Henri IV en est digne. Je voudrais le prouver. Mais avant d'entrer en cet examen, il en faut aborder un autre plus minutieux et plus aride, et circonscrire le champ de nos études.

De même que les rois ont des ministres qui exécutent leurs volontés, ils ont des secrétaires qui interprètent leurs sentiments, imitent le ton du maître et jusqu'à son écriture : ajoutons les rapporteurs inexacts qui changent leurs expressions. Comme écrivains ou comme princes, ils sont peu accessibles : toujours entourés de serviteurs autorisés ou officieux qu'il faut d'abord écarter.

Ainsi, dans les poésies qui lui sont attribuées, quelle est la part de Henri IV? Elle ne paraît pas avoir été fort grande; et qui sait? il faut peut-être le rayer du nombre des poëtes, et lui ôter cette partie de sa gloire. D'Aubigné raconte dans ses Mémoires (1) qu'il refusa de lui faire des vers pour Mlle de Tignonville. Le roi sans doute les eût offerts non seulement à titre d'amoureux, mais à titre d'auteur : quel homme, offrant un bouquet à Chloris, avouerait qu'un autre l'a cueilli? Les vers si populaires à la *charmante Gabrielle,* Henri IV dit lui-même, en les envoyant, qu'il les a « dictés, non arrangés. » Qu'est-ce qu'un poëte qui se fait *arranger* ses vers? Dans cette alliance d'un homme qui dicte et d'un homme qui arrange, comment se divise la besogne? Si Henri IV n'est que l'au-

(1) Édition Lalanne, p. 28 et 31; Charpentier, 1854.

teur du sujet, il n'y a pas grand mérite à fournir ces
deux idées : le regret de quitter une maîtresse, et le
désir de l'épouser : la seconde même n'était pas très
heureuse. S'il a indiqué des idées de détail, si le
versificateur n'a ajouté que des ornements, une ca-
dence et des rimes ; comment séparer l'idée, qui à
l'état d'abstraction est terne et inanimée, et l'expression qui en est comme la splendeur et la vie ? Qui dira
même que les idées de l'inventeur n'ont subi aucun
changement entre les mains de l'ouvrier ? Cet ouvrier,
dit on, ce fut Bertaut. Bertaut avait assez de renom
poétique pour se permettre d'importantes variations.
Feuilletons ses œuvres : nous rencontrerons sans peine
non-seulement des expressions, mais des idées qui se
retrouvent dans la chanson : et c'est peut-être du pur
Bertaut que les Français ont chanté à la plus grande
gloire de Henri IV. Dans une chanson, le refrain est
une grosse affaire : c'en est comme le pivot : or, Bertaut paraît avoir là quelques droits de propriété.
Quand on a écrit :

> D'un cœur triste et content en chantant je soupire,
> Et ne sçay si comblé de joie et de douleurs
> Je dois bénir l'Amour ou plutôt le maudire
> De me faire éprouver tant d'heur et malheur,

et ailleurs :

> Est-ce un malheureux bien que l'esprit doive craindre
> Ou bien un heureux mal qu'il doive désirer ?

il est facile de trouver cette antithèse :

> Que ne suis-je sans vie,
> Ou sans amour !

qui n'est qu'une forme plus aiguisée de cette pensée :

> Et vivant je ne puis son amour délaisser.

Ces vers :

> Mais sur toute la terre
> Vos yeux doivent régner.

paraissent l'abrégé de ceux-ci :

> Pour ce qu'Amour forge dans vo beaux ye ux
> Les fers étincelants dont il arme ses fl esches,
> Il en jaillit assez d'amoureuses flamme sches
> Pour brûler tous les cœurs qui vivent sous les cieux.

La comparaison de l'Amour avec un grand capitaine qui met le vaincu sous ses étendards se présente souvent chez Bertaut comme partout. Là aussi l'Amour *range* les hommes *sous son empire*. Il est même une fois comparé à Alexandre :

> Je meurs, mais abattu par la main d'Alexandre ;

c'est aussi le comparer par imitation à Énée : *Æneæ magni dextra cadis.*

Henri IV commande une pièce de vers comme il aurait commandé un bijou : tous deux sont de simples cadeaux, dont sa maîtresse se fait une double parure. Seulement, si tout le monde n'est pas joaillier, tout le monde peut essayer d'être poëte (et c'est le grand malheur de la poésie); pour l'un, il faut un long apprentissage; pour l'autre, l'apprentissage est court et fait partie de l'éducation; il ne faut plus que l'inspiration qui peut descendre à toute heure sur un rayon de lumière; et encore n'est-elle pas nécessaire. Personne ne pense qu'un roi ait fait un bijou; mais il a pu faire

une chanson ; et le plaisir de donner aux Muses un serviteur couronné, l'idée que les vers d'un roi honorent
la poésie, ont sacré Henri IV poëte : on a voulu le
doter de toutes les qualités. Le madrigal prétentieux
est devenu un pont-neuf ; il a même quelque peu
de cette popularité ironique qui chansonne un brave
lieutenant de François Ier et le héros anglais de Mal-
plaquet, et qui en France est peut-être la plus durable ; il n'est pas un des moindres titres de Henri IV
à cet éloge célèbre :

> Seul roi de qui le peuple ait gardé la mémoire.

Dès que Henri IV était poëte, il n'en coûtait rien
de lui faire tout un bagage poétique. On lui a trouvé
des couplets à la comtesse de Moret. Henri IV va nous
chanter une bergerie :

> Viens, Aurore,
> Je t'implore ;
> Je suis gai quand je te voi.
> La bergère
> Qui m'est chère
> Est vermeille comme toi.

Puis les comparaisons obligées :

> De rosée
> Arrosée,
> La rose a moins de fraîcheur ;
> Une hermine
> Est moins fine ;
> Le lait a moins de blancheur.

Il est convenu dans les idylles qu'une bergère chante
en gardant les moutons :

> Pour entendre
> Sa voix tendre

On déserte le hameau,
Et Tityre
Qui soupire
Fait taire son chalumeau.

Nous passons à la description de la belle. Comme elle est *sans seconde*, elle est *blonde*; si elle était brune, il eût fallu peut-être la comparer, de par la rime, au pâle satellite de la Terre, elle dont chaque œil est un astre, et le plus brillant de tous :

Elle est blonde,
Sans seconde,
Elle a la taille à la main.
Sa prunelle
Étincelle
Comme l'astre du matin.

Pour bien finir, il faut la ranger au nombre des déesses; l'éloge ne pouvant guère monter plus haut, elle n'aura rien à reprocher à la bonne volonté de son adorateur :

D'ambroisie,
Bien choisie,
Hébé la nourrit à part,
Et sa bouche
Quand j'y touche
Me parfume de nectar.

Voilà un rhythme bien difficile et des vers bien courts pour un homme dont le métier n'est pas de faire des vers. Les grands vers donnent au moins plus d'espace pour courir après la rime; mais l'attraper au bout de trois syllabes, et renouveler cet exercice dans cinq strophes qui se suivent, c'est presque un tour de force! Et pourtant le travail ne paraît pas :

il y a dans ces petits vers une aisance qui trahit l'habitude. Il y a aussi des beautés de convention qui trahissent le métier. Pour deux vers gracieux et simples :

> Je suis gai quand je te voi.
> Elle a la taille à la main ;

que de vieux oripeaux de poésie ! que d'emprunts faits à Virgile ! fleurs qui languissent et se fanent loin du sol où elles sont nées, toutes desséchées à force de voyager parmi les madrigaux. Henri IV a la bouche remplie de souvenirs virgiliens ; et quelle savante distinction entre l'ambroisie qui est un aliment, et le nectar, saveur exquise composée de miel et de fleurs ! Henri IV, sans hésiter, se prononce pour Homère contre Anaxandride, Alcman et Sapho. Égaré par les imitations, il a l'air de ne s'adresser à personne : ces vers pourraient servir à tout le monde pour tout le monde, passer de main en main et prendre place dans un recueil de compliments à l'usage des amoureux de tous les temps. On comprend qu'un poëte de métier jette ses métaphores au hasard ; il en a une provision. La beauté qu'il célèbre est souvent imaginaire, exempte des défauts qui enlaidissent l'humanité, mais ne possédant que des qualités vagues et incertaines. Elle habite les nuages et l'on s'en aperçoit. Mais un poëte par occasion, adressant ses flatteries bucoliques à une femme vivante, qui présentait à ses yeux et à son cœur une forme déterminée, des qualités particulières et distinctes, eût, ce semble, placé quelque détail per-

sonnel. Quoi! pas un mot qui marque quel homme
envoie, quelle femme reçoit l'hommage! Henri IV
entre si bien dans son rôle de poëte, qu'il oublie
qu'il est roi et que la comtesse de Moret existe, pour
quitter du pied la terre et se perdre dans la fiction.
On peut s'en étonner, et penser que, si ces vers lui
appartiennent, c'est par voie d'adoption.

Quant à cette épigramme rimée qu'il écrivit, dit-
on, au-dessous de ces deux vers :

> Nul heur, nul bien ne me contente,
> Absent de ma divinité,

laissés par un amoureux sur la table de la duchesse
de Condé :

> N'appelez pas ainsi ma tante ;
> Elle aime trop l'humanité ;

quelqu'un aura sans doute *arrangé*, après coup, un
mot du roi ; ou bien les deux collaborateurs du
quatrain se sont d'avance distribué les rôles. Sans
une entente préalable, sans de sérieuses garanties
d'exécution, le premier n'aurait jamais consenti à
écrire deux vers qui ne riment pas et dont les rimes
pendantes auraient attendu indéfiniment leurs pareilles. Cela rappelle ce célèbre dialogue d'un roman
moderne :

— Un prêtre !

— Il n'en avait que l'habit.

— *Lui, pas plus ministre du ciel...*

— Que je ne suis religieux !

Pour trouver ces effets-là, on se sert évidemment

du procédé de Boileau qui faisait le second vers avant le premier.

On a imprimé un poëme de six cent cinquante vers, intitulé *l'Amour philosophe* : « Il est *très certainement* de notre bon Henri, » dit-on, et comme il est adressé à une religieuse, cette religieuse est *très certainement* l'abbesse de Montmartre. Une si grande certitude doit rassurer.

Voici le sujet : une religieuse passe sa vie dans la science et la sagesse ; l'Amour veut l'enflammer ; irrité par d'inutiles tentatives, il se déguise en vieux philosophe, s'introduit dans le couvent, charme la religieuse par ses doctes entretiens, et s'en fait aimer malgré son air de vieillesse et son costume de pédant :

> Il ramoncelle son front ;
> Ses yeux plus larges se font ;
> Et en son menton foisonne
> Une grand'barbe grisonne...
> Et sa mal peignée teste
> (Il) couvre d'un bonnet à creste,
> En quatre coins arrondy,
> Jusqu'aux yeux approfondy.

Les imitations de l'antiquité abondent. Au commencement c'est de l'Anacréon :

> A la fin tout irrité,
> Comme un enfant dépité,
> Faisant craqueter ses armes,
> Qu'il arrosait de ses larmes, etc.

Vient une paraphrase du discours de Junon au premier livre de l'Énéide. L'Amour s'indigne de trouver un cœur rebelle, et cite ses anciens exploits, ses plus nobles victimes, Calliope, Diane, Sapho. Il va changer de face et de voix :

> Ne le fis-je pas ainsi
> Envers Didon la peu caulté?

Aujourd'hui il se déguise en philosophe :

> Ainsi qu'on vit habiller
> Pallas en vieil conseiller
> Et sage bourgeois d'Ithaque
> Pour conduire Télémaque.

Le discours qu'il débite à la religieuse est une traduction du discours de Silène : *Namque canebat uti*, surchargée d'érudition philosophique et même théologique.

> Il se met sur le discours
> Du soleil et de son cours ;
> Il raconte l'origine
> Du ciel et de sa machine...
> Des formes et des matières,
> Et des qualités premières ;
> Des éléments épurés,
> Et de leurs corps altérés ;
> Des idées platoniques,
> Des nombres pythagoriques,
> Et des atomes menus
> A Démocrite connus.....
> Sur la divinité triple,
> Aux deux bouts et au milieu,
> Ne représentant qu'un Dieu, etc.

Virgile fournit encore beaucoup d'autres développements ; celui-ci, par exemple, qui est d'une forme assez heureuse :

> Elle aime et ne sait qu'elle aime ;
> Elle se figure elle-même

Quelque démon, quelque esprit
Qui déguisé la surprit.
Si elle est en un lieu sombre,
Soudain elle voit son ombre,
Comme un fantôme trompeur,
Qui lui fait plaisir et peur.
Elle-même s'imagine
Quelque flamme plus divine,
Et de telle fiction
Que l'insolent Ixion, etc.

Il est fâcheux que l'insolent Ixion se jette à la traverse.

Tout cela est bien savant pour Henri IV. D'autres parties sont bien subtiles, et d'une curiosité d'expression bien laborieuse. L'Amour dit :

Sans aimer je veux qu'elle aime
Le jugement de soi-même,
Ou un bien qui ne soit point,
Ou un rien moindre qu'un point,
Imaginé dans la nüe
Ni visible ni cognüe,
Comme Narcis quy aima
L'ombre qui le consuma.

Les antithèses ne manquent pas :

La nouvelle amante
Se console et se tourmente,
Et dessus un subject feint,
Se resjouit et se plaint ;
Son amour est sans caresse,
Sans serviteur, sans maîtresse.

On trouve aussi une plaisanterie d'un tour agréable, mélange comique de mythologie et de merveilleux chrétien, mais qui semble une épigramme de sceptique, où Henri IV, je crois, ne se fût pas risqué. Il s'agit de l'Amour :

> Et à l'endroit de l'Église,
> Son corps mystiq disparut ;
> Et père Alesne accourut
> Raconter le cas étrange,
> Disant que c'était un ange
> Qu'il avait vu s'envoler
> De la terre dedans l'air.

Dans cette longue suite de vers, on remarque une grande sûreté de tournures, une facilité abondante, l'absence de l'effort, et l'habitude du rhythme et de la composition poétique. On se demande aussi quel est le sens de cette allégorie : elle n'en peut avoir qu'un. Un poëte philosophe a séduit une religieuse ; il lui adresse ces vers, et suppose, par une fiction à la fois présomptueuse et modeste, qu'elle s'est éprise non de lui, mais de l'Amour qui a emprunté ses traits et ses habits. Il dit en parlant de lui-même :

> Car mon âge qui grisonne
> N'a plus ce feu qui bouillonne ;

Henri IV n'avait que 38 ans en 1591 ; et si sa barbe était déjà grise, il n'avait pas, par malheur, perdu *le feu qui bouillonne.*

L'Amour, après s'être déguisé, ne sait où mettre son arc, ses flèches, son bandeau et sa torche.

> Il s'avise pour le mieux
> De laisser tout dans les yeux
> De sa chère *Gabrielle,*
> Qui par sa force immortelle
> Avait rangé sous sa loi
> L'âme et le cœur d'un grand roi.

Quelle apparence que Henri IV ait parlé de Gabrielle d'Estrées à Marie de Beauvilliers, dans un
poëme dont il dit :

> Sainte, j'ai faict ce discours
> Pour dépeindre nos amours,

et qu'il dise en parlant de lui-même : « un grand
roi ? »

M. Bascle de la Grèze, dans un ouvrage récent (1),
cite un cantique composé par Henri IV après la bataille d'Ivry, et tiré d'un opuscule très-rare imprimé
à Lyon en 1594 ; opuscule que je n'ai pu retrouver.
Ici du moins c'est le roi qui parle. Il reste à examiner
s'il a trouvé ou emprunté les vers. Ce cantique est
assez long, ce qui déjà éveille les doutes. Les deux
premières strophes forment une période, séparée en
deux parties égales qui se divisent à leur tour en deux
membres, conformément aux habitudes des orateurs
latins.

> Puisqu'il te plaist, Seigneur, d'une heureuse poursuite
> Épandre, libéral, sur moi ton serviteur
> Un monde de bienfaits, et qu'ore en ma faveur
> Tu as mis justement mes ennemis en fuite ;
>
> Je ne veux me cacher sous un ingrat silence,
> Ni trop fier m'élever en ma faible vertu ;
> Je veux dire que toi ce jour as combattu
> Et rompu des méchants la superbe arrogance.

Ces métaphores sont bien littéraires et d'une élégance qu'on n'acquiert que par les longues études.
La dernière strophe de la pièce en contient une plus

(1) *Le Château de Pau,* Didron, 1854.

brillante encore, et plus recherchée. Un poëte de
profession a des ailes qui le portent au delà de la réalité ; mais un poëte qui l'est par hasard voltige à
quelques pieds au-dessus des faits et dans leur voisinage ; il ne trouve pas de comparaisons aussi loin-
taines que celle-ci :

> Là, j'ai foulé l'orgueil de l'Espagne trop fière,
> Et au prix de son sang, j'ai gravé, valeureux,
> En tranchant coutelas sur son sol paoureux
> De fuite et lascheté le lasche vitupère.

Ces vers sentent l'école de Ronsard. En lisant le
dernier mot, on se rappelle que Dubartas, qui gré-
cisait et latinisait à outrance, était gentilhomme du
roi, et qu'il a fait une ode sur la bataille d'Ivry.
A-t-il rendu au roi à l'égard de Dieu le même service
qu'un autre lui rendra plus tard à l'égard de Gabrielle ? Il est vrai qu'on trouve dans ce cantique
moins de folles hardiesses et de débauches philologiques que dans les autres poésies de Dubartas; mais,
écrivant pour le roi, il a pu modérer son intempérance habituelle, qui l'eût fait tout d'abord reconnaître. Quoi qu'il en soit, il est douteux que Henri IV
ait eu le loisir et la liberté d'esprit nécessaires pour
composer avec la lenteur qu'apporte le manque d'habitude un hymne d'une pareille étendue. Le jour
même de sa victoire, il établit son camp à Rosny, et
fait partir des courriers vers les principaux de ses
serviteurs et vers les gouverneurs des villes et des
provinces. Pendant les quatre jours suivants, il reçoit
à soumission la ville de Mantes, puis celle de Ver-
non, et fait écrire aux grands corps de l'État et aux

villes importantes. Ensuite il s'occupe de réunir son conseil, et envoie de nombreuses lettres aux puissances étrangères et aux divers parlements. Toutes ces affaires le mènent au mois d'avril. On pourrait même supposer, d'après certaines apparences, la subite réunion de son conseil, où il convoque les cardinaux de Vendôme et de Lenoncourt, le prolongement de son séjour à Mantes, et le retard obstiné qu'il met à annoncer sa victoire à sa fidèle alliée Élisabeth, tandis qu'il en informe de petits princes étrangers et de petits cantons suisses; on pourrait croire que, satisfait de l'éclatant succès de ses armes à Ivry, il songe un moment à donner des gages aux catholiques par quelque promesse solennelle, peut-être même par une abjuration immédiate que la récente victoire eût fait paraître volontaire. Ce sont là, en tous cas, des signes non équivoques de secrètes préoccupations, qu'il est difficile de pénétrer, mais qu'il faut reconnaître, et qui n'ont pas dû lui permettre d'écrire laborieusement un dithyrambe, même en l'honneur du Dieu des armées. Et quand il fut délivré de ces soucis, sa pieuse reconnaissance avait eu le temps de vieillir; l'enthousiasme était refroidi, et l'espoir de nouvelles faveurs devait faire tort au souvenir des anciennes.

Que reste-t-il donc à Henri IV de tous les vers qu'on lui attribue? Peut-être ces deux strophes adressées à la marquise de Verneuil :

Le cœur blessé, les yeux en larmes,
Ce cœur ne songe qu'à vos charmes,
Vous êtes mon unique amour.

Jour et nuit pour vous je soupire ;
Si vous m'aimez à votre tour,
J'aurai tout ce que je désire.

Je vous offre sceptre et couronne ;
Mon sincère amour vous les donne :
A qui puis-je mieux les donner ?
Roi trop heureux sous votre empire,
Je croirai doublement régner,
Si j'obtiens ce que je désire.

L'absence d'images, le tour vulgaire et prosaïque de
quelques vers, la construction vicieuse et gauche des
deux premiers, tout annonce l'inexpérience ; l'auteur
s'est même aidé, comme d'un appui, de la chanson
à Gabrielle. Mais on sent quelque émotion et quelque chaleur. Un habile versificateur eût mis plus
d'élégance ; un faiseur médiocre, travaillant pour un
autre, n'aurait pas rencontré la vérité du sentiment.
Henri IV a pu faire un effort galant pour cette Henriette d'Entragues qu'il a si violemment aimée. Il
n'est pas « percé de mille dards ; » mais il a

Le cœur blessé, les yeux en larmes ;

il offre simplement sa couronne, sans accompagner
le cadeau de cette antithèse déclamatoire, où il son-
geait plus à exalter son courage que son amour :

Je la tiens de Bellone ;
Tenez-la de mon cœur.

Il regrettait de n'avoir gagné qu'un royaume tandis
que les yeux de sa maîtresse « devaient régner sur
toute la terre ; » ici il dit lourdement, mais sans prétention :

A qui puis-je mieux les donner ?

Ce n'est pas d'un grand poëte; mais c'est d'un homme
qui donne de bon cœur.

Qu'il ait aimé la poésie, rien d'étonnant dans un
siècle qui se passionnait pour les vers au point d'en
lire de mauvais, et où les rois François Ier, Henri II,
Charles IX en faisaient tant bien que mal. Mais il l'a
peu cultivée. Il guerroyait et administrait au lieu de
pâlir sur des rimes rebelles ; il gagnait et conservait
sa couronne royale sans se soucier de la couronne de
lierre du poëte : cela valait peut-être mieux pour la
France et pour la poésie. D'ailleurs il a d'autres qualités, et, privé de celle-là, il ne perd qu'une bagatelle :
Charles IX y perdrait davantage.

A côté du poëte se présente l'orateur. Les historiens nous donnent deux discours militaires prononcés en face de l'ennemi, à Coutras et à Ivry ;
l'éloquence y est vive et entraînante, familière et un
peu fanfaronne, et pleine d'une gaieté belliqueuse.
D'Aubigné cite la réponse qu'il fit à ses partisans
catholiques, quand, au jour même de son avénement,
ils le pressaient impérieusement de changer de religion : *Me prendre à la gorge*, etc. Sa parole est fière
et ardente, énergique et mâle, hardie et noble. Mais
on ne peut rien dire de plus ; les habitudes connues
des historiens du temps, et leur souci d'imiter servi-
lement les anciens, les invraisemblances du discours
rapporté par Legrain font craindre des changements
arbitraires ; quelques apparences d'art oratoire et de
science des effets semblent nous avertir que les négligences de l'improvisation, tournées et retournées
dans des mains intermédiaires, ont disparu dans des

2

phrases arrondies et sans aspérité, comme ces cailloux que les flots polissent en les roulant. Le jugement doit rester vague et peu précis, pour ne pas être faux ; et s'engager dans l'analyse serait entrer dans des routes incertaines et trompeuses. Mais on trouve dans le fonds Dupuy le brouillon du discours aux notables, de la main même du roi. En lisant ses propres paroles nous l'entendons parler, comme si nous étions au 4 novembre 1596, assis dans la grand'-salle du parlement de Rouen. Que dis-je? nous surprenons ce que les notables n'ont pu voir, le travail de la composition, la formation des idées. Ils se seraient peut-être méfié des flatteries royales, s'ils avaient su que le roi n'avait ajouté qu'après réflexion le mot *Messieurs,* terme de respect, au commencement, et *Mes chers sujets*, terme d'affection, au milieu. Ils auraient peut-être moins cru à ses protestations de dévouement, s'ils avaient su que l'amour qu'il porte à ses sujets ne devient une *violente amour*, et l'envie qu'il a d'être libérateur de la France une *extrême envie*, que par correction. Enfin nous admirerons plus qu'eux l'habileté de ce discours, parce que nous savons mieux à quoi il tendait. La Ligue était abattue ; mais on bâtit malaisément sur des ruines. Les meilleures réformes n'amènent que des succès tardifs et incertains. Les espérances d'une nation, aux premiers jours d'un nouveau gouvernement, sont vives et impatientes ; si les effets ne répondent pas à l'attente publique, Henri IV n'en veut pas être comptable devant la France. Il faut que les notables proposent les mesures ; de la sorte, la popularité du roi ne court aucun péril. Si les mesures sont oppressives, le roi n'est que l'exécuteur ; si elles sont tout à fait mauvaises, un jour viendra où les inconvénients apparaîtront ; et le roi pourra dire après d'utiles expériences : « Voyez la besogne que font vos assemblées ; laissez-moi vous gouverner à ma guise. Pour peu que mon administration soit tolérable, elle sera meilleure que celle que vos notables ont voulu fonder. » Cependant il ne veut pas s'abstenir, s'effacer, et leur laisser une liberté qui pourrait compromettre ses intérêts ou contredire ses idées. Le mieux serait que, dans l'adoption des mesures, le roi fût l'auteur véritable, et les notables les auteurs présumés.

Il commence par cette ironie agréable et cette affectation de bonhomie qui lui sont habituelles : « Si je voulais acquérir le titre d'orateur, j'aurais appris quelque longue et belle harangue, et la vous prononcerais avec assez de gravité. » Il rappelle les malheurs de la France : si elle est encore debout, c'est grâce au dévouement de ses serviteurs ; et il cite d'abord les hommes de robe, avant la noblesse et les princes du sang même. Enfin : « Je ne vous ai point appelés comme faisaient mes prédécesseurs, pour vous faire approuver leurs volontés ; je vous ai assemblés pour recevoir vos conseils, pour les croire, pour les suivre. »

Que devaient faire ces notables, sinon lutter d'abnégation avec un monarque si confiant, et exercer selon ses vœux la puissance qu'il leur offrait ? Ils se croient libres ; mais que Sully leur apporte des observations au nom du roi, ils les accueilleront, amenderont, obéiront, en paraissant les maîtres. Les décrets seront votés en toute indépendance ; mais, comme il est plus aisé de résister à un roi qui commande qu'à un roi qui demande, ils auront cédé de bonne grâce à la pression de cette flatterie qui les chatouille, et de cette soumission qui les enorgueillit. Ce serait ingratitude que de contrarier cette barbe grise, ce victorieux, qui n'a reconquis ses États que pour les mettre, avec sa personne, en tutelle dans leurs mains.

Les fonds Dupuy, Béthune et Fontette, et les Archives du royaume nous ont conservé quelques autres discours, dont le texte mérite toute confiance, sinon pour chaque mot en particulier, du moins pour les idées, le tour, le mouvement et les images. M. Berger de Xivrey a eu soin de les insérer dans le recueil des *Lettres missives* de Henri IV. L'allocution au parlement de Paris, du 24 mai 1597, nous arrive écrite par le secrétaire du cabinet en imitation de l'écriture royale (Dupuy, 407, fol. 25.—*Lettres miss.*, IV, 764). La copie qui nous représente la harangue du 19 avril 1597, à ce même parlement, a un titre de la main du roi (Dupuy, 407, fol. 22.—*Lettres missives*, IV, 745). Les autres offrent de grandes garanties d'authenticité et de fidélité, parce qu'elles sont contemporaines, écrites par des secrétaires du roi, ou déposées dans des recueils qui font foi, comme les Mémoriaux de la Chambre des comptes.

Ces discours sont au nombre de douze. Huit sont adressés aux parlements de Paris, de Bordeaux ou de Toulouse, ou à leurs présidents ; un autre à la Cham-

bre des comptes ; au Corps de ville ; deux aux députés
du clergé.

Six ont trait à l'administration financière ; un à une
affaire de justice ; deux aux choses ecclésiastiques,
et les trois autres à l'enregistrement de l'édit de
Nantes.

Les rhétoriques placent au premier rang, parmi
les *mœurs* que l'orateur doit montrer, la simplicité
et la modestie. Henri IV affecte la simplicité; mais il
s'en faut qu'il soit modeste; il se vante de tout, et sa
simplicité même lui fournit des prétextes à se décerner
des éloges : « Mes prédécesseurs vous ont donné des
paroles avec beaucoup d'apparat ; et moi, avec jaquette grise, je vous donnerai les effets. Je n'ai
qu'une jaquette grise ; je suis gris par le dehors, mais
tout doré au dedans » (*Lettres miss.*, V, 33). Et
quand les députés de Bordeaux le surprennent jouant
avec ses enfants : « Ne trouvez point étrange de me
voir ici folâtrer avec ces petits enfants. Je sais faire
les enfants et défaire les hommes. Je viens de faire le
fol avec mes enfants; je m'en vais maintenant faire
le sage avec vous, et vous donner audience » (*Lettres
miss.*, V, 180). Il fait sonner ses vertus, son courage,
son dévouement à la France : « J'espère dans ce
temps-là voir les ennemis... Si je fais mal, je ne vous
en apporterai point de nouvelles; car j'y demeurerai »
(*Lettres miss.*, IV, 416). — « Si on me donne une
armée, j'apporterai gaiement ma vie pour vous sauver et relever l'État ; sinon, il faudra que je recherche
des occasions, en me perdant, de donner ma vie avec
honneur, aimant mieux faillir à l'État que si l'État me

faillait. J'ai assez de courage et pour l'un et pour l'autre » (*Lett. miss.*, IV, 744). — «Faudra-t-il laisser dissiper l'État et l'assujettir aux étrangers ? Je m'assure que nul de nous n'a le cœur si lâche que de l'endurer. Pour mon regard je souffrrais plutôt mille morts, et espère vous laisser des enfants pour rois qui n'auront point moindre courage » (*Lettres miss.*, VI, 205).

Mais il veut inspirer la modestie aux autres. Qu'ils ne se figurent pas qu'ils l'égalent en intelligence : « Cet édit a été vu en mon conseil et par moi qui avons assez de jugement pour connaître ce qui est pour le bien de cet État » (*Lettres miss.*, IV, 415). Il ne souffre même pas qu'ils se croient plus éloquents que lui : « Je pensais que ne fussiez venus que pour prendre congé de moi, comme vous m'avez dit. C'est pourquoi je ne suis préparé à vous répondre ; ce que j'eusse fait en aussi bons termes que ceux que vous m'avez dits » (*Ibid.*, 414). Il leur rappelle ce qu'ils lui doivent : « Je vous ai remis en vos maisons ; vous n'étiez que dans de sales et petites chambres, je vous ai remis dans mon palais » (*Ibid.*). Enfin il se moque d'eux : « Si vous me faisiez offre de deux ou trois mille écus chacun, ou me donniez avis de prendre vos gages ou ceux des trésoriers de France, ce serait un moyen pour ne point faire des édits ; mais vous voulez être bien payés, et pensez avoir beaucoup fait quand vous m'avez fait des remontrances pleines de beaux discours et de belles paroles ; et puis vous allez chauffer et faire tout à votre commodité » (*Ibid.*, 415).

Mais tout en malmenant ses adversaires, il veut se
les concilier. C'est un *bon maître*, c'est-à-dire que
si on lui laisse la puissance, il aura de la bonté. Il
leur dit d'abord qu'ils ont raison, avant de leur
prouver qu'ils ont tort. Il leur fait des protestations
d'affection, pour qu'ils l'aiment, c'est-à-dire lui
obéissent : « Que tous en général et chacun en particulier me fassent connaître combien il m'aime et
désire faire service agréable » (*Lett. miss.*, VI, 206).

Quant aux arguments, c'est d'ordinaire le chancelier qui est chargé de cette partie. Henri IV n'entre
pas dans les détails du raisonnement ; il affirme plutôt qu'il ne discute : « Vous m'avez par vos longueurs
tenu ici trois mois ; vous verrez le tort qui a été fait à
mes affaires ; quatre mois vous le feront voir » (*Ibid.*,
IV, 414). Quand il s'engage pour l'avenir, il ne
donne que des assurances verbales ; il se contente de
déclarer qu'il est sincère ; mais il se répète, il insiste
comme s'il craignait qu'on en doutât : « Ce que j'ai
à la bouche, je l'ai au cœur... Mes paroles ne sont
point de deux couleurs ; ce que j'ai à la bouche je
l'ai au cœur » (*Ibid.*). « Je promets que je ne bâille-
rai plus telles abolitions ; ils s'en peuvent assurer
puisque je le promets ; car je tiens tout ce que je
promets » (*Ibid.*, VI, 28). Il ne touche guère qu'aux
preuves de l'ordre moral : l'intérêt de la France, ses
propres qualités, les services qu'il a rendus, l'amour
qu'il a pour ses sujets, la reconnaissance qu'ils lui
doivent : « Le naturel des Français est de n'aimer
point ce qu'ils voient : ne me voyant plus, vous m'ai-
merez ; et quand vous m'aurez perdu, vous me regret-

terez » (*Lett. miss.*, IV, 414). Il passe à côté des arguments de l'adversaire, soit qu'il les effleure de la pointe d'une épigramme, soit qu'il leur échappe par quelque réponse vague ; ou bien il leur oppose une sorte de refrain qui fatigue l'oreille des auditeurs pour se fixer dans leur esprit : « Il me faut de l'argent... Mes Suisses m'ont promis de venir jusques à la rivière de Marne ; mais ils ne passeront point sans argent... Il ne me faut rien que de l'argent... Tout ira bien si j'ai de l'argent » (*Ibid.*, IV, 415 et 416). Cependant les habiletés de discussion ne sont pas rares : un mot qu'on lui a dit lui sert de point de départ, et il en fait le nœud même de son discours : « Vous m'avez dit que je me hasarde trop ; je ne le fais volontiers ; mais j'y suis contraint, parce que si je n'y vais, les autres n'y iront point. Ce sont tous volontaires que je ne puis pas forcer. Si j'avais de quoi payer les gens de guerre, j'aurais des personnes assurées que j'enverrais aux hasards, et je n'irais point ; mais je n'ai personne. Force troupes me viennent trouver ; mais quand je les ai tenues quinze jours, je ne sais qu'elles deviennent » (*Ibid.*).

Au besoin même, personne n'a le raisonnement plus serré et plus juste. Il demande le rachat et l'amortissement des rentes : « Car arrivant un changement de règne ou quelque mouvement de guerre en ce royaume, comment estimerez-vous qu'il soit possible de subvenir à telles dépenses extraordinaires, puisque tout le revenu d'icelui, quelque excessives qu'en soient les impositions, peut à grande peine porter les charges et dépenses du courant ?

Lorsque les rois mes prédécesseurs sont tombés en pareilles adversités, ils ont eu recours aux aliénations de leurs domaines, constitutions de rentes, créations d'offices, augmentations de tailles, gabelles et impositions ; mais maintenant toutes ces choses sont parvenues à tel excès, qu'il ne s'en peut tirer ni espérer aucune assistance..... Ne sachant où prendre des moyens, tenez pour certain que l'on s'adressera au fonds des rentes, comme le plus facile, et crains qu'enfin telles affaires continuant et tirant à la longue, eux (mes enfants) ou moi soyons contraints par la nécessité, qui est la loi de toutes les lois, de faire banqueroute à cette nature de dettes : chose que je veux éviter de toute ma puissance... Je me suis résolu, pour prévenir tels inconvénients, d'entrer au rachat et amortissement des rentes... Je ne me départirai jamais d'une telle résolution, quelques difficultés et empêchements que vous y puissiez apposer, d'autant que je la tiens non-seulement juste et utile, mais tellement nécessaire, que la conservation de cet État y est conjointe et attachée » (*Lett. miss.*, VI, 205 et 206). La netteté des idées, les sages principes d'une administration qui songe à l'avenir, la fermeté de la décision développent des considérations qui sont bonnes pour tous les temps, peut-être même pour le nôtre.

Quand le raisonnement comporte le pathétique, c'est la vraie éloquence : « Vous avez, par votre piété, secouru l'année passée infinis pauvres souffreteux qui étaient dans votre ville ; je vous viens demander l'aumône pour ceux que j'ai laissés sur la frontière. Vous avez secouru des personnes qui étaient dans les rues, sur les tabliers ou accagnardés près du feu ; je vous demande l'aumône pour des gens qui ont servi, qui servent nuit et jour, et emploient leur vie pour vous tenir en repos... J'ai encouragé ceux du plat pays; j'ai fait fortifier leurs clochers, et faut que vous die, messieurs, que les oyant crier à mon arrivée : Vive le roi ! ce m'était autant de coups de poignard dans le sein, voyant que je serais contraint de les abandonner au premier jour » (*Lett. miss.*, IV, 743 et 747).

Aussi voyez-le revenir dans ce parlement qui n'a pas accédé à ses demandes : « Je suis donc été poussé de venir ici par vos longueurs, vos opiniâtretés et vos désobéissances, et encore pour le salut de l'État, duquel je vous ai fait voir le péril éminent, qui toutefois ne vous a ému, etc. » (*Ibid.*, 764).

Comparons cette dernière harangue avec la réponse à ce même parlement, qui refuse d'enregistrer les lettres d'abolition de M. de Saint-Géran. Henri IV sent qu'il a tort, au moins en principe. Le ton est très modéré, et les explications sont d'égal à égal. « J'ai reçu en bonne part tout ce que vous m'avez dit, et de tous les points que vous avez touchés, je ne contredirai à un seul, parce que je reconnais que tout cela est véritable..... Vous direz à ma cour que j'ai trouvé fort bon qu'elle se soit montrée roide lors de la présentation des lettres d'abolition, et que je trouve bon qu'elle ait pris la voie des remontrances... Je vous ai dit que je ne contredirai rien de ce que vous m'avez dit; j'en excepte une chose : c'est que vous

craignez la conséquence. Vous direz à ma cour que
je lui ôte cette crainte. Je n'eusse accordé celle-ci sans
quelques particulières considérations, et que l'on
sortait encore des troubles ; mais je veux qu'elle soit
vérifiée purement et simplement, et leur direz que
j'aurai toujours soin de conserver l'autorité de la
justice » (*Lett. miss.*, VI, 27 et 28). A la dernière
phrase, l'ordre est tempéré par une promesse, et
quoique placé avec intention vers la fin, il est suivi
d'une parole rassurante.

Mais il est rare que Henri IV se croie dans son
tort ; et d'ordinaire, quand on lui apporte des remontrances, on remporte les siennes. Les députés du
clergé viennent se plaindre des abus qui déshonorent
l'Église de France. Le roi leur promet d'y remédier :
« Cela se fera petit à petit ; Paris ne fut pas fait en
un jour. Faites, par vos bons exemples, que le peuple
soit autant excité à bien faire comme il en a été pré-
cédemment éloigné. Vous m'avez exhorté de mon
devoir, je vous exhorte du vôtre. Faisons bien, vous
et moi ; allez par un chemin et moi par l'autre, et
si nous nous rencontrons, ce sera bientôt fait. »
(*Ibid.*, V, 55.)

En 1605, une assemblée générale du clergé se
réunit à Paris ; elle envoie des députés au roi pour
demander l'acceptation du concile de Trente. Henri IV
fait une réponse évasive ; le Gascon devient Normand
en restant goguenard : « Vous m'avez parlé du concile ; j'en ai désiré et désire la publication ; mais,
comme vous avez dit, les considérations du monde
combattent souvent celles du ciel. » Et aussitôt :

« Commencez à vous guérir vous-mêmes, et exciter les autres par vos bons exemples à bien faire. » Puis il se plaint de leur grand nombre et de la longueur de leur session. On est charmé de cette malicieuse bonhomie qui raille, commande et gourmande dans un langage paternel et débonnaire : « Je vous veux maintenant dire un mot en père... L'on assemble ainsi un grand nombre de personnes quand on a envie de ne rien faire qui vaille... Regardez d'abréger, ou autrement je vous retrancherai. Il y a qui sont à faire bonne chère en cette ville aux dépens des pauvres curés, et qui font ménage pour trouver plus grande épargne à leur retour... Vous mettez, par vos longueurs, les pauvres curés à la faim et au désespoir. Je me veux joindre avec eux et avec les plus gens de bien de votre compagnie (il en est bon nombre, et tous en voudront être, puisqu'il est question de gens de bien), pour faire donner ordre à la longueur du temps qu'il y a que vous êtes ici : je serai le chassavant. » Est-il façon plus spirituelle d'inviter quelqu'un à s'en aller ?

Les affaires du clergé nous mènent naturellement à celles des réformés, et aux trois discours prononcés par le roi à trois parlements, pour obtenir l'enregistrement de l'édit de Nantes. Le discours au parlement de Paris est fort remarquable. Cet édit est la signature de la paix entre les Français qui s'entretuent depuis cinquante ans ; fermant l'ère des guerres religieuses, ouvrant celle de la liberté de conscience, et des croyances tranquilles et respectées. On sent que Henri IV y voit le couronnement de son œuvre, et le plus grand bienfait dont il puisse doter la

France : « Ce que j'en ai fait est pour le bien de la paix ; je l'ai faite au dehors ; je la veux faire au dedans de mon royaume. » Aussi ne recule-t-il devant aucun obstacle, prêt à braver la résurrection des vieilles haines, à punir, à combattre, à refaire le roi de Navarre contre une Ligue renaissante : « Je couperai la racine à toutes factions et à toutes les prédications séditieuses, faisant accourcir tous ceux qui les suscitent. J'ai sauté sur des murailles de ville ; je sauterai bien sur des barricades. »

Quand Messieurs du parlement sont introduits, il n'aborde pas aussitôt le sujet de cette grave audience ; mais avec une heureuse adresse, il leur raconte une anecdote : « Je vous veux dire une histoire que je viens de ramentevoir au maréchal de La Châtre. Incontinent après la Saint-Barthélemy, quatre qui jouions aux dés sur une table, y vîmes paraître des gouttes de sang, et voyant qu'après les avoir essuyées par deux fois, elles revenaient pour la troisième, je dis que je ne jouais plus ; que c'était un mauvais augure contre ceux qui l'avaient répandu. M. de Guise était de la troupe. » Et c'est après avoir, comme par hasard, évoqué les sanglantes images et les affreux souvenirs, qu'il commence un discours plein de véhémence et d'adresse, d'éclat et de familiarité, où toutes les armes servent à la fois, la hardiesse, la fierté, la bonté, le sarcasme, la gaieté même, l'intimidation et la prière.

Il invoque en faveur de l'édit l'approbation de son conseil, et des ducs et pairs, qui pourtant sont dévoués à l'Église romaine. Il soutient et prouve

qu'il est bon catholique, d'une façon qui paraîtrait
presque bouffonne, si l'on ne sentait sous les arguments burlesques ce dépit d'un homme qui a
raison et qui trouve une résistance sans raison :
« Ne m'alléguez point la religion catholique ; je
l'aime plus que vous ; je suis plus catholique que
vous ; je suis fils aîné de l'Église ; nul de vous
ne l'est, ni le peut être. Vous vous abusez si vous
pensez être bien avec le pape ; j'y suis mieux que
vous. Quand je l'entreprendrai, je vous ferai tous déclarer hérétiques, pour ne me vouloir pas obéir. »
Cet édit est « l'édit du feu roi » (celui de 1576). Et
quels en sont les adversaires ? « Ne parlons point tant
de la religion catholique, ni tous les grands criards
catholiques et ecclésiastiques ! Que je leur donne, à
l'un deux mille livres de bénéfice, à l'autre une rente,
ils ne diront plus mot. » Que gagne-t-on à repousser
l'édit ? Les réformés voyant ce mauvais vouloir demandent de nouvelles garanties : « Je ne veux pas que
soyez cause d'autres nouveautés par un refus. » Et
l'édit n'en passera pas moins ; car, au besoin, il le fera
enregistrer en lit de justice : « Quand vous ne voudrez passer l'édit, vous me ferez aller au parlement. »
Ces arguments sont jetés au milieu d'autres, tirés de
la personne du roi qui parle, ou des magistrats qui
écoutent : « Vous me voyez en mon cabinet, où je
viens parler à vous, non point en habit royal... mais
vêtu comme un père de famille, en pourpoint, pour
parler familièrement à ses enfants... Vous me devez
obéir quand il n'y aurait considération que de ma qualité et obligation que m'ont mes sujets... J'ai rétabli

l'État... je n'ai exemple à invoquer que de moi-
même... L'on s'est plaint à Paris que je voulais faire
des levées de Suisses et autres amas de troupes. Si je
le faisais, il en faudrait bien juger ; et serait pour un
bon effet, pour la raison de mes déportements passés...
Je suis roi maintenant et parle en roi ; je veux être
obéi... Il n'y en a pas un d'entre vous qui ne me
trouve bon quand il a affaire à moi, et n'y en a pas
un qui n'en ait affaire une fois l'an : et toutefois à
moi qui vous suis si bon vous m'êtes si mauvais ! »
Aussi il leur rappelle sans cesse ses bienfaits, il les
intimide, il se moque d'eux : « J'ai remis les uns en
leurs maisons, dont ils étaient bannis, les autres en la
foi qu'ils n'avaient plus... Les gens de mon parlement
ne seraient en leurs siéges sans moi... J'ai plus d'in-
telligences que vous ; vous aurez beau faire, je saurai
ce que chacun de vous dira. Je sais tout ce qu'il y a
en vos maisons, je sais tout ce que vous faites, tout
ce que vous dites : j'ai un petit démon qui me le ré-
vèle. Ceux qui ne désirent que mon édit passe me
veulent la guerre ; je la déclarerai demain à ceux de
la religion, mais je ne la leur ferai pas ; vous irez
tous, avec vos robes, et ressemblerez la procession
des capucins, qui portaient le mousquet sur leurs
habits. Il vous ferait beau voir. » Il leur rappelle leur
obstination, lors de la reprise d'Amiens, à refuser
des édits « que vous n'eussiez passés, si je ne fusse
allé au parlement. » Après les reproches, la menace ;
puis la raison parle seule, et à la fin la prière se joint
à elle : « A la vérité les gens de justice sont mon bras
droit ; mais si la gangrène se met au bras droit, il

faut que le gauche le coupe. Quand mes régiments ne me servent pas, je les casse... La dernière parole que vous aurez de moi est que vous suiviez l'exemple de M. du Maine (Mayenne). L'on l'a voulu inciter à faire des menées contre ma volonté ; il a répondu qu'il m'était trop obligé et tous mes sujets aussi... Le chef de la Ligue a parlé ainsi comme parleront tous ceux que j'ai remis en foi. Ceux d'États, que j'ai remis en leurs maisons, que doivent-ils faire au prix ? Donnez à mes prières ce que n'auriez voulu donner à mes menaces ; *vous n'en aurez point de moi.* » Il veut dire sans doute qu'ils n'en auront *plus.*

L'édit fut enregistré quinze jours après. Les parlements de province firent quelques difficultés ; mais ils ne pouvaient guère interposer que des délais et non des barrières. Aussi le roi les reçoit-il vertement. Les députés du parlement de Bordeaux viennent le trouver. M. de Chessac, second président, lui fait une harangue de cinq quarts d'heure : « M. de Chessac, non-seulement vous ne m'avez point ennuyé par trop grande longueur, ains plutôt je vous ai trouvé court, tant j'ai pris de plaisir à votre bien dire ; car il faut que je confesse en votre présence que je n'ai jamais ouï mieux dire ; mais je voudrais que le corps répondît au vêtement. » Et la hauteur succède à l'ironie : « Nous avons obtenu la paix tant désirée, Dieu merci, laquelle nous coûte trop cher pour la commettre en troubles. Je la veux continuer et châtier exemplairement ceux qui voudraient apporter l'altération. Je suis votre roi légitime, votre chef ; mon royaume en est le corps ; vous avez cet honneur d'en être membres, d'obéir, et d'y apporter la chair, le sang, les os et tout ce qui en dépend. » M. de Chessac avait rappelé que le parlement de Bordeaux était le seul qui ne se fût pas rangé du côté de la Ligue : « Certes ce vous a été beaucoup d'heur; mais, après Dieu, il en faut rendre louange, non-seulement à vous autres, qui n'avez eu faute de mauvaise volonté pour remuer comme les autres, mais à feu M. le maréchal de Matignon, qui vous tenait la bride courte, qui vous en a empêchés... J'ai fait un édit, je veux qu'il soit gardé; et, quoi que ce soit, je veux être obéi; bien vous en prendra si le faites » (*Lett. miss.* V, 180).

Les députés de Toulouse qui arrivent les derniers sont les plus maltraités Le roi s'emporte jusqu'aux invectives contre la Ligue et jusqu'à l'éloge des protestants : « C'est chose étrange que ne pouvez chasser vos mauvaises volontés. J'aperçois bien que vous avez encore de l'espagnol dedans le ventre. Et qui donc voudroit croire que ceux qui ont exposé vie, bien, et état et honneur pour la défense et conservation de ce royaume, seront indignes des charges honorables et publiques, comme ligueurs perfide et dignes qu'on leur courût sus et qu'on les bannisse du royaume? Mais ceux qui ont employé le vert et le sec pour perdre cet État seroient vus comme bons François, dignes et capables de charges! Je ne suis aveugle; j'y vois clair; je veux que ceux de la religion vivent en paix en mon royaume et soient capables d'entrer aux charges; non pas pour ce qu'ils sont de la religion, mais d'autant qu'ils ont été fidèles serviteurs à moi et à la couronne de France. Je veux être obéi,

que mon édit soit publié et exécuté par tout mon
royaume. Il est temps que nous tous soûls de guerre
devenions sages à nos dépens. » (*Lett. miss.* 181.)

La lecture de ces harangues nous permet d'établir
l'authenticité du discours au parlement sur le rétablissement des jésuites, donné par Pierre Mathieu, et
reproduit dans les Lettres missives (VI, 182). Il est
curieux d'entendre l'apologie des jésuites dans la
bouche de Henri IV; et l'on regretterait que l'historien eût embelli et changé. Mais le texte de P. Mathieu garde toutes les habitudes oratoires de Henri IV.
Nous avons vu qu'il débutait d'ordinaire par un re-
merciement, et qu'il aime à vanter son intelligence ;
voici l'exorde : « Je vous sais bon gré du soin que
vous avez de ma personne et de mon État. J'ai toutes
vos conceptions en la mienne ; mais vous n'avez pas
la mienne aux vôtres. » Et voici les derniers mots :
« Laissez-moi conduire cette affaire ; j'en ai manié
d'autres bien plus difficiles, et ne pensez plus qu'à
faire ce que je vous dis. » Il aime à lancer des
traits contre ceux qui lui font des remontrances ; en
voici un : « Ils attirent à eux les beaux esprits et choisissent les meilleurs ; et c'est de quoi je les estime.
Je désirerais que l'on choisît les meilleurs soldats, et
que nul n'entrât en vos compagnies qui n'en fût bien
digne. » Il plaisante souvent sur l'argument de l'adversaire, et le réfute par une saillie ; en voici de nouveaux exemples : « Pour les ecclésiastiques qui se
formalisent d'eux, c'est de tout temps que l'ignorance
en a voulu à la science... Ils entrent comme ils peuvent ; aussi font bien les autres, et suis moi-même

entré comme j'ai pu... L'on dit que le rôi d'Espagne
s'en sert; je dis aussi que je veux m'en servir, et que
la France ne doit être de pire condition que l'Espagne, puisque tout le monde les juge utiles... Si l'on
craint qu'ils communiquent mes secrets à mes ennemis, je ne leur communiquerai que ce que je vou-
drai. »

A côté de ces arguments ingénieux et plaisants se
trouvent des raisonnements plus sérieux, et présentés
avec cette éclatante netteté, cette concision animée
qui est le propre de sa parole : « L'Université a occasion de les regretter, puisque par leur absence elle a
été comme déserté; et les écoliers, nonobstant tous
vos arrêts, les ont été chercher dedans et dehors mon
royaume... Je n'ai trouvé un seul dans si grand nombre de ceux qui ont changé leur religion, qui ait
soutenu leur avoir ouï dire ou enseigner qu'il étoit
permis de tuer les tyrans ni d'attenter sur les rois.
Barrière ne fut pas confessé par un jésuite en son entreprise, et un jésuite lui dit qu'il seroit damné s'il
osoit l'entreprendre. Quand Châtel les auroit accusés,
comme il n'a fait, et qu'un jésuite même eût fait ce
coup... faudroit-il que tous les jésuites en pâtissent, et
que tous les apôtres fussent chassés pour un Judas?...
Il ne leur faut plus reprocher la Ligue; c'était l'injure
du temps; ils croyaient de bien faire, et ont été
trompés comme plusieurs autres... Ils sont nés en
mon royaume et sous mon obéissance; je ne veux entrer en ombrage de mes naturels sujets. »

Dans tous ces discours, la composition est nulle;
Henri IV réussit contre toutes les règles de l'art. Le

désordre même est sa défense, et l'on serait, ce semble, embarrassé pour répondre : il offre peu de prise. Quand un discours se développe régulièrement, on suit la marche progressive des raisonnements ; il est facile de saisir du même regard et l'ensemble et les points vulnérables ; les arguments reposent et s'appuient les uns sur les autres ; si vous détruisez l'un, vous ébranlez les autres. Mais ici, réfutez l'un ; tous les autres restent vaillants et intacts. Et comment reprendre une à une des raisons si dispersées ? Vous n'êtes jamais sûr de n'en pas oublier, et de n'être pas découvert par quelque endroit. Ajoutez ces raisons qui, si j'ose dire, échappent en riant à vos étreintes, ces plaisanteries, que vous ne pouvez prendre au sérieux sans ridicule, et auxquelles vous ne pouvez répondre sans les prendre au sérieux. Répondrez-vous par d'autres plaisanteries, par une ironie plus piquante ? Mais vous parlez à un roi ; il peut se moquer de vous, vous ne pouvez vous moquer de lui : Henri IV use de tous ses avantages, et il abuse de celui-là. De plus, vous risquerez toujours d'ennuyer après un de ces discours vifs et alertes qui s'arment contre vous du plaisir des auditeurs.

Les orateurs prennent séparément les sentiments divers, les émeuvent successivement, et traitent chacun avec ampleur : Henri IV les éveille ou plutôt les attaque, les quitte, les reprend, les mêle et les tempère les uns par les autres ; la prière corrige la menace, une parole affectueuse corrige la raillerie. Où l'on mettrait un adoucissement de terme qui rendrait l'expression moins vive pour qu'elle fût moins bles-

sante, il place comme remède un sentiment contraire ;
l'auditeur est à la fois surpris et charmé, réprimandé
et attiré, moqué et séduit.

Les Athéniens, ingénieux et subtils, voulaient qu'on
les promenât dans les détours les plus cachés du raisonnement et de la passion ; les Romains, plus graves,
d'un jugement plus lent et plus sûr, ne se livraient
que peu à peu à la persuasion, et par degrés : dans
un auditoire français, les idées, les sentiments s'éveillent vite, et n'ont pas besoin de cette longue et per-
sévérante excitation ; une éloquence méthodique et
redondante risquerait de les assoupir ou de les fatiguer ; le danger, c'est que, naissant aisément, ils ne
disparaissent plus aisément encore : il est donc habile de ne laisser de repos à aucun, de les émouvoir
tous ensemble, et pêle-mêle.

Ce n'est pas là sans doute la haute et grande éloquence ; mais elle a quelque chose d'original et de si
personnel, qu'elle ne peut être un modèle, ni faire
école. On demande à l'écrivain, pour première condition, de ne pas se travestir, mais de rester lui-
même ; il faudrait aussi le demander à l'orateur : c'est
là le grand mérite de la parole de Henri IV. Au
XVIe siècle, presque tous les faiseurs de discours sont
des imitateurs ; ils jettent toutes leurs pensées dans
les moules de Cicéron. L'éloquence de Henri IV
n'emprunte rien à personne : elle n'appartient qu'à
lui ; elle le montre tout entier et ne montre que lui ;
elle a reçu et garde l'empreinte de son caractère :
présence d'esprit dans la vivacité, justesse dans la
soudaineté, mesure dans la hardiesse, bonne humeur

fine et bon sens railleur ; à phrases courtes, sans
transitions qui perdent le temps, sans rien d'inutile
ou de purement oratoire ; adroite et ferme, gaie et
élevée, ironique et chaleureuse, où se mêlent à de
nombreuses saillies de l'esprit quelques accents du
cœur.

CHAPITRE PREMIER.

DES LETTRES DE HENRI IV.

Depuis le jour où M. Villemain, ministre de l'instruction publique, chargeait un membre de l'Institut de recueillir les lettres de Henri IV, en l'entourant de ses propres conseils et des secours les plus précieux, six volumes ont paru ; le sixième se termine avec l'an 1606.

Ces pièces, signées par le roi même, ont une certitude historique qu'aucun autre document ne saurait surpasser. Elles répandent sur une grande époque une clarté toute nouvelle. On ne parlera plus de la Ligue et de la restauration qui l'a suivie, sans tirer de ce recueil la vérité sur bien des choses, sans y chercher la marche des événements, pas à pas, jour par jour, à mesure qu'ils naissent et se déroulent. On pourra surtout étudier l'homme, et de toute cette correspondance qui lui sert de monument, faire sortir Henri IV.

C'est là aussi qu'il faut chercher l'écrivain. Nous n'avons pas encore, il est vrai, les lettres des trois dernières années, qui apporteront à un examen littéraire de nouveaux témoignages : mais je n'ai garde de m'en plaindre. Dans un sujet inexploré, on ne saurait prétendre à prononcer du premier abord des jugements définitifs ; et inaugurer une étude un peu prématurée, nécessairement incomplète, c'est montrer qu'on n'a d'autre ambition que de susciter un plus habile, qui l'améliore et l'achève.

§ 1er. — DU TEXTE.

Il faut commencer par l'examen des textes, et rejeter tous ceux dont la pureté est suspecte ; des phrases altérées à dessein ou involontairement, par artifice ou par ignorance, égareraient l'analyse et l'exposeraient aux mésaventures. Après deux siècles d'ensevelissement ou de publication sans contrôle, cette multitude de lettres éparses dans tous les coins et dans tous les pays, et conservées sous toutes les formes, reparaît-elle de tous côtés avec le texte primitif? Parmi les copistes et les éditeurs, personne ne s'est-il trompé ou n'a-t-il voulu tromper? Ne s'est-il rencontré ni déchiffreurs maladroits ni correcteurs peu scrupuleux?

La plupart des lettres publiées étaient inédites ; les autres avaient été imprimées çà et là.

Les manuscrits des lettres inédites sont-ils fidèlement transcrits? Tous ceux qui exécutent cette tâche ont-ils eu les deux qualités nécessaires, la conscience et la science? On n'en saurait douter pour les manuscrits que gardent les grands dépôts publics de Paris; même sécurité pour les textes communiqués à M. Berger de Xivrey, comme le portefeuille des Carmes de Tours, la collection de la reine Marie-Amélie, et la plus belle de toutes, celle de M. Feuillet de Conches : c'est plus de la moitié du recueil. M. Berger de Xivrey surveille le travail de transcription qu'accomplissent d'habiles paléographes. Les plus honorables collaborateurs ont quelquefois mis la main à cette humble besogne : M. de La Villegille a transcrit les originaux de la Mazarine ; M. Villemain lui-même a copié un autographe. Quant aux départements et aux pays étrangers, beaucoup de textes sont pris, collationnés et envoyés, par des correspondants de l'Institut et du ministère de l'instruction publique, des fonctionnaires du bureau et des membres du comité des Travaux historiques, des secrétaires-généraux de préfecture, des bibliothécaires, des archivistes, des professeurs et des érudits. Sur quelques-uns la signature d'un notaire certifie l'exactitude. Ces textes portent avec eux leurs garanties, grâce au nom et aux titres du répondant. Mais tous les faiseurs de transcriptions n'étaient pas membres de l'Institut ou élèves de l'école des Chartes ; toutes les pièces n'ont pas passé sous les yeux de M. Berger de Xivrey ou d'un homme compétent ; ce sont richesses que l'on garde avec un soin jaloux. Une fois même il a fallu négocier ; un possesseur d'autographes n'a pas voulu se faire connaître ; on a dû se servir d'un honorable intercesseur. Ces textes-là sont-ils tout à fait sûrs ?

Disons d'abord qu'à notre époque le respect des textes est un devoir pour tout le monde. Un changement volontaire est une violation ; et ce qui n'était autrefois qu'une liberté usitée, est aujourd'hui plus qu'une supercherie : on ne peut donc croire légèrement à un manque de probité, surtout quand la

distance des temps rend la probité plus facile et la
vanité moins exigeante. Les erreurs même, les
négligences doivent être rares, parce que chacun
reconnaît qu'elles ne sont pas sans gravité, et que
le soin de les éviter est un cas de conscience ; afin
que personne n'y mît de l'incurie, le ministère a
envoyé des circulaires, et recommandé à tous la
plus stricte exactitude. Si, malgré cette précaution,
une lettre est arrivée mal transcrite, il est difficile
que ce défaut ait échappé à M. Berger de Xivrey.
Assez souvent il a trouvé ailleurs la copie d'un original, ou l'original d'une copie, ou un imprimé ;
et la vérité du texte s'est établie par la conformité.
Mais il a d'autres moyens de contrôle. Presque toujours guidé par le journal de la dépense royale et
par les autres lettres, suivant Henri IV pas à pas, sachant où il dîne, où il soupe, où il couche ; où il va,
ce qu'il fait, qui il voit ; trouvant à chaque instant,
dans les manuscrits qui l'entourent, des détails très
précis, très minutieux et à peu près ignorés ; aidé par
les connaissances spéciales de collaborateurs dont la
science ne saurait être en défaut, comme MM. Mi-
gnet, de Montmerqué, Lacabane ; on ne peut guère
le surprendre par l'altération d'un fait, d'un nom de
lieu ou d'un nom d'homme. Si l'altération porte sur
les mots, M. Berger de Xivrey saura aussi la reconnaître. La langue de Henri IV et de ses secrétaires
est une langue à apprendre ; personne ne la sait
comme le consciencieux éditeur, qui, ayant avec elle
un commerce perpétuel, la connaît presque aussi
bien que ceux qui l'écrivaient. Les usages de la po-

litesse du temps, les formules épistolaires, les habitudes de langage, les tournures, les mots, tout lui est familier ; il faudrait, pour qu'une altération de la forme passât inaperçue, ou qu'un homme très versé dans la langue du seizième siècle la commît volontairement, et en général les philologues sont très désintéressés à l'égard d'une lettre de Henri IV ; ou qu'un homme sans instruction spéciale fût, en changeant le texte, resté fidèle à la langue du temps : hasard singulier, qui a dû être si rare, que cette crainte ne peut justifier la défiance; et d'ailleurs sans conséquence grave, puisque, si la phrase est altérée, le style ne l'est pas.

Le soin que M. Berger de Xivrey a mis à cette révision est attesté par le nombre des textes qu'il a écartés, aimant mieux (il le dit lui-même) réserver une lettre qui serait, plus tard, reconnue authentique, que d'introduire une lettre apocryphe. Dans les textes qu'il a donnés, s'il éprouve quelque doute sur un mot, il nous en fait part et éveille notre prudence. Il déclare lui-même que les transcriptions venues de Londres lui paraissent peu exactes : je n'ai admis que celles de M. Delpit et de M. Langlet.

Les minutes et les fac-simile valent les originaux. Il suffit que la transcription en soit fidèle.

Mais si la pièce transcrite est une copie, il faut remonter, et voir si cette copie a été bien prise. Ici encore, en l'absence de l'original, ou d'un imprimé qui puisse servir à la comparaison, l'étude du texte est une garantie; cette étude a décidé M. Berger de Xivrey à l'abandon de certaines copies paraissant dé-

fectueuses, comme celles des lettres au vicomte de
Gourdon. Il y a encore d'autres raisons de sécurité.
Les copies contemporaines faites par un homme impartial doivent être exactes ; la langue, l'écriture, la
forme des lettres ne présentent aux contemporains
aucune difficulté : c'est ce qu'ils entendent et voient
tous les jours. Citons les nombreuses et inattaquables
copies des fonds Béthune et Dupuy, dont une partie
est de la main même des secrétaires du roi. Les copies des lettres de souverain à souverain, conservées
dans les bibliothèques étrangères, ont dû être prises
avec soin comme pièces diplomatiques. Celles qui
restent dans les archives des vieilles familles méritent
aussi la confiance. Presque toutes restaient à côté des
originaux ; elles n'avaient d'autre but que d'en faci-
liter la lecture ; et comment aurait-on falsifié, quand
le texte véritable était là ? La révolution est venue ;
elle a dispersé les originaux ; les copies, peu importantes, ont été respectées, c'est-à-dire laissées en place
ou abandonnées dans quelque coin. Plus tard, quand
on rechercha les originaux, beaucoup étaient perdus
ou détruits ; quelques-uns revinrent heureusement
dans leur demeure, comme ceux de la famille de
Montesquiou ; d'autres sont restés en exil ; ainsi Londres garde les lettres au duc de la Force, et M. le
marquis de la Grange ne possède que ces vieilles
copies dédaignées. Mais la comparaison des originaux
qui se sont retrouvés et des copies qui n'étaient pas
perdues, prouve que celles-ci étaient faites avec soin
dans les loisirs de la vie de château, ordinairement
par quelque abbé attaché à la famille. Quelquefois

même c'est un homme instruit, voué à la découverte
des précieux manuscrits, qui s'est fait copiste. L'abbé
de Lécluse, qui avait projeté une publication de la
correspondance de Henri IV, a copié beaucoup de
lettres dont les originaux sont perdus ; et l'attention,
fort superflue du reste, avec laquelle il a transcrit les
lettres publiées par Sully, garantit son exactitude.
L'abbé Leydet a transcrit les lettres à Geoffroy de
Vivans, et les copies de ce savant tiennent lieu d'originaux.

Mais il faut se méfier des imprimés. Pendant longtemps un éditeur s'est cru un peu auteur, et n'a consenti à donner les écrits d'un autre qu'en les relevant
par des corrections. Ce n'est guère que depuis une
trentaine d'années que, grâce à nos grands historiens, on s'est attaché à reproduire exactement les
textes ; et les dernières publications qui contiennent
des lettres de Henri IV n'ont pas besoin de garanties (1). Ajoutons les ouvrages contemporains qui
pouvaient tomber sous les yeux du roi et provoquer
un désaveu (2). Quelques lettres même ont été publiées par l'ordre de Henri IV, et sous la surveillance

(1) *Mémoires et lettres de Marguerite de Valois*, nouvelle édition
revue sur les manuscrits par Guessard. — *Compte-rendu des séan-
ces de la commission royale d'histoire de Belgique*, 1841. — *Souvenirs historiques des résidences royales*, par Vatout, 1842. — *Mémoires authentiques de Caumont-Laforce*, par le marquis de la
Grange, 1843. — *Quelques souvenirs de courses en Suisse*, par Max
Buchon, 1836. — *Dictionnaire des familles de l'ancien Poitou*, par
H. Filleau, 1846.

(2) *Mémoires de l'État de France sous Charles IX*, 1578. —
Histoire de France, de La Popelinière, 1581.

de ses secrétaires (1). Mais entré l'année 1610 et l'année 1820, il faut examiner. On peüt se fier à un
homme impartial et exact comme Pierre de L'Estoile
(édition de MM. Champollion, d'après le manuscrit
autographe); à des érudits comme Le Laboureur (2),
Dom Vaissète (3), et plus tard, Gail (4); aux archivistes (5), et aux auteurs héraldiques (6). Les mémoires de Duplessis-Mornay, une des sources les plus
importantes des lettres de Henri IV, sont heureusement à l'abri de tout soupçon : l'édition de 1624
laisserait peut-être quelque incertitude, si le texte n'en
était confirmé par une édition plus récente (Treuttel
et Wurtz, 1824), publiée sur les manuscrits originaux
par MM. Auguis et de La Fontenelle, dont personne
ne conteste l'habileté paléographique.

(1) *Déclaration du roi de Navarre sur les calomnies publiées
contre lui*, 1585. — *Déclaration et protestation du roy de Navarre,
de M. le prince de Condé et de M. le duc de Montmorency sur la paix
faite avec ceux de la maison de Lorraine; plus, deux lettres écrites
dudit sieur roy de Navarre*, 1585. — *Lettre du roy de Navarre aux
trois Estats de ce royaume*, 1589.

(2) *Mémoires de Castelnau*, 1731.

(3) *Histoire générale de Languedoc*, composée sur les auteurs et
les titres originaux, par dom Vaissète, 1730.

(4) *Le Philologue*, 1814-1828.

(5) Ant. de Keutzinger. *Documents historiques relatifs à l'histoire
de France*, tirés des archives de la ville de Strasbourg, 1818. — Du-
moustier de Lafond. *Essai sur l'histoire de la ville de Loudun*,
1778. — Ad. Aubenas. *Notice historique sur la ville et le canton de
Valréas*.

(6) D'Hozier. *Armorial de France*. — De Courcelles. *Histoire
généalogique et héraldique des pairs de France*, 1822-1823. — Lainé.
Archives généalogiques. — Borel d'Hauterive. *Annuaire de la pairie
et noblesse de France*, 1843. — *Généalogie de la famille Colas*.

Quand nous venons aux historiens, nous ne pouvons guère croire sur parole que Guichenon et P. Mathieu. Pour les faiseurs de recueils et les compilateurs, on les trouve souvent en défaut. Les mémoires du duc de Nevers (1665) présentent des altérations (V. *Lettres missives*, III, p. 611). L'abbé Brizard, dans son ouvrage sur *l'Amour de Henri IV pour les lettres*, a emprunté à Péréfixe le texte défiguré de la harangue aux notables de Rouen, et l'a altéré à son tour. M. Musset-Pathay (*Vie militaire et privée de Henri IV*) a paraphrasé un des plus remarquables billets du roi. Il donne aussi, à la date du 21 octobre 1587, lendemain de la bataille de Coutras, une lettre du roi de Navarre à Henri III, qui est pleine d'anachronismes philologiques.

On sait maintenant quelle transformation Voltaire, écrivant sans doute de souvenir, a fait subir au fameux billet de Henri IV à Crillon : « Brave Crillon, pendez-vous, etc. » Nous devons craindre particulièrement les littérateurs des XVII⁰ et XVIII⁰ siècles, qui veulent orner tout ce qu'ils touchent et l'accommoder aux oreilles contemporaines ; ne pouvant traduire sans embellir, ni copier sans corriger, Saint-Foix nous donne une lettre de Henri IV qui annonce à Curton sa victoire à Ivry, et une lettre de Curton qui annonce à Henri IV sa victoire à Issoire : on sait que ces deux faits d'armes eurent lieu le même jour. Et voyez les jeux du hasard, quand il veut amuser le public ! La lettre de Henri IV commence ainsi : « Je viens de battre mes ennemis dans la plaine d'Ivry ; » et celle de Curton : « Je viens de battre *vos* ennemis

dans la plaine d'Issoire. » La lettre de Henri et celle
de Curton sont datées ainsi : « Ce XIV° mars, à neuf
heures du soir. » Ils ont l'air de se calquer. L'heureuse imagination, que de faire passer la glorieuse
coïncidence des faits dans une puérile symétrie de
mots! Quelle bonne fortune pour l'histoire, que d'être
ainsi enjolivée et tournée en curiosité !

Je n'ai pas parlé des nombreuses lettres des *Economies royales* de Sully, parce qu'une déplorable
négligence, en leur laissant l'intérêt historique, leur
a ôté l'intérêt littéraire. L'exécution typographique,
faite au château de Rosny, a été très fautive; mais
les plus grandes infidélités ne sont pas dans l'impression. Outre des erreurs de date, on voit marquées
comme « de la main du roi » des lettres contresignées,
et par conséquent écrites par un secrétaire. La comparaison avec les originaux, quand ils existent, fait
apparaître de plus grandes infidélités. Dans les originaux, Henri IV l'appelle presque toujours : « Mon
cousin, » et rarement : « Mon ami ; » dans les *Economies royales*, il l'appelle presque toujours : « Mon
ami, » et rarement : « Mon cousin. » Dans les *Economies royales*, Villeroy lui-même écrivant au nom du
roi, et contresignant, c'est-à-dire déclarant qu'il est
le rédacteur, l'appelle : « Mon ami ; » et l'on sait que
les deux ministres ne s'aimaient guère. Dans la lettre
du 27 mars III° 1605, les *Economies royales* parlent de
Monsieur de Mercœur qui est mort; l'original, mieux
instruit, parlait de *Madame* de Mercœur. Si l'on com-
pare la lettre du 19 octobre II° 1598, telle qu'elle est
conservée à l'état de minute dans le fonds Dupuy

(407, fol. 45), et telle qu'elle est donnée dans les *Économies royales* (édit. origin., tom. I, ch. 82), on remarque des mots retranchés ou ajoutés, des tournures changées. Ailleurs, dans une lettre de quelques lignes, les *Économies royales* ajoutent, en guise de commentaire, *quatre* phrases que l'original n'a pas connues (19 juin 1601). A chaque instant, M. Berger de Xivrey signale « les nombreuses inexactitudes dont elles *fourmillent.* » (Vol. IV, p. 566, *note*).

M. Berger de Xivrey dit encore, en parlant de la lettre du 15 avril 1re 1596 : « La fin de la lettre semble bien de Henri IV ; mais dans la première moitié un style redondant, si différent du style de Henri IV, et si ressemblant à celui de Sully, nous porte à croire que ce dernier la refit lui-même en partie de mémoire, très-longtemps après l'avoir brûlée, et qu'il donna sa réminiscence pour une copie. *Cette observation pourrait s'appliquer avec moins d'évidence à quelques-unes des autres lettres provenant de la même source.* » Il est certain qu'en lisant ces lettres des *Économies royales,* on est souvent tenté de soupçonner, sinon un remaniement, du moins une transcription un peu libre. Quand je lis, par exemple, cette phrase d'une lettre au duc de Bouillon (8 juillet 1594) : « Mais en quelque sorte que les choses soient passées, je vous ferai paraître que je vous aime, *vous tiens pour mon serviteur et vous serai bon maître; de toutes lesquelles choses* j'ai donné charge à M. le baron de Rosny, que vous connaissez de longue main et auquel j'ai toute confiance, de vous donner des assurances particulières, *à* prendre de vous celles que

4

vous ne voudrez pas *confier au papier,* et voir tous
les titres sur lesquels vous fondez vos prétentions,
afin que, *sur son rapport,* j'en puisse parler plus ou-
vertement *et certainement.* » Je ne puis affirmer que
cette phrase ne soit pas, sinon de Henri IV, du moins
d'un de ses secrétaires ; cependant il est certain que
le style des secrétaires du roi est moins verbeux, plus
précis, et d'une construction plus nette et plus sûre.
La ressemblance avec le style de Sully est évidente ;
est-ce un pur hasard ? C'est la question qu'on se pose
souvent ; et plus cette question se répète, plus la réponse devient négative. Quelquefois même on répond : Non, hardiment. A lire cette phrase de la
lettre du 8 mars 1594, chargée de redoublements,
de parenthèses, d'incidentes explicatives, pour exprimer une chose aussi connue de Sully que de
Henri IV : « Ne vous souvient-il plus des conseils que
vous m'avez tant de fois donnés, m'alléguant pour
exemple celui d'un certain duc de Milan au roi
Louis XI, au temps de la guerre nommée du *Bien
public,* qui était de séparer par intérêts particuliers
tous ceux qui étaient ligués contre lui sous des prétextes généraux ; qui est ce que je veux essayer de
faire maintenant, aimant beaucoup mieux qu'il m'en
coûte deux fois autant en traitant séparément avec
chaque particulier, que de parvenir à mêmes effets
par le moyen d'un traité général fait avec un seul
chef (comme vous saviez bien des gens qui me le
voulaient ainsi persuader), qui pût par ce moyen
entretenir toujours un parti formé dans mon État.
Partant, ne vous amusez plus à *faire* tant *le respec-*

tueux (1) pour ceux dont il est question, lesquels nous contenterons d'ailleurs, ni le bon ménager, ne vous arrêtant à de l'argent; car nous paierons tout des mêmes choses que l'on nous livrera, lesquelles s'il fallait prendre par la force, nous coûteraient dix fois autant. » Il est clair, sans chercher là des préoccupations d'une vanité personnelle, qui s'accorde en même temps le mérite des conseils utiles et des ménagements dans l'exécution, que ce style est celui qui fatigue et décourage l'attention quand on lit les *Économies royales*.

Ailleurs, ce sont non-seulement les mots, mais les idées qui éveillent les soupçons. M. Berger de Xivrey a fait ressortir l'invraisemblance de la lettre du 25 avril 1604, qui laisse peser sur Villeroy une accusation calomnieuse. Un de ses commis, chargé du déchiffrement, faisait passer la clef aux Espagnols qui surprirent ainsi des secrets importants. D'après cette lettre, Villeroy lui-même aurait trempé dans cette trahison, et le roi lui aurait pardonné un pareil crime : « Mais enfin il (Villeroy) m'a fait pitié, lui voyant les larmes aux yeux, les soupirs en la bouche, les déplaisirs au cœur, et les genoux en terre *pour me demander pardon*, lequel à cette cause *je ne lui ai pu* refuser. » Comment supposer qu'un administrateur aussi ferme que Henri IV ait eu la déplorable faiblesse de garder à la tête des affaires étrangères un homme coupable d'un pareil abus de confiance? Celui qui laissa périr

---

(1) Cette tournure est très aimée de Sully : *Faire le courtisan, faire le bon valet.* Je ne crois pas qu'on la rencontre dans les lettres *authentiques* de Henri IV.

Biron pour avoir conspiré avec les étrangers, pouvait-
il garder au rang suprême dans son gouvernement
un secrétaire qui était entré tard à son service et n'a-
vait pas derrière lui le long souvenir d'un utile dévouement; plus coupable que Biron, à la fois traître
à la France et au roi lui-même? D'ailleurs, le caractère honorable de Villeroy est une preuve irréfra-
gable.

Quelque crime toujours précède les grands crimes;

et ce crime eût fait scandale; quelque historien sans
doute en parlerait.

Ici l'altération est évidente; mais d'autres fois, elle
est probable; du moins on le soupçonne, et comment
se servir aveuglément d'un texte suspect? Par exemple, voici deux lettres du même jour (17 mai 1603);
l'une a été prise sur l'original qui était dans les manuscrits de Letellier-Louvois; la seconde est donnée
dans les *Économies royales :*

Première. — « Mon cousin, depuis vous avoir écrit
ce matin, il m'est survenu une rétention d'urine, et
encore que les médecins m'assurent que ce ne sera
rien, comme aussi je l'espère, je vous prie, incontinent
la présente reçue, de me venir trouver sans donner
l'alarme à personne, feignant de venir à Ablon pour
faire la cène; et, arrivant à Juvisy, vous prendrez la
poste; car je veux parler à vous. Je vous prie que personne ne sache rien de ce que je vous écris. Bonsoir,
mon ami. Ce samedi, à sept heures du soir, XVIIᵉ mai,
à Fontainebleau. »

Deuxième. — « Mon ami, je me sens si mal qu'il

y a bonne apparence que le bon Dieu veut disposer de moy. Or, étant obligé, après le soin de mon salut, de penser aux ordres nécessaires pour assurer la succession à mes enfants, les faire régner heureusement, à l'avantage de ma femme, de mon État, de mes bons serviteurs et de mes pauvres peuples que j'aime comme mes chers enfants, je désire conférer avec vous de toutes ces choses avant que d'en rien résoudre. Partant venez me trouver en diligence sans en rien dire à personne ni donner aucune alarme. Faites seulement semblant de vouloir venir au prêche à Ablon, et y ayant fait secrètement trouver des chevaux de poste, rendez-vous ce jour même en ce lieu. »

Nous voyons par une lettre du 18 mai au connétable que le mal a cessé le lendemain matin. La seconde lettre n'a donc pu être écrite que peu d'heures après la première. Cependant elle n'en fait pas mention, et ne semble pas se douter qu'elle peut trouver Sully en route. Toutes deux disent exactement la même chose ; la seconde ne serait utile qu'à la condition d'être plus pressante que la première ; et c'est le contraire. Dans la première le roi dit : « Encore que les médecins m'assurent que ce ne sera rien. » Il s'agit donc de dispositions testamentaires, aussi clairement que dans la seconde. La seule différence, c'est que dans la première le roi indique plus discrètement le but de l'entrevue, lui recommande le secret d'une façon plus marquée, et l'instruit avec plus de soin des précautions à garder ; tandis que dans la seconde, lui expliquant plus au long pourquoi il l'appelle, il insiste moins sur le secret et les précautions ; mais les grandes

phrases, vagues et banales qu'il déroule, ne disent
rien de plus que le demi-silence de l'autre lettre : ce
n'est pas ainsi que Henri IV écrivait dans les graves
circonstances. Et que dire de cette formule : « Or,
étant obligé, etc.? » C'est du style de notaire, il a l'air
de réciter son testament. Je ferai remarquer, à ce propos, que souvent dans les lettres des *Économies roya-*
les, Henri IV dit qu'il aime ses peuples « comme ses
chers enfants, » et qu'avec les autres correspondants
il n'emploie guère cette expression de tendresse. D'où
vient cette différence, sinon que Sully substitue sa
formule à celle de Henri IV?

Il y a donc des raisons de croire que le roi n'a écrit
que la première lettre et que Sully l'a remplacée par la
seconde ; soit que, la rétablissant de souvenir, il y ait
mêlé un résumé de l'entretien royal ; soit qu'il veuille
faire ressortir son crédit et l'importance de ses conseils. Il se peut cependant que les deux lettres soient
de Henri IV ; mais peut-on, encore une fois, étudier,
au point de vue littéraire, des textes qui éveillent si
souvent des doutes sérieux?

Marbaut dans ses Mémoires (1) accuse Sully d'avoir
fabriqué beaucoup de lettres qu'il attribue à Henri IV.
Marbaut ne mérite guère de confiance ; il est évidemment injuste envers Sully ; souvent il est inexact
et se trompe en voulant relever une inexactitude ou
une erreur. Ainsi il prétend que le régiment de l'Ile-
de-France, dont le nom est cité dans une lettre tirée

---

(1) Publiés pour la première fois dans la collection Michaud, à
la suite des *Économies royales.*

des *Économies royales*, n'existait pas du temps de
Henri IV ; et pourtant le nom de ce régiment se retrouve dans des originaux et même des autographes
(Voy. par exemple Lettres missives, vol. IV, p. 470).
Dans la lettre du 50 mars II° 1605, le roi parle de la
« religion *prétendue* réformée, » Marbaut s'écrie que
le roi n'a pu commettre cette inconvenance envers
Sully qui était protestant et envers lui-même qui l'a-
vait été. Cependant la même expression se rencontre
dans une lettre du 15 août II° 1599 à Bellièvre, une
autre du 1er janvier 1605 au landgrave de Hesse qui
était protestant, et ailleurs. Mais, malgré ces faux reproches, il faut avouer que quelque envie qu'on ait
d'être toujours du parti du grand ministre, les asser-
tions de Marbaut laissent souvent le lecteur incertain
entre l'accusateur et l'accusé. Marbaut remarque en
plusieurs occasions que le style des lettres que Sully
prête au roi est « des plus prolixes et plein de synony-
mes, » tandis que le style de Henri IV était « des plus
concis ; » et tout lecteur le remarquera comme
Marbaut.

Je ne veux pas mettre en doute la bonne foi de
Sully , bien que le choix des moyens n'ait pas toujours arrêté ses scrupules : mais il était vaniteux et
haineux. Il dit du mal de tout le monde, et se fait
adresser par ses secrétaires des éloges d'une exagération presque comique. On se le représente, dans son
château de Rosny, seul et ennuyé, écoutant les pages
rédigées par les secrétaires, et se laissant encenser
sans sourciller ; toutes les mesures habiles, Sully les
a conseillées à Henri IV ; il l'a dissuadé de toutes les

fautes : Henri IV doit sa fortune aux conseils de Sully.
Sully, aigri par la disgrâce et cherchant dans un faste
princier un vain simulacre de grandeur, dirige la rédaction. Ses souvenirs sont un peu émoussés, ses no-
tes incomplètes ; il profite de l'incertitude de sa mémoire, et la tourne à sa gloire ; dans le doute, il adopte
la version qui flatte son orgueil. Les secrétaires écrivent vite sous un maître grondeur ; ils copient négli-
gemment et ajoutent à leur gré. Vieux serviteurs, ils
sont dans le secret des haines, des rancunes, des va-
nités de leur maître ; ils caressent ses sentiments en
les prenant pour guides ; ils purgent sa mauvaise humeur par le dénigrement ; ils consolent le présent par
l'image embellie du passé.

Sully les a aidés ou les a laissés faire ; et il faut
abandonner les textes qui n'ont pour garantie que la
douteuse exactitude de ses secrétaires : heureux de
sauver, grâce à d'autres sources, aux minutes du fonds
Dupuy, au cabinet de M. le général de La Loyère,
aux copies dressées par l'abbé de L'Écluse d'après des
collections aujourd'hui dispersées, quelques débris
de cette vaste correspondance qui nous serait si importante, si elle était reproduite avec plus de conscience.

§ II. — LETTRES ÉCRITES PAR HENRI IV.

Mais suffit-il qu'une lettre soit authentique ? Il
faut encore qu'elle soit rédigée par le roi. — Or, un
grand nombre sont du style des secrétaires ; celles-là
ne regardent que l'histoire, et sont étrangères à notre

sujet : quelque part qu'y ait prise Henri IV, on peut y voir l'homme politique ; mais l'écrivain n'y est pas. Il faut donc les distinguer pour les mettre à l'écart.

Cherchons d'abord, par l'examen des autographes, à reconnaître sûrement l'écriture de Henri IV.

On sait qu'il avait un secrétaire de la main, Jacques Lallier, seigneur du Pin. Peut-on saisir des différences marquées et décisives entre la véritable écriture et l'écriture imitée ? « Il y aurait, dit M. Berger de Xivrey, une extrême témérité à prétendre distinguer toujours ce qui est réellement l'autographe du roi de ce qui en est l'imitation par le secrétaire de la main. » (*Lettres missives*, T. I, p. 127, note 5.) Je demande la permission d'essayer :

Dupin entra au service du roi de Navarre en 1572, après la mort de Coligny, et mourut en 1592. Il s'agit de réunir entre ces deux dates quelques échantillons de l'écriture royale et de l'écriture imitée ; ensuite, prenant d'une main ceux-ci et de l'autre ceux-là, d'observer les dissemblances.

Les lettres à Mme de Grammont et les premières à Gabrielle d'Estrées, répondent à cette période. Dans ce genre de commerce les secrétaires n'ont rien à voir, et l'on fait ses affaires soi-même : si ces lettres ne sont pas de la main du roi, il faut désespérer d'en trouver ; il n'a jamais rien écrit.

Mais la première lettre à Madame de Grammont est de 1585. Dupin était alors en fonctions depuis treize ans : il faut donc trouver, avant cette époque, d'autres lettres qui soient certainement de Henri IV. Nous y parviendrons, grâce à la signature. Henri IV

ne l'a jamais déléguée à Dupin. En voici la preuve.
Il écrit à Saint-Geniès : « Toutes les fois qu'il est rien
survenu ici de nouveau, j'ai commandé au Pin de le
vous écrire en mon nom ; la plupart du temps, ne me
trouvant à commodité pour *signer*, il les vous envoie
au sien (1). »

Cette lettre est du 4 mai 1586. Dupin, secrétaire
du roi depuis quatorze ans, avait eu le temps de gagner
sa confiance, et d'obtenir la signature, si Henri IV ne
s'était donné pour loi de la garder. Souvent, quand
il prévoyait qu'il ne pourrait signer, il préparait des
blancs seings qu'il envoyait ou laissait aux secrétaires.
Nous lisons dans une lettre à Sully, dont la minute
est dans la collection Dupuy (vol. 407) : « Pour la
lettre très expresse que vous demandez au (qui soit
écrite au) prévôt des marchands et échevins de ma
ville de Paris pour leurs registres, je vous envoie un
blanc que vous ferez remplir par Clairville qui est à
Paris, comme vous le lui commanderez et comme je
lui écris. » (9 octobre II° 1598.) M. Feuillet de Conches possède un assez grand nombre de ces blancs.

Ainsi la signature est toujours du roi. Lors donc
que la main qui a écrit est évidemment la main qui
a signé, cette main est celle du roi. Bien plus, il suffit de comparer la signature avec la formule qui la

---

(1) Dans la préface des *Lettres missives*, M. Berger de Xivrey
dit : « Telle lettre, d'une écriture différente de celle du roi, mais
dictée par lui-même, portera un caractère d'authenticité personnelle plus qu'une autre lettre en apparence autographe qu'il n'aura
fait que signer sans la lire, qu'il n'aura même ni lue ni *signée*. »
Le passage cité contredit ce dernier mot.

précède : Votre affectionné et parfait ami, Votre
meilleur maître, Votre très-humble serviteur et
frère, etc. (1). Dupin, qu'il imite ou non l'écriture
dans le corps de la lettre, l'imite toujours dans cette
formule ; souvent même il l'écrit en imitation sur
les lettres d'autres secrétaires, pour épargner le temps
du roi : nous en verrons des preuves plus tard. Je
trouve une lettre qui porte l'apparence de l'écriture
royale : si la formule et la signature sont de la même
main, toute la lettre est de la main du roi. Dans un
autographe à Matignon (F. Béthune, 8828, fol. 18),
la dernière lettre de la formule est unie par un délié
à la première lettre de la signature comme si *amy*,
Henry ne faisaient qu'un seul mot : toute la lettre est
de la main de Henri IV. Ailleurs, la signature est du
même *jeté* que la formule, et il est évident que la
plume n'a pas changé de main. Ici il faut une grande
prudence : quelquefois le hasard ou un peu d'attention apportée par le roi a pu donner à la signature
une ressemblance apparente avec la formule tracée
par Dupin ; mais dans quelques autographes, l'uni-
formité graphique est si frappante, que le plus incré-
dule l'avouerait :

Miossens. Janvier 1576. Béth. 8915, f. 1.

Dampville. Vers le 7 mai 1578. Béth. 8834, f. 9.

Saint-Geniès, fin février 1580. Aff. étrang. corresp. polit., mss.
France, f. 45 (2).

Plusieurs lettres à Matignon pendant les années 1583 et 1584
conservées au volume 8828 du fonds Béthune, f. 5, 7, 9, 11 et 35.

(1) Cette formule disparaît dès que Henri IV est roi de France ;
mais on la trouve toujours tant qu'il est prince ou roi de Navarre.

(2). V. le fac-simile au vol. Ier des *Lettres missives*.

Nous trouvons un autographe du 21 avril 1582 dans le fonds Béthune, 8909, fol. 7 (1). A cette époque, Dupin était en mission à Mautauban, mission qui a duré six mois ; et le roi n'ayant pas à ses côtés son imitateur, a été forcé d'écrire lui-même. Ajoutons une lettre à Crillon du mois d'août 1589 : Henri IV dit lui-même dans le corps de la lettre qu'elle est « de sa main. » J'ai vu l'autographe dans les archives de M. le duc de Crillon.

Voilà donc un certain nombre de lettres écrites par le roi. Ce qui frappe d'abord les yeux, c'est l'absence de ces abréviations qui hérissent d'énigmes les écritures du seizième siècle. On ne trouve guère que *M*ʳ, *s*ʳ, rarement celles-ci, qui sont alors d'un usage si commun : *pnt* (présent), *recomandaon* (recommandation) ; quelquefois aussi des abréviations inusitées et singulières, *ot* pour *ont*. On est surtout étonné des bizarres caprices de l'orthographe. Henri IV l'écrivait à peu près comme l'écrira plus tard le maréchal de Saxe : il est vrai que de son temps elle n'était pas fixée. Cependant il prend là-dessus les libertés les plus illimitées, non dans sa jeunesse où il est plus timide, mais à partir du moment où il compte comme chef armé des réformés, vers 27 ou 28 ans. Sa puissance, en grandissant, s'étend sur l'orthographe ; et il se permet, en vrai monarque, les plus singulières fantaisies. L'*i* est partout et toujours remplacé par l'*y*, et ne trouve de refuge, quand il le trouve, que dans le mot *Dieu* : *yntymyder,*

(1) Au prince dauphin, François de Montpensier.

ynfyrmyté, ynfynymant, yllégytymes, foysoyt. L'*x* s'éloigne de la fin des mots : *dys, sys, cens,* et reparaît inopinément où on ne l'attendait pas : *afexyon.* La lettre *z* ne paraît que dans le mot *filz,* qui n'a pourtant aucun droit à une pareille distinction. L'*e* remplace la diphthongue *ai : seson, meson, parfet.* L'*u* se retranche : *povoir, novelles, trever* et *trover* (trouver). Le *g* est quelquefois remplacé par l'*y : yans* pour *gens. L* se double : *vollonté, cella. S* se double aussi sans raison : *Mont-de-Marssan, pers-sonne* (ailleurs *persone*), et remplace le *t* dans l'écriture comme dans la prononciation pour les mots : *pacyfycasyon, ynnovasyon,* etc. Le même mot s'écrit des façons les plus diverses : *sujets* est *subgects* ou *suges.* On ne finirait pas à signaler toutes ces singularités orthographiques. Ajoutez les différences de l'orthographe ordinaire du seizième siècle avec la nôtre (desquelles je ne parle pas), celles de la prononciation, les confusions de lettres que commet l'accent gascon : *Byssouze* pour *Viçoze* (1) ; et vous comprendrez que les mots nous apparaissent parfois défigurés : il faut deviner que *costume* (coustume) signifie *coutume,* et que *pays* signifie *paix* (2).

(1) L'un des secrétaires de Henri IV.
(2) Cette considération et l'impossibilité de rétablir partout l'orthographe originale m'ont décidé à écrire les passages que je cite suivant l'orthographe moderne. Si j'éditais les lettres de Henri IV, j'aurais reproduit religieusement son orthographe ; et le lecteur, après un court apprentissage, s'y serait retrouvé. Mais, ne faisant que des citations courtes et prises çà et là, je n'ai pu risquer de dérouter à chaque instant le lecteur, et fort inutilement, puisqu'il ne s'agit pas ici de juger l'orthographe, mais le style.

Cherchons maintenant des lettres qui soient écrites en imitation par Dupin. Si nous trouvons beaucoup d'abréviations ; si l'orthographe est plus régulière, ou si elle se rapproche tantôt de l'orthographe ordinaire, tantôt de celle du roi, comme d'un homme qui oublie par moments de contrefaire : ce sont des indices.

S'il y a des lettres d'une forme tout autre que celles de Henri IV, et surtout des lettres de l'écriture ordinaire de Dupin, mêlées aux lettres de l'écriture royale ; nous surprendrons avec certitude l'imitation :

Au vol. 402 des cinq cents Colbert, nous trouvons une lettre, en apparence autographe, adressée à M. de Ségur vers la mi-mai 1586. On lit au bas ce post-scriptum de Dupin : « Monsieur, parce que cette depêche pourra courir risque sur les chemins, je ne vous ferai que ce mot pour vous assurer de plus en plus de mon très-fidèle service et vous supplie d'aimer toujours votre très-humble et très-affectionné serviteur, D. »

Or, Dupin ne peut reprendre qu'au bout d'une ligne son écriture ordinaire : les premiers mots sont encore en écriture imitée ; quelques lettres sont modifiées après coup ; des *y* placés dans les mots *courir risque* suivant l'habitude royale sont changés en *i* par correction. S'il était encore besoin de preuves, on trouve dans le corps de la lettre deux *d* de l'écriture ordinaire de Dupin.

Dans un manuscrit des Affaires Étrangères (Correspond. politique, mss. France, n° XIX, fol. 42), nous trouvons une lettre adressée à Saint-Geniès (*Lettres miss.*, II, 195). Cette lettre, chiffrée en partie, commence en écriture imitée ; puis quelques mots de l'écriture ordinaire de Dupin ; l'écriture imitée reprend un instant ; et le reste de la lettre est en écriture ordinaire.

Au fol. 40 du même volume, au bas d'une lettre à Saint-Geniès (2, m. 11, 157) de l'écriture ordinaire de Dupin, la formule est écrite deux fois ; la première fois par Dupin, selon son habitude ; la seconde fois par le roi, qui n'a pas remarqué que la formule était déjà mise, et l'a répétée par distraction.

Voici d'autres lettres où l'imitation se reconnaît par l'orthographe, les abréviations, et l'écriture ordinaire de Dupin :

B. I. F. Béthune 8834, f. 1. Dampville. (*Lettres missives*, I, p. 169) = *et, d*, des *p* repris, d'autres de l'écriture ordinaire : *paix, six, exécutyon*.

B. de l'Arsenal. Recueil d'autographes. Catherine de Médicis. (*L. miss.*, I, 493) = beaucoup d'*i, pacification, recomandation*.

Ibid. Henri III (*L. miss.*, I, 296) = beaucoup d'*i*, des *z*; signature d'une autre encre.

B. I. Fonds Béthune. 8828, f. 19. Matignon. = des *i* pendant trois lignes à la première phrase, puis des *y*; beaucoup d'abréviations ; *paix* deux fois.

Ibid., fol. 51. Au même. (*L. miss.*, I, 511) = orthographe régulière.

Affaires étrangères. Corresp. polit. mss. France, n° xix, fol. 38. Saint-Geniès. (*L. miss.*, II, 142) = beaucoup d'*i*, les *y* et les *v* mal imités.

Ibid., f. 39. Au même. (*L. miss.*, II, 219) = Les *p* et les *y* mal imités.

Archives de l'empire. Simancas, B. 41, 179. Roi d'Espagne. (*L. miss.*, I, 132) = *et, p, r, t, e, j, v*, mal imités.

Ibid., B 45, 93 ou 181). Au même. (*L. miss.*, I, 190) = *et, p, q, j*, mal imités.

B. I. Fonds Béthune 8828, fol. 43. Matignon. =La lettre est de l'é-
    criture d'un secrétaire, et suivie d'un post-scriptum
    qui veut paraître autographe ; mais la main est
    incertaine et indécise ; les lettres sont mal formées ;
    la signature est d'une autre encre.

Ajoutons deux soi-disant autographes que possède
M. Feuillet de Conches. L'imitation est si imparfaite,
qu'on voit seulement qu'elle a été tentée : l'écriture
est hâtive ; au commencement elle ressemble un peu
à celle de Henri IV ; mais à la fin Dupin n'a pas eu le
temps de soigner la ressemblance : outre une orthographe plus régulière, il y a par exemple des abréviations que Henri IV n'a jamais faites : *po^r foriser*
(pour favoriser).

Ainsi, nous tenons d'une part des lettres écrites
par Henri IV, de l'autre des lettres ou des phrases
écrites en imitation par Dupin. Il y a pour toutes les
écritures deux états différents, selon qu'elles sont ra-
pides ou lentes, selon le degré de célérité de la main.
Au premier aspect, on distingue si une page a été
écrite vite ou à loisir. Quand Henri IV écrit sans se
hâter, les lettres s'arrondissent et s'écartent ; elles ont
une netteté régulière et sont également penchées, ne
se redressant guère qu'à la fin des lignes pour permettre au dernier mot d'y tenir tout entier. Quand
Dupin imite lentement, les lettres sont hautes et ser-
rées (on sait qu'alors la hauteur de l'écriture marquait celle du rang) ; habitué dans son écriture ordinaire à faire toutes ses lettres droites, il a toujours
une tendance à les relever ; et quand il s'aperçoit qu'il
les redresse trop, il passe à l'excès contraire et incline
trop les suivantes : l'indécision paraît partout ; quel-

ques lettres sont trop hautes ou trop longues; d'autres
sont trop basses ou trop courtes.

Quand Henri IV est pressé, ses lettres se heurtent
et perdent la symétrie, en gardant toutefois un caractère frappant de décision et de vivacité ; au contraire,
quand Dupin n'a pas le temps de soigner l'imitation,
il se lance résolûment dans une écriture longue et
penchée, où les lettres sont à demi formées, et présentent comme un compromis entre sa main et celle
du roi. Elles se relient les unes aux autres par des
déliés qui rejoignent même les mots aux mots et les
phrases aux phrases, tandis que chez Henri IV les
lettres se détachent presque toujours, et sont voisines
sans se toucher.

Enfin, chez Dupin, les traits sont moins gros ; la
plume va plus légèrement ; elle n'ose appuyer.

Voilà pour l'aspect général de l'écriture. Quant à
la forme des lettres, il en est peu que Dupin imite
partout avec un égal bonheur. Il redresse souvent le
g, le *j* et l'*y ;* il garde quelquefois son *r* et son *v* ha-
bituels ; *S* est plus arrondi ; *E* est le plus souvent
ouvert chez Henri IV et fermé chez Dupin ; *P* n'est
jamais bien imité, et suffirait presque pour dénoter
l'imitation.

La première lettre de chaque autographe est d'ordinaire une majuscule; quelquefois c'est une minus-
cule : c'est alors une preuve pour Henri IV.

Vers 1585, Henri IV prend l'habitude de tracer
un signe, ou, en style technique, un monogramme, à
la fin des lignes, quand les mots, ne suffisant pas à les
remplir, y laissent un espace vide. Ce monogramme,

qui représente un *s* traversé par une barre, n'est là
que pour le plaisir des yeux ; il n'a d'autre prétention que de noircir une place blanche, et de donner
aux lignes trop courtes une plus longue étendue.
Quelqu'un cependant, qui apparemment n'avait vu
que les originaux des lettres à Gabrielle, en voulait faire
un calembour galant sur le nom de mademoiselle d'Estrées (*s, trait*) ; mais, outre qu'on prononçait d'*E-
trées*, ce monogramme se trouve déjà dans les lettres
à madame de Grammont et dans toutes les autres,
sans distinction de correspondants : il faut donc laisser à son auteur ce *trait* d'esprit, dont Henri IV est
innocent.

Dupin n'a pas songé à imiter ce monogramme, qui
n'est devenu une habitude de l'écriture royale que
treize ou quatorze ans après son apprentissage d'imitateur. Dans aucune des lettres qui portent la trace
de son imitation, ce monogramme ne se rencontre ;
et la constance de cet oubli en fait un argument.

Il y a donc plusieurs imperfections où Dupin se
laisse prendre : 1° son orthographe habituelle ; 2° des
lettres de son écriture ordinaire ; 3° des lettres mal
imitées ; 4° des lettres corrigées pour les faire plus
ressemblantes ; 5° des abréviations trop fréquentes ;
6° l'indécision, et l'inégalité des lettres entre elles ;
7° l'absence du monogramme. Quand plusieurs de
ces preuves se trouvent réunies, elles se prêtent
une force mutuelle, et donnent à l'esprit toute la
certitude qu'il peut atteindre en matière si incertaine.

Dupin meurt en 1592. Loménie lui succède comme

secrétaire du cabinet. L'a-t-il aussi remplacé dans ses fonctions d'imitateur? Ouvrons la collection Dupuy au vol. 407; nous trouvons des minutes écrites par Loménie, et çà et là, sur les marges de ces minutes, aux endroits blancs, des essais d'écriture imitée, un mot, un fragment de mot, comme pour s'exercer. Une minute même commence en écriture imitée et s'achève par l'écriture de Loménie. Dans le vol. 9050 du fonds Béthune, au-dessous d'une minute au président Delacourt, écrite par Loménie, on lit : *Monsieur le prés*... en écriture imitée; le *p*, mal fait d'abord, a été recommencé. Enfin Sully parle d'une lettre envoyée par le roi au cardinal de Bourbon, et écrite « *comme de la main* par Loménie (1). »

Il faut donc recommencer notre travail de comparaison. Mais ici il est plus facile. L'écriture du roi est alors fixée en une forme invariable, tandis que l'écriture de jeunesse avait ses caprices et ses diversités. Pendant toute la durée des fonctions de Loménie, nous avons des lettres à Gabrielle, à la marquise de Verneuil, à la reine, qui sont des monuments de l'écriture véritable. De plus, un certain nombre de lettres sont indiquées par le roi comme de sa main : « cette lettre que je vous écris de ma main, de ma propre main. » Il paraît que l'emploi du secrétaire de la main n'était pas resté un mystère; et par ces mots le roi garantissait son écriture. Les originaux de quelques lettres qui contiennent cette indica-

(1) Collection Petitot. *Econ. roy.*, vol. II, ch. 23.

tion se trouvent à Paris, et sont des témoins à notre portée :

Rosny, 10 avril IIe 1593. B. I. Fonds Béthune, 8948, fol. 1.
Matignon. B. I. Fonds Béthune, 8828, fol. 58.
Le Connétable, 2 septembre 1600. B. I. Fonds Béthune, 9079.
Le même, 21 novembre IIe 1600. B. I. Fonds Béthune, 9079, f. 126.
Duperron, 16 juillet 1601. B. I. Fonds Dupuy, 407, fol. 54.
De Thou, 2 décembre 1600. B. I. Fonds Dupuy, 407, fol. 58.

Il faut ajouter une lettre au connétable du 22 février 1596, et dont l'original est dans le fonds Béthune 9055, fol. 2. Le roi nous apprend qu'elle était de sa main par une autre lettre du 25 février, commençant ainsi : « Outre la lettre que je vous écris de ma main, je vous fais envoyer celle-ci, etc. »

Dans les fragments d'imitation des vol. 407 du fonds Dupuy et 9050 du fonds Béthune, l'écriture a quelque chose de roide et de lent qui trahit l'attention hésitante d'un homme qui s'applique. Au bas du texte de la harangue prononcée devant le parlement de Paris, le 21 mai 1597, on lit ces mots en apparence autographes : « prononcé par le roi en parlement le xxie mai 1597 » (Dupuy, 407, fol. 25). La date a été évidemment écrite en même temps que les mots qui précèdent : c'est la même encre et le même jeté. Or les chiffres sont ceux de Loménie ; on peut s'en convaincre en retournant le feuillet et en lisant la même date sur des minutes écrites par le même secrétaire ; les chiffres de Henri IV sont tracés autrement. Toute la phrase a ce caractère de roideur que nous avions remarqué ; caractère assez sensible pour nous

faire reconnaître partout ailleurs l'imitation du secrétaire de la main.

Quant à l'imitation hâtive, le corps de cette même
harangue nous en offre un exemple. Loménie a dû
l'écrire tout entière, comme la phrase qui la suit :
elle est mise *au net*, et Henri IV sans doute ne s'amu-
sait pas à recopier les discours; d'ailleurs, en comparant avec les lettres qui sont certainement écrites par
le roi, et surtout avec le brouillon autographe du
discours aux notables dans le même volume (comparaison excellente, parce que l'écriture de Henri IV ne
s'est jamais rapprochée davantage de l'imitation de
Loménie), on découvre sans grande peine des différences constantes et essentielles; et l'on reste convaincu que les textes des deux harangues ne sont pas
de la même main.

Cette conviction est confirmée par un prétendu
autographe du fonds Béthune (vol. 9075), commençant ainsi : « Comme Fosseuse... » Le roi a fait intercaler *le sieur de*, mots que Loménie a écrits de son écriture ordinaire. Il est évident que le secrétaire de la main
a écrit hors de la vue du roi, et qu'imitant le style de
Henri IV en même temps que l'écriture, il a mis
simplement *Fosseuse*, comme plus familier, familiarité qui n'a pas agréé à Henri IV. Or nous retrou-
vons là toutes les preuves que nous avions découvertes de l'imitation de Loménie.

Cette imitation présente une forme toute nouvelle
de l'écriture prétendue royale, forme qui se retrouve
sur d'autres originaux, particulièrement aux vol. 9075,
9050 et 9158 du fonds Béthune. Les lettres sont

peu formées ; chacune d'elles, il est vrai, diffère peu de la lettre correspondante de l'écriture du roi, parce que l'écriture ordinaire de Loménie a des ressemblances avec celle de Henri IV, sauf les *p* et les *s* qui sont toujours mal imités ; mais elles sont trop grosses, trop pleines, trop hautes et trop penchées ; les jambages trop prolongés ; le monogramme plus grand, plus gros par le bas, avec un trait qui descend trop. Les lettres et même les mots sont unis entre eux par de longs déliés ; l'écriture est précipitée, un peu téméraire ; elle a, si j'ose le dire, le courage de la peur, comme on voit un homme courir dans la crainte de tomber.

Mais la différence la plus grave et la plus évidente est dans l'aspect général qu'il est si difficile de reproduire. Pour un peintre de portraits, le plus malaisé n'est pas de rendre la forme, ovale ou ronde, du visage, celle du nez ou du menton ; c'est la physionomie. De même pour l'écriture ; en s'exerçant quelque temps, chacun de nous imiterait passablement l'écriture de Henri IV ; mais la physionomie n'y serait pas. Qu'on regarde dans ce même volume 407, qui nous est si utile, une lettre de Henri IV à de Thou qu'il indique comme de sa main, et deux autres lettres à ce même magistrat ; on verra que celles-ci sont loin d'atteindre la ressemblance à laquelle elles prétendent.

Quelle est la physionomie, qu'on me permette ce mot, de l'écriture de Henri IV ? Elle est ferme, délibérée, d'une seule et même teneur, tranquillement rapide, n'ayant rien d'indécis ni de désordonné, ni lenteur, ni précipitation. L'aisance, voilà son caractère le plus inimitable ; car c'est la dernière qualité qu'un imitateur puisse acquérir.

Voilà le résultat de mes recherches. Il m'a permis de reconnaître, l'un après l'autre, les véritables autographes ; dans le doute, je me suis abstenu.

J'ai poursuivi cet examen sur tous les manuscrits conservés dans les dépôts publics de Paris ou les archives des ministères, et sur les originaux privés qui sont dans la capitale avec leurs honorables possesseurs, dont la bienveillance ne craint pas de faire des obligés et de les embarrasser d'une reconnaissance insolvable : MM. Feuillet de Conches ; le duc de Crillon ; le comte de Montesquiou ; le marquis de Lubersac ; le comte de Noé.

Quant aux autographes des départements et de l'étranger, il y en a qu'il faudrait chercher bien loin, dans des archives à demi fermées, ou même tout à fait inaccessibles, du moins aujourd'hui : Saint-Pétersbourg en possède un grand nombre.

Mais sans voir l'original, ou même un fac-similé, on peut quelquefois par d'autres raisons reconnaître un autographe. Nous avons parlé des lettres que Henri IV lui-même indique « comme de sa main. » A celles que nous avons citées, il en faut ajouter quelques autres, dont les originaux sont hors de notre portée, ou qui ne sont restées qu'à l'état de copies :

Mme de la Roche-Guyon, 31 août 1590.
Le duc de Toscane, 26 avril 1593.
Le même, 31 mai 1593.
Le pape Clément VIII, 9 août 1593.

Le même, 12 novembre 1595 (1).
Les colonels Galaty et Balthazar, 27 novembre 1595.
Le Connétable, 8 juin II° 1595.
Le cardinal de Gondy, 22 novembre 1593.
Caumont-Laforce, 17 juillet 1599.
Le même, 24 novembre III° 1599.
La Guesle, 16 novembre II° 1598.
Gruget, maire de Poitiers, 5 août 1600.
Marescot, 31 mai IV° 1599.
Sillery, octobre I°° 1598.
M°° de Piolant, 23 septembre 1601.
Bellièvre, 6 décembre III° 1600.
La reine Élisabeth, 14 novembre I°° 1594.
La même, 7 avril II° 1596.
L'archiduc Albert, 24 août 1598.
Le duc de Toscane, III°, 9 août 1593.
Le même, 2 juillet 1595.
Le pape Clément VIII, vers le 20 janvier 1599.
Anne, reine d'Angleterre, 2 juin IV° 1603.

Mettons sur la même liste une lettre à la reine Élisabeth, écrite vers le 8 mai 1585 (*Lett. miss.* II, 55). Mornay nous apprend qu'elle était de la main du roi : chargé de la correspondance avec Élisabeth et de la direction des affaires diplomatiques, il ne pouvait ignorer si Henri IV avait écrit en personne. Et une lettre au comte d'Auvergne du 25 mai 1592, confiée à « Vicôze présent porteur. » Dans une lettre au même du 29 mars suivant, contresignée Potier, il est question de « celle que je baillai hier à Vissouze écrite de ma main. » Quoique Potier indique un intervalle d'un jour au lieu de trois, Vicôze, n'ayant pu en quatre jours aller de Rouen en Auvergne et en revenir pour y retourner avec une autre lettre, il

(1) Donnée deux fois dans les *Lettres missives*, vol. IV, p. 11 et 417.

s'agit de celle du 25 mars. Vicôze sans doute ne sera parti que deux ou trois jours après qu'elle eut été écrite et datée.

Les fac-simile peuvent tenir lieu d'autographes quand ils sont bien faits; car on peut aussi certainement juger de l'écriture. Ainsi, une lettre à Antoine de Valory (*Lett. miss.* II, p. 474) dont j'ai vu un facsimile chez M. Laverdet.

Quelquefois la composition graphique sert de preuve : « Messieurs de Béthune et Meslon, je vous envoie le capitaine Belzunce avec trente arquebusiers si lestes et si assurés que je m'assure qu'ils vous serviront bien. Je vous recommande surtout de faire provision de vivres et m'avertir à toute heure de ce que vous entendrez. *Et adieu, votre meilleur maître et ami.* Je vous enverrai ou vous apporterai dans demain de la poudre. Henri. »

(Fin juillet 1580.)

Le secrétaire eût détaché la formule du corps de la lettre, selon l'habitude constante, et placé la dernière phrase en post-scriptum.

Quand une lettre à un secrétaire est indiquée comme autographe, il est inutile, je crois, de voir l'écriture. Henri IV n'avait ni raison, ni moyen de tromper les yeux de ses confidents de tous les jours, qui connaissaient intimement les mystères de son cabinet, les formes habituelles de son langage et de son style. On n'écrit pas à son secrétaire pour lui faire honneur ou plaisir, mais pour traiter de détails spéciaux d'administration particulière. L'écriture importe peu ; leur zèle ne dépendait pas sans doute des

apparences autographiques. D'ailleurs, si nous pré-
tendons distinguer la vraie écriture, les secrétaires
qui la connaissaient mieux que nous ne pouvaient se
méprendre. Le secrétaire de la main aurait fatigué
son adresse inutilement et sans succès.

De même pour les conseillers intimes, Duplessis-
Mornay, qui avait été longtemps premier secrétaire,
et Sully.

Il ne faudrait pas toujours croire qu'une lettre
écrite par Henri IV soit rédigée par lui.

Il est probable, par exemple, que les lettres au
pape des 5 oct. 1ᵣₑ 1572, 20 août 1573, 18 décembre 1573, indiquées comme autographes, étaient de
sa main ; Dupin n'avait pas encore eu le temps, ce
semble, de se façonner à l'imitation : or la seconde
est contresignée Berziau (La Marsilière). Le roi de
Navarre était alors prisonnier de Catherine de Médicis, qui a pu contribuer à la rédaction. C'est le style
nombreux, solennel, un peu oratoire d'un homme
de plume exercé.

Je passe les lettres écrites dans son enfance, en
collaboration de son précepteur, de sa mère ou de
Coligny. Leur seul intérêt est de marquer les com-
mencements d'un homme célèbre.

Même plus tard, le 10 juin 1585, quand il s'agit
de protester contre le manifeste du cardinal de Bourbon, le roi se fit rédiger par Duplessis-Mornay une
lettre à Henri III qu'il copia de sa main. Du reste,
je crois cet exemple unique. Tant qu'il fut le second
personnage du royaume, il ne pouvait se faire faire
un brouillon que par son premier secrétaire, Duples-

sis, qui, dans ses Mémoires, nous l'aurait dit. Quand il fut roi de France, il n'était obligé envers personne de copier lui-même un brouillon, au lieu de le faire copier en imitation par Dupin où Loménie, afin de pouvoir intercaler ces mots : « écrite de ma main. »

Il écrivit à d'Épernon, le 5 mai 1600, une lettre fort imprudente, à propos de la conférence publique de Duplessis-Mornay et de Du Perron. Cette lettre lui fit le plus grand tort auprès des protestants. Elle est contraire à son système de prudence et de modération. Il faut donc croire qu'il l'a écrite lui-même dans un moment d'irréflexion, et envoyée immédiatement. L'intervention d'un secrétaire, même pour écrire sous sa dictée, lui aurait donné le temps d'apercevoir son étourderie.

Si même une lettre indiquée comme autographe est adressée à un petit seigneur, on n'en doit pas conclure qu'elle est réellement de sa main, sous prétexte qu'à l'égard d'un personnage peu important il n'avait pas besoin de faire simuler son écriture ; car il n'est pas de gentilhomme que Henri IV n'ait eu, un jour ou l'autre, intérêt à flatter.

§ III. — LETTRES ÉCRITES OU DICTÉES.

Pour un grand nombre de lettres, nous ne pouvons savoir si c'est le roi ou un secrétaire qui a écrit. Ce sont les autographes que je n'ai pu vérifier ; les copies et les imprimés dont les originaux ont disparu, et sur lesquels rien n'indique la main de Henri IV.

Comment découvrir celles qui sont de la façon

de Henri IV, soit qu'il les ait écrites ou simplement dictées? Une fois, le roi indique lui-même qu'il a écrit ou dicté; c'est une lettre au connétable :

« Hier je courus un cerf qui courut cinq heures sans aucun défaut, et où nous eumes tous les plaisirs du monde. J'en revins si las, que d'hier au soir je n'eus le moyen de vous dépêcher ce porteur; ce que je fais ce matin à mon réveil. Bonjour, mon compère. Ce jeudi 14 octobre, à Fontainebleau (1599). »

Si las qu'il eût été, il aurait toujours pu lire et signer une lettre rédigée par un secrétaire.

Deux fois nous trouvons dans le texte une indication aussi sûre, quoique moins directe :

« Le froid ne me permet pas plus long discours. » D'Épernon, 6 février 1603.

« Je ne vous écrirai plus amplement pour ce que pour le moment je me trouve tout mal. » Le même, 20 février 1re 1605.

Une tournure de phrase peut servir d'indication : « Ce mot à la hâte est pour vous dire... » (La Force, 14 juin IIe 1602.) « Excusez le malade. » (D'Épernon, 28 janvier 1589.)

Mais ailleurs il n'y a qu'un moyen : c'est de distinguer le style du roi du style de ses secrétaires. Henri IV dit quelque part : « Vous reconnaîtrez que ce style n'est de secrétaire. » (Cardinal de Vendôme, 5 mai 1592.) Et il semble tout d'abord que sa parole doit avoir un caractère frappant qui la fasse reconnaître. Il faut se méfier pourtant. Les secrétaires de la main imitent le style en même temps que l'écriture; la ressemblance du langage devait s'allier à la ressemblance extérieure pour que la méprise fût possible.

Voici une lettre que l'on croirait volontiers rédigée par Henri IV : « Monsr Maulevrière, je plains infiniment l'ennui de mon compère [1], que je ressens comme si c'était le mien, et me réjouis encore de ce que vous êtes près de lui, pour le lui faire passer au mieux qu'il vous sera possible. Je vous commande et vous conjure, si vous m'aimez, que vous n'en bougiez et ne l'abandonniez en cette affliction, où je sais combien peut la présence d'un parent et bon ami tel que vous lui êtes, et auquel il ait créance. J'envoie ce laquais exprès pour savoir de ses nouvelles; mandez m'en par lui et amplement; et si d'aventure vous connaissez que pour lui faire passer son ennui plus aisément, et lui arracher la douleur du sein, il doive faire quelque voyage, conseillez-lui de venir ici. Je voudrais que d'ici à quelques jours vous me l'amenassiez avec peu de train, afin qu'étant près de moi, je m'essaye de lui arracher la douleur de l'esprit. Son âge lui devrait avoir appris à consoler les autres, à plus forte raison lui-même. Bonjour, Maulevrière. » (Vers la fin de septembre, IIe 1598.)

Cependant la minute de cette lettre est dans le fonds Dupuy (vol. 407); et la surcharge des corrections prouve que c'est un brouillon revu sans doute par le roi, qui a indiqué des changements, des retranchements, des additions; d'après les *Lettres missives,* cette lettre était *autographe,* c'est-à-dire écrite en imitation par Loménie.

- (1) Le connétable de Montmorency qui venait de perdre sa femme.

A côté de cette minute s'en trouvent d'autres qui portent le même caractère.

Il se peut donc que, dans telle ou telle lettre, des phrases de Henri IV soient mêlées aux phrases des secrétaires, et que, reconnaissant çà et là le style du roi, nous décidions à tort que toute la lettre est de lui. D'autres fois le secrétaire a pu écrire après avoir reçu les instructions du roi, après une de ces conversations comme nous en lisons dans les *Économies royales*, et, encore tout plein de ce qu'il a entendu, mêler à son propre style les phrases, les mots qui l'ont frappé. Enfin l'habitude d'entendre le roi, d'écrire sous sa dictée ou pour son compte, devait leur faire adopter, volontairement et même à leur insu, non-seulement les habitudes de son langage, mais celles de sa pensée.

Nous trouvons au volume VI des *Lettres missives*, page 191, une lettre à M. de Beaumont, ambassadeur de France en Angleterre (17 janvier 1604). Cette lettre n'a pu être ni écrite ni dictée par Henri IV ; elle tient cinq grandes pages in-quarto, et explique des détails de diplomatie minutieuse où le roi ne pouvait entrer. Elle est évidemment de Villeroy, comme toutes les autres dépêches aux ambassadeurs. On y lit :

« Et pour le regard du présent que la reine ma femme envoie à la sienne (celle du roi d'Angleterre), vous lui direz que la jalousie que celle-là a eue de l'affection qu'elle connaît que je porte à la dite reine l'a mue de faire passer la mer au portrait qu'elle lui envoie, accompagné du vœu inviolable de son amitié, afin que, s'il advient que je fasse quelque jour le même chemin, comme elle sait que j'en ai le désir, je les rencontre ensemble, si bien qu'en faisant l'office de chevalier, tel que je me dévoue à l'une, je n'oublie du tout celui de mari que je dois à l'autre... Vous en direz autant à ladite reine ; mais vous ajouterez que, comme je ne suis apprentif au service des dames, les inventions aussi ne me manqueront de charmer les yeux et la jalousie de ma femme, quand j'aurai le bonheur de voir ladite reine, et d'autant plus que je m'assure que sa présence me fournira d'industrie comme de volonté et de courage autant qu'il sera nécessaire pour surmonter tous les obstacles qui traverseront le dessein que j'ai d'acquérir et mériter le titre de son chevalier et serviteur. »

Ces idées semblent plutôt appartenir à Henri IV qu'à son grave ministre. Villeroy, dans une dépêche qui n'a aucune prétention aux apparences de la rédaction royale, fait dire à la reine d'Angleterre des galanteries que le roi seul, ce semble, pouvait exprimer. Villeroy était secrétaire d'État : que sera-ce des secrétaires du cabinet ?

Nous avons vu qu'ils imitaient même la familiarité, puisque le secrétaire ayant écrit *Fosseuse* sans le faire précéder des mots *le sieur de*, Henri IV les lui fait ajouter. (Béth. 9075.)

Au contraire, pour un certain nombre d'autographes où nous avons reconnu la véritable écriture, aucun indice n'eût suppléé à cette preuve matérielle.

Mais il ne faut pas désespérer.

Un secrétaire est un écrivain exercé, maniant la

phrase avec l'aisance que donne l'habitude : écrivant au nom du roi, il doit donner quelque attention au style. Toutes les lettres qui dénoteront un peu d'inhabileté de la plume, d'embarras de construction, de désordre et de négligence, qui tiendront plutôt du langage un peu déréglé de la conversation que du style écrit, seront de Henri IV.

En s'adressant à une *majesté* ou à une *sainteté*, Henri IV mêle toujours les seconde et troisième personnes : « Il plaira à Votre Majesté qu'il soit pourvu au payement des garnisons des villes de sûreté, suivant la requête que je lui ai faite, et m'honorer de *vos* commandements. » (Henri III, vers la fin de février 1584.) Ses secrétaires suivront plus fidèlement la tournure qu'impose le respect. Une erreur de date acquiert de l'importance à nos yeux : « Ce dimanche, sept heures du soir, *XII*e novembre. » Le 12 novembre était, cette année-là, un samedi. (*Lettres missives*, II, p. 245.) Les secrétaires étaient, sans doute, au courant du calendrier.

Tout ce qui sentira les préoccupations littéraires, et, à plus forte raison, l'imitation latine, devra être rejeté.

De plus, un secrétaire n'a pas les coudées franches. Écrivant au nom d'un autre, il n'a pas toute sa liberté; il est obligé de garder une certaine mesure et de rester dans le convenable. Il ne s'élèvera guère au-dessus du médiocre. Il pourra développer avec art, et même avec éloquence, les idées, qui sont, de leur nature, impersonnelles; nous ne nous étonnons pas que Henri IV ait confié la plume à Duplessis-Mornay

dans de graves circonstances, même pour protester
de sa fidélité à sa religion : mais il y a des sentiments
qu'on ne peut exprimer comme siens qu'à la condition
de les ressentir. Les grands poëtes, sans doute, font
parler les personnages qu'ils animent avec plus de vérité que ces personnages ne parleraient eux-mêmes : il
semble que leur âme devienne, à leur gré, l'âme d'une
Cléopâtre ou celle d'une Andromaque ; et la passion
réelle ne saurait s'exprimer en langage plus naturel que
cette passion idéale. Mais ce don de transformation
temporaire et volontaire est une force de l'intelligence,
une puissance de l'imagination qui s'appelle le génie,
et reste le privilége de quelques hommes : de plus, ils
choisissent leur sujet, ils s'en inspirent à loisir, ils se
dégagent peu à peu des choses qui les entourent pour
entrer et vivre dans ce monde qu'ils inventent. Si l'on
eût dit à Corneille ou à Racine : Asseyez-vous ici et
exprimez sur l'heure la vigueur mâle du vieil Horace ou la tendre innocence de Joas ; n'ayant pas le
temps de s'isoler, de se pénétrer des sentiments d'un
autre et d'en remplir leur âme, réussiraient-ils? Non
assurément, malgré leur puissance merveilleuse. Des
secrétaires, qui ne sont pas des hommes de génie,
accompliraient-ils ce que ne sauraient faire les plus
grands écrivains? Il ne s'agit même pas ici des grands
secrétaires : Duplessis-Mornay a gardé les minutes
des lettres qu'il a « dressées » et revendique sa rédaction dans une note marginale ; les secrétaires d'État
Révol, Villeroy, Forget, Potier et Ruzé contresi-
gnent et marquent à leur nom leur part de travail. Il
ne reste que les secrétaires particuliers, hommes in-

6

telligents sans doute, mais sans être d'un esprit supérieur. Ils ne deviendront pas, même par imagination, Henri IV; ils resteront médiocres et prudents
dans l'expression de sentiments empruntés qu'ils ne
ressentent que par contre-coup : leur style n'aura ni
élan, ni abandon, ni éclat, ni effusion. Ils craindront,
d'une part, de compromettre la dignité royale; d'autre part, ils ne s'élèveront pas à cette hauteur de
sentiments qui s'allie à la hauteur du rang. Ils ne se
permettront pas le tutoiement, liberté qui n'est qu'ac-
cidentelle chez le roi ; car il ne tutoie personne constamment, mais seulement par caprice. Ils ne diront
pas à Mme de Laval en parlant de son fils : « votre petit » (1er janvier, IV, 1589); ils n'auront pas non
plus le ton sévère, le sourcil hautain d'un monarque
mécontent. Ils n'auront ni excès de modestie, ni excès
de fierté. Ils ne descendront pas aux instantes prières, aux pressantes supplications; ils n'atteindront
pas le langage impérieux, le commandement altier,
le frémissement de la colère. Ils ne sauront exprimer
bien naturellement ni la joie, ni la tristesse, ni l'enthousiasme, ni le découragement. Il y a des détails
inutiles et étrangers au sujet qui ne peuvent venir à
l'esprit par réflexion. Ainsi l'indication de l'heure
où l'on écrit, quand cette heure est indifférente, l'indication du temps qu'il fait mêlée aux graves débats
d'une question financière ou politique ; « à Fontainebleau où il fait beau. » Il y a des changements
inattendus et sans motif aux formes usitées du commerce épistolaire : ainsi la salutation déplacée et
suivie d'une nouvelle phrase qui la sépare de la si-

gnature : « Bonjour, mon ami ; je monte à cheval
pour m'en aller faire un tour à Paris, où je ne séjournerai qu'un jour pour me rendre ici aussitôt »
(d'Épernon, 5 novembre 1602) ; ou cette salutation
se trouvant au milieu de la lettre, suivie de nouveaux
développements et répétée à la fin, à sa place ordinaire ; et d'autres fantaisies qui ne viénnent que du
maître.

L'absence complète de salutation prouve que le roi
a écrit ou dicté ; un secrétaire eût dit au moins *bonjour* ou *adieu* par politesse et par habitude : « Capitaine Castera, ne faites faute de délivrer les poudres
et les piques à ce porteur. La présente vous servira
de décharge. De Casteljaloux, ce dernier jour d'avril »
(1580).

Une salutation inusitée est un indice : « ... d'aussi
bon cœur que je me recommande à vos très bonnes
grâces. » (La Salle, 20 novembre 1576.)

En lisant et en comparant toutes les lettres écrites
au même correspondant, on découvre assez facilement,
d'après les différences de ton, la froideur des unes, la
chaleur des autres, celles qu'Henri IV a dû écrire ou
dicter. Ces comparaisons prouvent que les secrétaires
ne songeaient pas ou ne réussissaient pas toujours à
prendre le ton du roi. Tel serviteur recevait tantôt
une lettre sèche, aride, tout administrative, tantôt
une lettre aimable, enjouée, vive : on devine laquelle
des deux est de Henri IV. Une lettre adressée à Henri III,
l'appelant *mon maître,* est du roi de Navarre : il est
ordinairement appelé *monseigneur,* suivant l'usage
et l'étiquette. On distingue aisément, parmi les lettres

adressées à la reine Élisabeth, la rédaction du roi :
les unes sont cérémonieuses : *Très haute et très excellente dame ;* d'autres sont polies, flatteuses et élogieu-
ses : mais un certain nombre sont pleines de galanterie
et d'admiration pour les charmes de la vieille reine,
qui les croyait éternels ; sous ces compliments perce
un peu d'ironie ; les tendres déclarations sont si exa-
gérées qu'elles semblent un peu moqueuses ; Henri IV
paraît en personne dans ces flatteries spirituelles et
habiles.

Toutes les lettres où l'on trouve des saillies, des
railleries, des accès de gaieté et des épigrammes, je
les attribue à Henri IV : un secrétaire ne peut être
gai et spirituel que dans une certaine mesure. Je lui
attribue aussi tout ce qui est aimable, affectueux, et
tous ces mots charmants, qui lui venaient si aisément
aux lèvres.

On voit que je lui fais la belle part ; mais elle lui
appartient. Je ne doute pas que ses secrétaires, écrivant en leur nom et dans leur commerce privé, n'eussent beaucoup d'esprit et de cœur ; mais, remplis-
sant des fonctions difficiles et délicates, celles de parler au nom d'un roi, ils n'auraient pu, sans témérité,
donner cours à leurs plus belles facultés : ils n'étaient
pas assez à leur aise, n'étant plus eux-mêmes et revê-
tant pour un moment le caractère royal, pour en
avoir le libre exercice ; comme un homme serré dans
un habit trop étroit ne peut faire des mouvements
vifs et hardis, naturels et gracieux.

§ IV. — LETTRES DICTÉES.

Si nous cherchons parmi les lettres qui sont de l'écriture des secrétaires, avouée et sans déguisement, celles que Henri IV a dictées, la tâche ne sera pas très-difficile.

Quand le secrétaire a rédigé lui-même et écrit de sa propre écriture, il n'a dû guère plus songer à tromper l'esprit que les yeux du lecteur, et les marques du style royal nous offriront plus de sécurité.

On peut, je crois, écarter sans scrupule toutes les lettres contre-signées (1). Je ne puis me figurer un secrétaire d'État, qui était l'égal pour l'importance, sinon pour l'étendue des affaires administratives, à nos ministres d'aujourd'hui, réduit à la modeste fonction d'un homme qui écrit sous la dictée d'un autre; je le comprends encore moins contre-signant une lettre qu'il n'a pas rédigée. Il serait singulier que le roi, dictant une lettre, laissât penser au correspondant qu'il n'avait fait que la signer, et perdît le bénéfice de sa peine; lui qui avait un secrétaire de la main pour augmenter en apparence le nombre de celles qu'il écrivait. Dans la foule de lettres contre-signées dont le recueil des *Lettres missives* est encombré, rien ne nous montre dans aucune la participation personnelle du roi. Pour une seule, Villeroy, dans un post-scriptum qu'il ajoute en son nom, dit que le

---

(1) Quelques-unes sont marquées comme originaux autographes dans les *Lettres missives;* c'est un *erratum* évident, que j'ai relevé sur les originaux mêmes, par un surcroît inutile de précaution.

roi a fait écrire cette lettre devant lui. Mais il y a une grande différence entre écrire devant quelqu'un ou écrire sous sa dictée; et même ce soin que prend Villeroy d'indiquer que le roi était à ses côtés, ne prouve-t-il pas qu'habituellement il écrivait hors de la vue du roi? Forget semble rapporter une saillie du roi quand il écrit à Montmorency : « Nos Espagnols sont bien plus honnêtes gens que les vôtres ; car ils ne veulent pas fouler leur hôte davantage et parlent de se retirer. Ils nous ont fait si peu de mal que je pense être obligé à leur faire l'honneur de les reconduire. Je m'en vais faire une escapade sur ce dessein » (4 novembre Iʳᵉ 1590). Mais le trait s'émousse en s'allongeant ; le mot du roi a dû être plus court et plus piquant.

On voit même que les lettres adressées au roi étaient reçues et ouvertes par les secrétaires d'État, et que souvent ils montraient au roi à la fois la lettre reçue et la réponse déjà faite, toute préparée pour la signature.

D'ailleurs le style des secrétaires d'État est toujours le même et facile à distinguer. Toutes les lettres contre-signées de Neufville (Villeroy) sont d'un style net et clair, sans éclat, sans vivacité, mais précis ; Forget a plus de prétention à l'élégance, élégance de convention qui ramène la phrase française à la période latine, mais toujours avec aisance, sans que le sens coure risque de s'obscurcir, ou la construction de se déranger. Il est rare, au contraire, que Henri IV se tire avec succès d'une phrase longue. Potier a le style net, délibéré, plus vif et plus chaleureux, mais sans hardiesse et d'une allure toujours égale.

Voici encore une preuve : Henri IV abandonne volontiers les formules de pure étiquette. Il ne termine pas toujours ses lettres par la phrase traditionnelle : « Sur ce, je prie Dieu qu'il vous ait en sa sainte et digne garde. » Il aime à lui substituer une phrase plus affectueuse, dont le sens se continue jusque dans la formule finale et la signature. Par exemple : « Veuillez honorer de vos commandements et de vos bonnes grâces celui qui ne vit que pour être Votre très-humble, etc. » (Henri III, mars Ire 1581.) Et cette inversion : « Mon ami, je vous laisse en main ces affaires, et quoique soit en vous ma plus sûre confiance pour ce pays, toutefois vous aimerait bien mieux là où il va et près de lui, Votre affectionné ami, HENRY. » (Batz, 2 nov. 1587.) Henri IV ne prenait pas seulement cette tournure dans les lettres familières, mais aussi dans les lettres les plus solennelles et destinées à la plus grande publicité, comme celle du 10 juin 1585, rédigée par Duplessis, écrite par le roi d'après sa rédaction, et dont les copies ont dû être « distribuées tant dedans que dehors le royaume. » La minute dressée par Duplessis se terminait ainsi : « Et remettant le surplus sur les sieurs de Clervant et de Chassincourt, que je supplie Votre Majesté croire de ma part, comme elle me ferait cet honneur de me croire moi-même, je finirai, Monseigneur, en suppliant le Créateur la vouloir conserver longuement et très-heureusement en parfaite santé, Votre, etc. » Henri IV a modifié en copiant :

« Et remettant le surplus sur les sieurs de Clervant et de Chassincourt, je supplie Votre Majesté les croire comme

« Votre très humble et très obéissant sujet et serviteur,   HENRY. »

Souvent aussi cette fin est plus courte et plus amicale : « Bonjour, mon cousin ; » quelquefois même aucune salutation ne précède la signature. Or, les lettres contre-signées portent toujours la phrase obligée dans toute sa rigueur.

Une seule fois elle manque (L'Estelle, 26 septembre 1589, contre-signée Forget). Mais un exemple ne prouve rien contre mille; et dans cette exception unique il ne faut voir qu'un oubli.

Au contraire, dans les lettres en écriture imitée, le secrétaire ne fait faute de suivre l'habitude royale. Le roi emploie quelquefois la phrase d'étiquette; le secrétaire de la main, jamais.

Mais si nous rencontrons sur un original les formes préférées par le roi, c'est une preuve qu'il a dicté : ainsi l'absence de salutation, ou une salutation plus courte, plus amicale.

On trouve quelquefois dans le texte des indications plus certaines. Sans parler de la lettre au cardinal de Vendôme du 5 mai 1592, qui est suivie de ce post-scriptum : « Je ne vous écris point de ma main, car certes je n'en ai pas le loisir ; mais vous connaîtrez bien que ce discours n'est de secrétaire ; » on voit, par exemple, dans un original au duc de Montpensier (21 mai 1587) : « Pour Dieu, excusez-moi si je ne vous écris de ma main parmi la presse de tant d'af-

faires : » cette exclamation a quelque chose de personnel ; elle est sortie de la bouche du roi.

La forme même des phrases est souvent une indication. Dans la conversation, la rapidité de la parole
expédie la phrase et la développe d'une seule venue ;
quand on écrit, la vue des mots qu'on vient de tracer
aide à les lier commodément aux autres : mais, dans
une dictée où il faut parler lentement et s'arrêter un
instant après plusieurs mots, le style est plus chargé
de répétitions ; il faut renouer le fil qui se rompt
perpétuellement , reprendre la construction ; au lieu
d'une suite bien enchaînée de phrases, il semble
qu'on recommence à chacune : « Ma sœur y ajoutera
tels autres propos, avec votre avis, qu'elle verra être
à propos, faisant connaître que c'est chose en ce temps
à quoi je n'ai loisir de penser ; et que ce n'est de ma
coutume, ni de la qualité et sexe de l'un et de l'autre,
d'entrer en tels propos et traités ; et que c'est ma
coutume de faire la guerre et m'armer contre mes
ennemis. » (Orig. St-Geniès, février 1re 1586.)

L'incorrection suit ordinairement une dictée rapide :
elle peut donc servir d'indication utile. Ainsi : « Faites
conduire autant de soldats à pied qu'en pourrez recouvrer pour me venir trouver : n'étant la présente
pour autre effet, me recommandant à vos bonnes
grâces, et prie Dieu, mons^r d'Assy, vous avoir en sa
garde. » (Orig. 6 février 1576).

La familiarité surtout est une preuve déterminante
dans un original ; le nom tout court, *Harambure*,
au lieu de : *mon cousin*, ou *M. de Harambure*, quand
cette appellation n'est pas ordinaire. En un mot tout

ce qu'un roi peut se permettre, et qu'un secrétaire
ne peut oser.

On trouvera, plus loin, le tableau des lettres où j'ai
reconnu la main; et, à défaut de la main, le style de
Henri IV, et dont le texte est ou paraît exactement conservé. La liste est longue et formerait encore une correspondance d'un volume étendu. Ce sont les seules d'où
j'ai tiré les chapitres qui suivent, ne séparant jamais
une idée ou un sentiment de l'expression que Henri IV
lui-même leur a donnée, et ne demandant qu'à l'écrivain ce que l'homme a pensé ou senti. Je sais que,
même dans les libertés les plus secrètes d'une confidence, on se montre toujours un peu meilleur que
l'on n'est : cependant, de même qu'en se regardant
dans une glace, on n'aperçoit guère ses défauts phy-
siques ; de même, dans le commerce privé, comme
on se plaît à soi-même, on ne songe guère à s'embellir ; et le portrait, fût-il parfois un peu flatté, est, à
coup sûr, ressemblant.

CHAPITRE II.

DES IDÉES.

On sait que Henri, roi de Navarre, épousa Marguerite de Valois, sœur de Charles IX, le 18 août 1572, à l'âge de dix-neuf ans. Six jours après éclata la Saint-Barthélemy, que ce mariage avait, dit-on, préparée ; et pendant que les cloches sonnaient le massacre, Charles IX, pâle, égaré, l'épée haute, contraignit son beau-frère à abjurer. Henri céda sans peine ; et, gardé prisonnier au Louvre, il se jeta dans ces filets de voluptés dont la reine-mère enveloppait ceux qu'elle voulait surveiller et amollir. Cette cour corrompue « où les femmes priaient les hommes (1) » l'asservit aux attraits de madame de Sauve, qui gouvernait en même temps le duc d'Alençon et le duc de Guise, et qui était gouvernée par Catherine de Médicis ; il fut tout aux plaisirs, à ces divertissements où la lutte s'animait des fanfaronnades de la galanterie : « Mon capitaine, si vous n'eussiez eu peur que l'on vous eût fait recevoir quelque honte en courant mieux que vous, nous eussions bien trouvé moyen qu'un de nos amis se fût trouvé masqué sur la carrière, et en vue sa maîtresse. » (Anonyme, 1575.) Un

(1) Lettre de Jeanne d'Albret à son fils, du 8 mars 1572.

jeune homme qui s'amuse n'est pas un homme d'état
redoutable : aussi le Louvre traitait-il avec dédain
« ce roitelet qui avait plus de nez que de royaume, »
et les « brocards » dont on le « galopait » exercèrent
sa patience et lui apprirent les longs supports. On
se servait bien de son nom dans la conspiration de
La Môle et de Coconas ; le duc d'Alençon lui faisait
des tendresses intéressées : mais il suffisait qu'il laissât
faire ; on lui laissait même ignorer ce qu'on faisait :
« Dieu merci, quand vous êtes à votre aise, vous ne
vous souvenez de personne. Vous ne m'avez rien mandé
de nouvelles particulières. N'en faites ainsi aujour-
d'hui. Mériglise suit votre exemple, si bien qu'il vau-
drait autant que je fusse à cent lieues de la cour et
sans y avoir aucun ami que d'être comme je suis. »
(*Ibid.*) La captivité lui enseigne la prudence, et l'es-
pionnage la dissimulation ; mais dans cet apprentissage où il essaie sa finesse, il reste dupe : la reine
mère, en le suspendant à de fausses espérances, le
sépara du duc d'Alençon, et l'attacha aux Guise
et au roi : tout fut tumulte à la cour, où le roi de
Navarre, avec ses amis nouveaux, se trouvait en
présence des anciens : « La cour est la plus étrange
que vous l'ayez jamais vue. Nous sommes presque
toujours prêts à nous couper la gorge les uns aux
autres. Nous portons dagues, jaques de mailles,
et bien souvent la cuirassine sous la cape. Seve-
rac vous en dira les occasions (les raisons). Le roi
est aussi bien menacé que moi ; il m'aime beaucoup plus que jamais. M. de Guise et M. du Maine
ne bougent d'avec moi. Lavardin, votre frère, et

Sainte-Colombe, sont les chefs de mon conseil. Vous ne vîtes jamais comme je suis fort. En cette cour d'amis je brave tout le monde. Toute la ligue que savez me veut mal à mort pour l'amour de Monsieur, et ont fait défense pour la troisième fois à ma maîtresse de parler à moi, et la tiennent de si court qu'elle n'oserait m'avoir regardé. Je n'attends que l'heure de donner une petite bataille; car ils disent qu'ils me tueront, et je veux gagner les devants. » (Miossens, janvier 1576.)

Henri prit les devants en échappant à ses gardiens et en s'échappant, avec des ruses d'écolier et des adresses de femme. Mais sa liberté qu'il n'avait pas préparée l'embarrassa. Courant le pays avec quelques camarades de cour devenus ses compagnons de fortune, presque tous catholiques, incertain s'il reviendrait à son ancienne religion, il avait l'air d'un aventurier : quand au bout de trois mois ce rôle le fatigua, il dut se faire protestant pour entrer dans la Rochelle. Cette ville, au lieu d'ouvrir ses portes à l'ancien *page* de Coligny, au chef naturel des réformés, conçut des défiances très-justifiées, et négocia la réception. Henri les assure « qu'il ne veut aucunement et n'entend diminuer en rien leurs anciens priviléges, franchises et libertés; qu'au contraire, il désire les leur conserver de tout son pouvoir; que l'on connaîtra plutôt l'union qui doit être entre eux tous et l'affection particulière qu'il leur a toujours portée, qu'aucune diminution de ce qui leur peut appartenir; les priant aussi de garder de leur part le respect qui lui est dû. » (16 juin IIe 1576). Il leur soumet la liste des gentilshommes qui entreront à sa suite; il en exclut Fervaques, son plus dévoué serviteur, mais catholique et massacreur de la Saint-Barthélemy : «Il n'y mènera personne qui puisse être suspect et dont il ne réponde. » (26 juin.) Ce début n'avait rien de triomphant.

Il guerroya d'abord au hasard; et les petits succès établissaient sa réputation militaire, sans rien arranger : les affaires des protestants s'en allaient toutes gâtées, si Catherine, que la politique ramenait parfois du côté des réformés pour maintenir la balance et éterniser les querelles, c'est-à-dire l'utilité de ses conseils, n'avait dressé avec le roi de Navarre l'édit de Bergerac. Cet édit fit de Henri le chef de son parti : de ce jour, il songea à le fortifier et à l'étendre; à arrêter les petites prises d'armes de château à château, de village à village, qui l'affaiblissaient sans profit; «à lever tous les obstacles et empêchements, à parvenir à l'établissement de la paix (à quoi tous les gens de bien doivent tendre). » (Dampville, vers le 7 mai IIᵉ 1578). Il veut l'observation de l'édit; il se fait conciliateur et même intercesseur : «Il ne faut pas mettre le tort tout d'un côté, mais y pourvoir sans passion, et que les gens de bien y mettent la main sincèrement.» (Dampville, vers le 20 septembre 1578).

La reine mère n'avait pas prévu un pacificateur si décidé, et la conciliation n'était pas dans ses calculs. Elle vint faire, avec la même confiance dans les mêmes artifices, la longue conférence de Nérac, amenant la cour du Louvre et *l'escadron volant*. Elle

transforma la cour du roi de Navarre; et, quand
elle s'éloigna, elle avait empoisonné Nérac de cet
art de corrompre qu'elle pratiquait par politique, et
sa fille par luxure. Elle n'y avait parlé que de paix ;
elle y laissa la guerre civile. La galanterie n'allait pas
sans coups d'épée : Henri, pris comme les autres,
laissa les désordres renaître de toutes parts et les entreprises guerrières se mêler aux ballets. Comme au
Louvre, il fut au pouvoir d'une maîtresse, que sa
femme dirigeait, comme sa belle-mère avait dirigé
madame de Sauve ; comme au Louvre, les voluptés
enfantèrent les batailles : tout aboutit à la *guerre des
Amoureux*. Mais alors Henri pratiquait mieux la dissimulation, et, disons le mot, l'hypocrisie. Pendant
qu'il écrit à Henri III : « Il n'y a rien qui me fâche
plus en ce monde que de voir tous ces malheurs et
désordres, et qui désire plus de les faire cesser que
moi. Le sieur de Rambouillet vous dira la peine que
j'ai eue pour le faire connaître. Croyez, s'il vous plaît,
que je ne cesserai à m'y employer» (Janvier IIe 1580),
il annonce la guerre à Saint-Geniès, s'excitant, s'af-
fermissant lui-même, décidé à se convaincre que cette
folle expédition est un acte d'énergie, jetant le dé
comme César : « Je ne me puis répondre de ma fermeté future; si sais-je que je ne dévoierai à cette
heure de mon dessein. Si l'événement me bat, je ne
m'en prendrai à autre qu'à moi et à ma fortune. »
(Janvier IIIe 1580.) A la veille même de lever les
armes, il écrit encore à Henri III : « Je ne désire rien
tant que de voir un bon repos et les désordres qui se
commettent bien remis et réparés. Je n'y ai jusqu'ici

rien épargné de ce qui peut être en moi ; et les occasions qui en empêchent l'effet ne procèdent point de
nous. » (Commencement d'avril 1580.) Mais le plus
curieux, c'est la lettre qu'il écrit à sa femme, pleine
de gémissements sur la prétendue nécessité de cette
guerre, toute doucereuse et plaintive, confite en larmes
et en dévotion :

« Ma mie, encore que nous soyons vous et moi
tellement unis, que nos cœurs et nos volontés ne
soient qu'une même chose, et que je n'aie rien si
cher que l'amitié que me portez ; pour vous en rendre
les devoirs dont je me sens obligé, si vous prierai-je
ne trouver étrange une résolution que j'ai prise, contraint par la nécessité, sans vous en avoir rien dit.
Mais puisque c'est force que la sachiez, je vous puis
protester, ma mie, que ce m'est un regret extrême,
qu'au lieu du contentement que je désirais vous donner, et vous faire recevoir quelque plaisir en ce pays,
il faille tout le contraire, et qu'ayez ce déplaisir de
voir ma condition réduite à un tel malheur. Mais Dieu
sait qui en est cause. Depuis que vous êtes ici, vous
n'avez ouï que plaintes ; vous savez les injustices
qu'on a faites à ceux de la religion, les dissimulations
dont on a usé à l'exécution de l'édit ; vous êtes témoin de la peine que j'ai prise pour y apporter la
douceur ; ayant tant que j'ai pu rejeté les moyens extraordinaires pour espérer de la main du roi et de la
reine votre mère les remèdes convenables..... Ayant
aussi, par les dépêches dernières qui sont venues de
la cour, assez connu qu'il ne se faut plus endormir,
les desseins de nos adversaires, et d'autre part, la

condition de nos églises affligées qui me requièrent
incessamment de pourvoir à leur défense, je n'ai pu
plus retarder, et suis parti avec autant de regret que
j'en saurais jamais avoir, ayant différé de vous en
dire l'occasion, que j'ai mieux aimé vous écrire, pour
ce que les mauvaises nouvelles ne se savent que trop
tôt. Nous aurons beaucoup de maux, beaucoup de
difficultés, besoin de beaucoup de choses ; mais nous
espérons en Dieu, et tâcherons de surmonter tous les
défauts par patience, à laquelle nous sommes usités
de tout temps..... Ne vous attristez point ; c'est assez
qu'il y en ait un de nous deux malheureux, qui
néanmoins en son malheur s'estime d'autant plus
heureux que sa cause devant Dieu sera juste et équitable » (10 avril IIe 1589). Le véritable auteur de
cette guerre était cette même Marguerite, à qui son
mari l'annonce d'un air d'innocente victime, les bras
croisés sur sa poitrine, comme un saint qui s'avance
vers le martyre.

Malgré la prise héroïque de Cahors, le maréchal
de Biron changea les exploits en échecs ; et le traité
de Fleix, grâce au duc d'Anjou, fut une heureuse
issue de cette folie malheureuse. Cahors fut rendu
« avec toute la douceur et obéissance possible »
(Henri III, mars Ire 1581). Le roi de Navarre dés-
avoua sa faute après l'avoir commise, comme avant
de la commettre : « Madame, écrit-il à Catherine de
Médicis, le plus grand souhait que je fasse en ce
monde est de ne revoir jamais le mal qui s'est passé,
lequel j'ai toujours tâché d'éviter par tous moyens,
et vous supplie très-humblement, Madame, ne me

7

rendre si malheureux de croire qu'il soit venu de
moi ni de conseil que j'aie » (mars II° 1581).
Cet achoppement lui fut salutaire. L'année 1581
recommença le travail interrompu de conciliation et
d'équité; son rôle s'agrandit par l'énergie et la persistance de sa modération. Si M. de Brocas détient
injustement un prisonnier, il lui ordonne de le mettre en liberté, « sans lui faire payer aucune rançon ni
lui faire aucun tort ni déplaisir. Et vous gardez bien
dorénavant de prendre aucun prisonnier ni user
d'aucune exaction, sur tant que vous craignez d'en
être repris et puni comme désobéissant, s'il en vient
aucune plainte » (5 janvier 1581). Il ne perd pas
d'occasion de contenir son parti et de le réserver aux
grands événements, de lui montrer les vastes projets
de la Ligue naissante, pour le resserrer et le mettre,
pour ainsi dire, en bataille rangée. Il envoie à Scorbiac et à Dupin « un écrit fait par un citoyen de
Valence qui représente au vrai les desseins et l'artifice du duc du Maine. Quatre yeux y voient plus que
deux. Je vous prie le faire imprimer, après avoir
apporté vos avis en quelques fautes ou mots que
peut-être il faudra changer ; mais non ceux qui témoignent l'animosité de l'auteur contre notre parti. Il
en faudra faire imprimer mille ou douze cents, afin
que cela coure par plusieurs mains » (25 octobre
1581). Il est en correspondance continuelle avec le
maréchal de Matignon, commandant pour le roi en
Guyenne, afin de modérer le parti royal ; la moindre
mesure éveille et inquiète son attention : « J'ai entendu qu'on lève en ce pays quelques compagnies.

On ne m'en a rien fait entendre. Le temps et la misère de ce pays ne portant point cela ; ce qui me fait vous prier de les faire retirer, si ainsi est. Ce sont des levées qui ne servent qu'à fouler le peuple et à mettre beaucoup de gens en alarme » (Matignon, commencement d'avril, IIe 1585). Il « ne travaille rien tant qu'à voir la paix bien établie et surmonter les traverses » (Bellièvre, vers la fin d'avril 1585). Il se porte partout « où les choses sont en mauvais état, et à quoi il est besoin de remédier, si on ne veut y voir un grand mal » (Matignon, commencement de mai 1585). Le bruit de la reprise des armes courut tout à coup par toutes les villes : « De ce bruit en sont arrivés quelques maux et inconvénients ; on a surpris quelques châteaux ; Roquevidal qui est en Lauraguais a pris sept ou huit prisonniers, et, quelque commandement que lui ait fait la chambre de Lisle, qui lui a envoyé un prévôt pour les élargir, il n'y a voulu obéir, et dit que nous sommes à la guerre. Cette licence s'est entretenue et accrue par le moyen de l'impunité. Je vous prie, mon cousin, d'écrire aux dites villes, qui se sont ainsi alarmées sans propos, de bonnes lettres pour modérer les cerveaux » (Matignon, 24 août 1585). Un mois après : « J'ai été bien marri d'entendre que les bruits et alarmes continuent encore, combien qu'il n'y ait aucune raison ni fondement : ceux qui en sont fauteurs mériteroient bien d'être châtiés ; et seroit besoin de les découvrir... Ceux qui surprennent les villes, maisons et châteaux devroient être punis exemplairement ; autrement la licence croîtra de plus en plus. Le roi me mande tant qu'il désire une si entière observation de l'édit : ce point est des principaux et qui doit être le moins omis » (vers la fin de septembre). — « Un mal attire l'autre. A Bazas on a mis en garnison vingt, entre autres gens, condamnés à mort par la justice ; on y a fait venir deux ou trois prévôts à la fois, pour intimider ceux de la religion ; on leur a fait entendre que, pour leur sûreté, ils en devoient sortir. Les autres ont été chassés. Je trouve mauvais que Le Casse use de courses et violences et qu'il fasse prisonniers ; c'est chose à quoi il faut pourvoir : mais je serois bien d'avis qu'on en usât suivant ce que j'ai fait entendre à Mgr de Bellièvre, parce que sans forces on ne pourroit en venir à bout. Entre les maux il est besoin de choisir le moindre, et je vous prie, mon cousin, que ce soit le plus tôt que faire se pourra. J'attends la réponse du roi mon seigneur sur la prorogation du temps des villes de sûreté, et sur le payement des garnisons qui y sont. Je vous prie, mon cousin, donner ordre que ce pendant elles puissent vivre. Et lorsqu'elles seront payées, ceux de qui on aura pris les vivres seront satisfaits, et le service du roi se fera trop mieux, cherchant doucement tels moyens et en usant sans aigrir les choses, qu'envoyant des prévôts sur les lieux pour empêcher ceux desdites garnisons de recouvrer des vivres pour subvenir à la nécessité, qui n'a point de loi : car je leur ai permis d'en prendre où il y en aura, avec assurance de les payer » (Matignon, vers le 12 décembre 1585). Il apporte « à ce qui touche le bien et le repos de la province, toute l'affection qui se doit, ensemble

sa personne et ses moyens, et ne permet qu'aucun
en cela mette le pied devant lui ; afin de remettre
toutes choses au bon état, et établir, s'il est possible,
une paix générale en ce royaume, par le moyen de
laquelle la justice régnera et fleurira » (Le même,
vers le mois de janvier, et novembre 1re 1584).

Il fait des concessions, et laisse retirer la garnison
protestante de Bazas, « encore que ce retranchement
soit contre l'édit et les conventions faites » (Matignon, vers le commencement d'août IVe 1585). Mais
cet esprit d'accommodement lui donne le droit d'être
ferme. Après l'attentat de Périgueux, surpris la
nuit par les catholiques, il demande d'abord la puni·
tion des coupables ; puis, ne pouvant l'obtenir, une
indemnité pécuniaire et l'échange de cette ville à une
autre. Henri III avait chargé le maréchal de Matignon de régler cette affaire, sans y faire intervenir le
roi de Navarre. Celui-ci, sans autorisation du roi, fit
un traité avec Matignon pour maintenir son autorité ;
et il s'en excuse auprès de Henri III : « Monseigneur,
encore que je ne sois aucunement nommé ni compris au pouvoir que vous avez baillé à M. le maréchal de Matignon, si est-ce qu'en attendant votre
bonne volonté et intention sur ce, je suis entré en
traité avec lui et le sieur de Bellièvre, pour vous faire
voir combien je désire de vous complaire et obéir en
toutes choses, m'assurant que vous aurez agréable
ce qu'avons arrêté pour ce regard, comme je vous
supplie très humblement, Monseigneur, de croire
que tant plus vous me donnerez des moyens, tant
plus me sentirai-je obligé à votre service, et d'em-

ployer pour icelui tout ce que j'ai en ce monde »
(vers la mi-novembre 1ᵉ 1581). Quand sa femme reçut une insulte de Henri III, au sortir de Paris, il refusa de la reprendre, profitant du tort où s'était mis
le roi pour s'emparer de quelques villes en litige.
« Ceux du Mont-de-Marsan » avaient refusé de venir
aux États de Béarn, « comme s'ils étoient aliénés et
séparés de ses autres sujets. » Ils avaient « démoli
ses maisons en temps de paix, et depuis persévéré ob-
stinément en leur désobéissance et malice. Ils ont ef-
frontément refusé de satisfaire à ce qui lui est dû de
temps immémorial , ce que autres n'ont jamais entrepris. Ils ont mis en délibération de donner les étri-
vières à celui qui les est allé semondre, pour se trouver, comme de coutume , aux États du pays » (Matignon, vers le commencement d'août IIIᵉ, et vers le
mois de septembre 1585). Matignon lui avait promis
de lui aider, et de le« faire obéir et reconnoître de ses
sujets » (vers le commencement d'août Iʳᵉ) ; mais la
promesse n'arrivait pas à l'effet : Henri tira parti de
l'affront fait à sa femme pour prendre la ville. Il ob-
tint même, comme réparation , la suppression des
garnisons royales dans les villes voisines de Nérac.

En même temps, il cherchait des alliances à l'é-
tranger, et la formation d'une sorte de ligue des puissances protestantes. Duplessis-Mornay, son secrétaire,
l'attachait à la religion réformée, et, dans sa pieuse
ardeur, voulait faire de son parti une France nouvelle.

En 1584 le duc d'Anjou mourut; le roi de Navarre
devint héritier du trône de France ; la Ligue se sou-
leva, et étendit son réseau sur tout le pays : on se

prépara à une longue série de guerres civiles. Cet événement ne changea pas brusquement les idées de
Henri. D'Épernon, envoyé par le roi pour lui demander sa conversion,. échoua. Henri comptait donner
au parti réformé une force assez grande pour le porter
jusqu'au trône. Il presse son ambassadeur, l'excitant
au zèle et aux instances, regardant sans cesse vers les
cours étrangères et vers ses propres États : « car il est
temps de mettre la main à la besogne et de n'oublier
rien au logis » (Ségur, vers la lin de 1585 VIII°).

Mais il n'espéra jamais triompher sans le parti
royal, et ne se sépara pas de la cause de Henri III.
Il ne voulait pas être seulement chef de parti, mais
défenseur de la royauté, pour se préparer à l'obtenir.
Il ménage Catherine de Médicis avec toute sorte de
respects et de soumissions; et s'il fait une assemblée
des églises réformées, il lui soumet les décisions, la
priant « d'user de sa bonté accoutumée, et d'excuser
ce qui pourroit rester d'infirmité ès esprits des pauvres sujets de Sa Majesté » (octobre II° 1584). Cependant la cour s'éloigne de lui, et provoque ses plaintes :
« Je n'eus de longtemps, écrit-il à M. de Bellièvre, si
grand dépit et déplaisir que celui que j'ai reçu naguère par une dépêche qui m'a été envoyée de la Cour,
que je crois que le roi n'a jamais entendue... Je ne
donne point d'occasions de me faire tels traitements,
et me semble que je ne le mérite point; car je ne
pense qu'à bien faire et à affectionner tout ce qui est
pour le service de sa Majesté et pour le repos de cet
État. Telles indignités sont si insupportables, qu'é-
tant continuées, à la longue contraindroient les plus

sages d'entrer en des impatiences et désespoir. C'est grande cruauté, lorsqu'on tâche de bien servir, d'être si mal reconnu. Il semble qu'il y en ait qui aient entrepris d'entretenir le roi en jalousie et défiance de moi, et me tenir toujours en doute de sa bonne grâce. Je ne vois point que cela puisse apporter du bien ; et je m'en plains à vous privément, parce que je sais que vous n'êtes point de ceux-là et que vous aimez le bien » (novembre V° 1584). Mais ces mécomptes ne le découragent pas. Il offre à Henri III une alliance défensive contre la Ligue : « Je vous dirai seulement, Monseigneur, que j'ai connu que leurs moyens seront beaucoup plus faibles que leur attente, lorsque tous vos bons et fidèles serviteurs s'emploieront et feront leur devoir pour vous faire rendre l'obéissance qui vous est due. De ma part, je supplie votre Majesté croire que je n'ai autre désir que de lui témoigner l'affection et fidélité que j'ai à son service aux dépens de ma vie et de tous mes moyens, quand elle connoîtra que je serai bon pour lui en faire » (vers la mi-mars 1585). Il va à Lectoure « pour parler à la noblesse et les tenir en leur devoir pour le service du roi ; pour servir en tout ce qu'il pourra au service de Sa Majesté et au bien de son État. En quoi il est résolu de prodiguer sa vie et tous ses moyens avec la fidélité qu'il doit » (Matignon, 15 juin 1585). On voit que dès le premier jour il signale au roi une ennemie dans la Ligue, et cherche, comme pour défendre les intérêts de Henri III, à en faire le défenseur des siens propres. Mais déjà Catherine a fait une alliance secrète avec les Guise. Cette alliance devient publique par

l'Édit de Nemours. Henri adresse au roi une lettre
pleine de tristesse et d'affection, rappelant son obéissance et sa modération, prenant à témoin ce que le roi
lui-même lui a écrit, se plaignant qu'on le condamne
sans l'entendre : « On s'est joint à vos ennemis pour
ruiner vos serviteurs, vos plus fidèles sujets et ceux qui
ont cet honneur d'être vos plus proches parents. Qui
plus est, on a partagé vos forces, votre autorité, vos
deniers, pour rendre ceux-là plus forts qui sont ar-
més contre vous, pour leur donner plus de moyens
de vous faire eux-mêmes la loi. » Il termine par un
vœu qui n'est plus même une espérance, et demande
humblement la permission de faire imprimer sa déclaration de principes, comme s'il devait encore obéissance à l'homme qui lui déclare la guerre (10 juillet
Ire 1585). Il attendit au dernier moment pour commencer la campagne, et n'interrompit point ses res-
pectueuses déférences envers le roi et la reine-mère :
« Monseigneur, je me suis plaint à votre Majesté de
ce que la paix s'était faite avec *nos* ennemis sans moi
et contre moi, combien que je ne lui aie rendu que
toute obéissance ; toutefois j'en attendois la déclaration par écrit, laquelle je suis encore à recevoir »
(vers le commencement d'août Ire 1585). — « Je vous
supplie très humblement, Madame, si mon malheur
ne doit être accompagné de mépris, me vouloir faire
entendre vos intentions » (vers le commencement
d'août IIe 1585). Même pendant la guerre il continua
ses protestations de dévouement et ses ménagements
envers le parti royal ; et il s'irrite de l'inutilité de ses
tentatives : « L'édit de quinze jours a été publié ; ja-

mais on n'a ouï parler d'une telle cruauté et perfidie. Notre cause est d'autant plus amendée et leur méchanceté entièrement découverte. Prions Dieu et faisons ce qui est de notre devoir, usant des moyens qu'il lui plaît nous donner ; et il les rendra confus, tellement qu'ils enfanteront le rebours de leurs conceptions et desseins » (St-Geniès, 21 octobre 1585). Et cependant il écrit encore à Henri III : « Monseigneur, je me console toujours en l'opinion que j'ai, que, quelque mal qu'on tâche de me faire, Votre Majesté ne me peut vouloir mal, ni selon son naturel, ni selon l'obéissance que je lui ai rendue. De mes ennemis, je m'en donne certes peu de peine ; seulement il me déplaît de les voir couverts de votre nom qui m'eut dû couvrir contre leurs violences... Rien ne me peut dégoûter de ressentir vivement ce qui vous touche ; et je prie Dieu, Monseigneur, qu'il vous veuille préserver des pratiques de *vos* ennemis » (31 décembre 1585). Le lendemain de sa victoire de Coutras, il a soin d'informer Matignon des égards qu'il a eus envers les morts et les prisonniers du parti royal. Par ses ordres les corps de M. de Joyeuse et de son frère ont été conduits à Libourne ; leurs entrailles ont été enterrées avec les cérémonies, auxquelles assistèrent quelques-uns de ses serviteurs. Il est « bien marri qu'en cette journée il n'ait pu faire différence des bons et naturels François d'avec les partisans et adhérents de la Ligue ; mais pour le moins ceux qui sont restés en ses mains témoigneront la courtoisie qu'ils ont trouvée en lui et en ses serviteurs qui les ont pris. Il lui fâche fort du sang qui se répand et

il ne tiendra point à lui qu'il ne s'étanche; mais chacun connoît son innocence » (25 octobre 1587). Au
commencement de 1589, quand Henri III a fait as-
sassiner les Guise, il envoie Duplessis-Mornay négocier l'alliance. Mais ses désirs ne le menaient pas à
l'imprudence, et les hésitations du roi éveillaient ses
soupçons : « On ne veut que nous amuser et faire
perdre le temps, ce pendant que nous le pouvons bien
et avantageusement employer. Je sais qu'on traite
avec la Ligue ; et semble qu'on ne veuille de nous qu'à
défaut des autres ; ce qui a été cause qu'ayant rassem-
blé tous ceux qui sont ici près de moi, nous sommes
résolus à ceci : je consens la trève d'un an avec la
permission secrète ou par écrit de pouvoir faire prê-
cher dans six mois, à condition que nous ayons Saumur. Et ce, dans Quasimodo. Si on ne l'accorde,
prenez congé et vous en revenez » (25 mars). Enfin
les barricades exaucèrent ses vœux, en réunissant les
deux partis : « Je crois que Sa Majesté se servira de
moi; autrement il est mal; et sa perte nous est un
préjugé dommageable » (Mme de Grammont, 8 mars
1re 1589). Il avait su faire partager ses sentiments à son
parti; et quand les deux armées se rapprochèrent, les
gens de guerre s'embrassaient au lieu de se frapper,
« sans qu'il y eût trève ni commandement exprès de
ce faire » (Ibid). Avec quelle joie il annonce à Duplessis la conclusion de l'alliance : « La glace a été rompue, non sans nombre d'avertissements que si j'y
allois j'étois mort. J'ai passé l'eau en me recommandant à Dieu, lequel par sa bonté ne m'a pas seulement préservé, mais fait paroître au visage du roi une

joie extrême, au peuple un applaudissement non pareil, même criant : Vivent les rois ! de quoi j'étois bien marri » (30 avril 1589).

L'année 1588 avait été rude : la déroute des reîtres rendit inutile la victoire de Coutras ; l'empoisonnement du prince de Condé le laissait seul en face du roi et de la Ligue : « Ah ! s'écrie-t-il, les violentes épreuves par où l'on sonde ma cervelle ! Je ne puis faillir d'être bientôt ou fou ou habile homme. Cette année-ci sera ma pierre de touche » (Madame de Grammont, 8 mars 1588). Il en sortit habile homme ; mais il avait déjà, avant cette épreuve, la première condition de l'habileté, la confiance en soi-même. Il croyait et disait qu'il « connoissoit ce qui étoit bon , que sa tête étoit la meilleure de son conseil ; qu'il ne se trompoit guère en ses jugements. » (Vivans, vers le mois de septembre IIᵉ 1585 ; Saint-Geniès, 4 mai 1586 ; madame de Grammont, 10 mars 1588). Il se félicitait, sans doute, du cours qu'il avait donné à ses affaires, quand les deux rois, réunis à Saint-Cloud, assiégeaient Paris et prenaient déjà les faubourgs ; la prise de la capitale lui eût fait une position redoutable; sa fortune prenait une face heureuse : mais Henri III est tué ; le nouveau roi est abandonné par une partie des catholiques et une partie des protestants; les concessions qu'il fait aux uns éloignent les autres; un mot chevaleresque de Givry n'en retient que quelques débris ; il est forcé d'abandonner Paris. Il regrette sincèrement Henri III, mort trop tôt pour l'avancement de son ambition ; l'inquiétude succède à la confiance et s'épand en ces vives effusions qui s'ouvrent dans notre

cœur à la perte d'un parent ou d'un ami. Mais bientôt quelques troupes lui reviennent, et la confiance
avec elles. A la veille des combats d'Arques, quand
Mayenne publiait que Henri allait se rendre ou se jeter
à la mer, quand l'ambassadeur d'Espagne écrivait
déjà à Rome qu'il était tué, quand madame de Montpensier disait partout qu'on l'allait amener garrotté,
et que les fenêtres de la rue Saint-Antoine se louaient
d'avance sur le passage prochain du captif; Henri IV
écrivait avec une assurance tranquille à madame de
Grammont : « Je me porte bien, et mes affaires vont
bien au prix de ce que pensoient beaucoup de gens.
J'ai pris Eu. Les ennemis qui sont forts au double de
moi à cette heure m'y pensoient attraper : ayant fait
mon entreprise, je me suis rapproché de Dieppe et
les attends à un camp que je fortifie. Ce sera demain
que je les verrai, et espère, avec l'aide de Dieu, que
s'ils m'attaquent, ils s'en trouveront mauvais marchands » (9 septembre 1589).

Non-seulement il a confiance en lui-même, mais
en Dieu ; et comme il s'aide comme il peut, il compte
que le ciel l'aidera : « Dieu le conduit par la main sur le
bel et bon étroit chemin de sauveté » (Madame de Batz,
51 mai 1580). S'il découvre « un tueur pour lui; » si
« l'on met des gens après lui pour le tuer, sa principale
assurance est en Dieu qui le gardera par sa grâce »
(Madame de Grammont, 10 mars 1588, 20 novembre 1589, 14 mai II° 1590). Il y a des gens qui
ne prêtent à Dieu que sous caution, qui ne lui donnent qu'à titre d'échange et de compensation, qui
tiennent registre de leurs bonnes actions pour les

présenter en bonne forme au jour de l'échéance : rien
pour rien. Henri IV va plus loin : il met Dieu de son
parti ; mais il le traite comme un de ses partisans,
attendant de sa main aide et protection, et ne le payant
que de paroles. Je me trompe : il le paie de cantiques,
qu'il fait chanter : « Il me semble que nous devons tous
rendre grâces à Dieu ; et n'y aura pas de mal de faire
chanter le *Te Deum*, afin que, voyant que nous ne sommes pas ingrats de lui rendre grâces des faveurs qu'il
nous fait, il nous les continue » (Nevers, 24 juillet
1592).

Il s'autorise même des faveurs reçues pour en obtenir de nouvelles : « tout est en la main de Dieu qui a
toujours béni ses labeurs. » (Madame de Grammont,
22 octobre 1588). Et plus tard : « J'espère avec l'aide
de Dieu que, puisqu'il a eu ci-devant soin de moi,
qu'il l'aura encore et me gardera de mes ennemis »
(La Force, 15 mai 1re 1602). Dieu ne peut oublier ses
anciens bienfaits ; ils sont comme une obligation qu'il
a contractée : pourquoi commencerait-il pour ne pas
achever ? Que de gens à cet égard ressemblent à Henri IV !

Montaigne avait remarqué cette assurance de Henri IV en ses destinées, qui ressemblait au fatalisme : « Les
historiens disent que la persuasion étant populairement
semée entre les Turcs de la fatale et imployable pres-
cription de leurs jours, aide apparemment à les assurer au danger. Et je connois un grand prince qui en
fait heureusement son profit, soit qu'il la croie, soit
qu'il la prenne pour excuse à se hasarder extraordinai-
rement. Pourvu que la fortune ne se lasse trop tôt de

lui faire épaule! » (II 29). Il est probable que Henri IV ne la croyait pas, car il n'était pas superstitieux ; quand plus tard Marthe Brossier, prétendue démoniaque, excita la crédulité publique, il écrivit de sa main au médecin Marescot qui avait surpris et prouvé la fourberie, « pour le prier et commander, comme chose qu'il affectionne, de faire un discours à vrai de ce qu'il y aura reconnu, lequel il fera imprimer, afin que par ce moyen la vérité de ce fait-là soit reconnue d'un chacun, mêmement par les gens de bien, et l'imposture, si aucune y en a, avérée » (31 mai IVᵉ 1599). Et comme M. de la Proutière fait difficulté de sceller le privilége à l'imprimeur, il lui ordonne de le sceller « comme chose qu'il veut et commande » (15 juillet). Les nombreux présages qui précédèrent sa mort, recueillis curieusement par les historiens et auteurs de mémoires, le frappèrent beaucoup moins que ses amis ; et il disait à Bassompierre (1) pour le rassurer, que tous les ans il avait vu des prodiges aussi menaçants, et que, s'ils avaient dit vrai, il serait mort depuis longtemps.

Il avait bien besoin de ce courage moral et de cette netteté de raison après son avénement. Ses partisans catholiques exigeaient qu'il abandonnât les protestants ; ses partisans protestants exigeaient qu'il abandonnât les catholiques : pour lui, fidèle à la même politique, il cherchait le salut de sa couronne dans l'union du parti réformé et du parti royal. Il prit sans hésiter les ministres de Henri III et les offi-

(1) *V.* ses *Mémoires.*

ciers de la couronne; c'était consacrer du premier
coup sa royauté, que de l'entourer des serviteurs du
feu roi. Il s'engagea à ne confier les charges à aucune
personne de la religion pendant six mois. Les protestants se plaignaient de tout; ils se plaignirent même
des mots : *Que Dieu absolve,* mis par Henri IV dans
sa protestation derrière le nom de Henri III ; et il dut
rejeter cette prétendue faute sur l'imprimeur. Dès le
mois d'octobre 1589, il se tint un colloque à Saint-
Jean « tendant à l'élection d'un nouveau protecteur
des Églises, fondée sur l'incertitude de sa persévérance
en la religion, sur la conservation des personnes et
entremise ou direction des affaires d'icelle ; comme
s'il s'étoit du tout jeté entre les bras des uns et qu'il
eût quitté ou abandonné les autres. Vous savez ce
que l'on brassoit sous main dans la dernière assemblée tenue à la Rochelle. Ceux-là pensent avoir trouvé
l'occasion tout à propos pour la prendre au poil, et
en épluchant mes actions et déportements, m'accuser d'inconstance, et sous prétexte d'icelle parvenir à
leurs desseins... Ils disent que j'ai démis les officiers
de la religion qui vivoient avec quelque commodité,
employés en de petites charges, que les ministres ne
sont plus payés, que les commissaires pour l'exécution de la trève ont, contre le contenu en icelle,
remis les offices royaux, l'exercice de la religion romaine ; qu'on veut anéantir l'établissement des Chambres ; bref qu'en la religion, en la justice et aux finan-
ces, leur condition est pire qu'elle n'étoit du vivant
du feu roi... Voilà ce dont ils font semence et fondement pour faire naître ou bâtir un nouveau protec-

teur. Je ne sais qui pourroit être celui-là qui ait
tant exposé sa vie aux dangers, son labeur et ses
biens, pour me priver de cet office, à présent confus avec ma dignité, et lorsque j'ai plus de moyen
de le rendre plus illustre et plus assuré pour eux
que jamais. De dire que c'est pour doute que je
veuille changer de religion, j'ai persisté, grâce à
Dieu, constamment jusqu'à cette heure : mais chacun sait les brouilleries et difficultés que j'ai eues
à mon avénement, et que j'ai encore : combien de
personnes farouches j'ai eu à apprivoiser, en leur
ôtant de la fantaisie que je ne tâchois qu'à m'établir,
puis après renverser leur dite religion ; la peine que
j'ai eue de retenir la plupart de nos Suisses et beaucoup de la noblesse qui menaçoient de prendre parti
avec la Ligue ; à regagner le peuple, presque partout
séduit et dévoyé par les séditieux sermons des prêcheurs. Ce nonobstant, au milieu de ces travaux et au
plus fort de mes affaires, une bonne partie des nôtres
m'a laissé ; et quelque prière ou remontrance dont
j'aie usé, ils ont voulu retourner chez eux. Je ne les
ai point pourtant oubliés, les aimant tous, autant
que je fis jamais... Vous savez les exploits qui se
sont passés ; je n'en dirai rien davantage, sinon que
j'y ai grandement éprouvé la faveur et assistance de
Dieu ; et n'ai point intermis l'exercice de la religion
partout où j'ai été, tellement que telle semaine sept
prêches se sont faits à Dieppe par le sr d'Amours :
est-ce là donner argument ou indice de changement ?
Si je n'ai parlé si souvent ou caressé ceux de la religion comme ils désiroient, la gravité de tant d'affaires

8

m'en pouvoit dispenser; si je n'ai pourvu à toutes
leurs nécessités, le pouvois-je faire de moi-même en
un tel changement, et ayant une telle armée sur les
bras ? Cependant l'impatience de telles gens qui ne
voient ni considèrent mes actions, qui voudroient
que je bandasse l'arc de mes affaires à la corde de
leurs passions, ou bien que je leur rendisse compte
de mes conseils, et qui voudroient encore me donner
loi en ce qui dépend de l'administration que Dieu m'a
commise, tâche de séparer de moi ceux avec lesquels
j'ai si longtemps conversé, que je pense m'être doublement acquis, ceux que j'aime d'un amour paternel, et desquels la conservation ne sauroit être si
chère à personne qu'à moi » (Duplessis-Mornay, 7 novembre Ire). Sans doute les ardentes convictions ne
s'accommodent guère des tempéraments, des ménagements
et des compromis. Mais les plaintes et les
alarmes perpétuelles des réformés rendirent l'abjuration plus facile et plus prochaine à force de la prévoir et de la craindre. Ils éloignèrent peu à peu
Henri IV de leur foi en s'éloignant peu à peu de son
affection. Henri IV leur était attaché par la mémoire
de sa mère, une longue fraternité de batailles, et les
services rendus, par des souvenirs et des sentiments,
sans être retenu par les invincibles liens d'une
croyance ferme et bien enracinée : plus les réformés
lui prouvaient qu'ils combattaient pour leur Église et
non pour lui, plus il se croyait exempt d'une reconnaissance personnelle. Lorsqu'après la victoire d'Ivry,
la conquête de la Normandie et de l'Ile-de-France, la
prise de Chartres, le siége de Rouen, les deux siéges

de Paris, la nation pouvait craindre qu'il ne parvînt
à être souverain sans devenir catholique, il abjura ;
cet acte était trop évidemment intéressé pour lui ramener immédiatement tous les catholiques : mais la nation épuisée demandait à respirer ; elle ne pouvait
contester longtemps la sincérité de l'homme qui voulait être son pacificateur.

Ce fut le tour des protestants d'éprouver des scrupules religieux à servir Henri IV. Ils continuent cependant pour la plupart ; mais ils y mettent une condition : c'est que Henri IV ne fera pas la paix avec
l'Espagne. Henri IV contredit les bruits qui courent
parmi eux sur ses desseins pacifiques ; il profite même
de cette exigence pour leur demander plus de modération dans les autres : il ne peut faire davantage pour
eux, dit-il, et il conjure Duplessis-Mornay « de les y
faire contenter, de peur qu'à faute de cela il ne soit
contraint de faire la paix avec les Espagnols, chose à
quoi il n'a jamais voulu entendre et n'entendra que
forcé » (5 avril 1re 1597). Il désire qu'ils mettent fin
à leurs demandes, « afin qu'il vive en repos et qu'il
n'ait plus à songer qu'aux anciens ennemis de cet
état » (25 juin 1597). Cependant il ne voulait pas
une guerre éternelle, et il signa l'année suivante le
traité de Vervins, qui le fit reconnaître de toute l'Europe, et lui assura enfin l'exercice paisible de sa couronne.

Henri IV avait conquis la paix dans le pays ; il
travailla à la conquérir dans les esprits. Il prit le rôle
difficile de conciliateur. Tour à tour protestant et
catholique, il devait ou obtenir et garder quelque

crédit sur les deux partis à la fois, ou être pris entre les rancunes de tous deux. Mais il n'était pas homme à se laisser dominer : « Je vous assure que je perdrai plutôt la vie, écrit-il à Elisabeth, que de tomber en mépris à l'endroit de mes ennemis et de mes sujets. C'est le conseil que vous me donnez, que je saurai, avec l'aide de Dieu, aussi bien pratiquer en paix qu'il m'a réussi, les armes à la main» (janvier 1605). On avait besoin d'ordre et de tranquillité; et, quelque ingrat que soit ce rôle de modérateur, qui tire sa grandeur de la rareté même du succès, les circonstances étaient favorables : mais elles n'en demandaient pas moins une patience énergique, une haute raison, une grande sûreté d'esprit. Il fallait à la fois, et de tous côtés, résister et ménager : art difficile qu'il avait pratiqué toute sa vie, et pour lequel il était merveilleusement doué. Il ne faut que de la passion pour être extrême ; il faut, pour être modérateur, paraître exempt de passion : Henri IV le comprend, et «c'est l'impression du monde qu'il craint le plus qui entre dans le cœur de ses sujets, qu'il se gouverne par autre chose que la raison» (D'Epernon, 26 janvier IIe 1605). La raison suffit chez un peuple raisonnable; mais quand les hommes sont divisés par les dissensions religieuses et les souvenirs de guerre civile, il faut, pour les gouverner, les connaître. Henri IV les connaissait; et, par cette connaissance, il mena ses contemporains. Il écrivait spirituellement à M. de Batz : «Beaucoup m'ont trahi vilainement, mais peu m'ont trompé. Celui-ci me trompera s'il ne me trahit bientôt» (2 novembre 1587). On ne le

voit pas commettre, dans le choix des hommes qu'il
emploie, de ces graves erreurs si communes chez les
rois, auprès.de qui l'ambition s'affuble des apparences
du dévouement. On ne découvre pas qu'il ait jamais
été sensible à la flatterie : comme il s'en servait lui-
même, il savait ce qu'elle valait. Il s'irrita souvent
contre Sully ; et, tout en le trouvant insupportable, il
le supporta et le récompensa jusqu'à la fin. Discer-
nant les sentiments de chacun, il est habile à les ma-
nier, à les conduire, à les exciter à propos, à en faire,
comme dirait Pascal, « des coopérateurs à ses volontés. » Pour le suivre dans cette adroite direction des
consciences, qui paraît sans se montrer, il faudrait
assister à ses conversations, comme celle que nous conserve le journal de Chamier (1) ; mais les mémoires n'en
donnent guère d'aussi naïvement fidèles ; ses lettres,
dans une certaine mesure, nous en donnent une idée.

Il est rare que l'étude des hommes, quand l'habileté en tire parti, profite à la vertu de celui qui s'y
adonne. A regarder dans la vertu des autres, on se
trouve suffisamment vertueux ; à découvrir tant de
faiblesses et de vices, on arrive à s'en servir. Un côté
par où Henri IV manque de noblesse et de grandeur,
c'est le trafic des consciences. Il racheta ses bonnes
villes à beaux deniers comptants ; la paix lui fut ven-
due cher ; mais c'était une économie : la guerre eût
coûté davantage. Il apprit ainsi que l'argent semé
dans certaines poches rapporte de gros bénéfices ; et
il acquit un peu partout, dans le clergé et dans le

(1) Mémoire sur ce journal par M. Ch. Read, 1851.

parti réformé, des pensionnaires, c'est-à-dire une
police. On est plus sûr des dévouements qui ne sont
pas libres. Mais le calcul est faux : un souverain perd
toujours à corrompre ses sujets. Leur vénalité, qui
est d'abord un moyen commode, est bientôt un embarras. C'est encourager la résistance que l'arrêter
avec de l'or ; quand on achète, tout est à vendre ; et
ceux qui font commerce d'eux-mêmes remuent beaucoup pour hausser de valeur et mieux placer leur
marchandise. Henri IV, jusqu'à sa mort, eut affaire
à des hommes turbulents par amour du gain ; il
légua aux deux régences de Marie de Médicis et
d'Anne d'Autriche une génération de gentilshommes qui menacèrent la cour pour conquérir ses
faveurs, et cherchèrent dans la guerre civile un métier
lucratif. Une politique plus élevée eût été plus habile.

Cette connaissance des hommes lui apprit à les
conduire sûrement et irrésistiblement, en cachant
sous les apparences de la douceur beaucoup de fermeté, de persistance et de fine habileté. Il mit sur le
trône la royauté familière, la bienveillance dans les
mots et souvent dans les choses. Il se souvint du conseil de Montaigne : « Où les conquêtes, par leur
grandeur et difficulté, ne se pouvoient bonnement par-
faire par armes et par force, elles ont été parfaites
par clémence et magnificence, excellents leurres à
attirer les hommes (1). » Sa sévérité ressemble plutôt
à la colère ; mais il ne se laisse aller à la colère que
lorsque la colère ressemble à la sévérité. Il s'irritait

(1) Une lettre inédite de Montaigne, 1850.

contre son peuple, lorsque le peuple, dans quelque
ville ou quelque province, abattu ou exaspéré par les
malheurs du temps, se soumettait à tout le monde ou
ne se soumettait à personne. Les habitants de Montrichard, peu belliqueux, à ce qu'il semble, se conten-
taient, suivant l'occasion, de changer de vainqueurs,
et de crier tour à tour *Vive le Roi* ! *Vive la Ligue* !
Des partisans de Henri IV passant de leur côté, ils se
rendent à Henri IV ; la Ligue paraît, ils se rendent à
la Ligue. Mais Henri IV ne l'entend pas ainsi :
« Assurez ceux de Montrichard que si cette fois ils
font les trompeurs, que je les ferai tous pendre ; et
leur envoyez la présente pour assurance de ma promesse, à laquelle je vous jure que je ne manquerai
nullement » (Souvré, 25 novembre 1589). Montrichard se rendit aussitôt.

En 1594, les paysans du Poitou, du Limousin et du
Périgord se révoltèrent contre les gens de guerre et
de finance. Henri IV les fit combattre et réduire,
quoique les malheureux eussent sans doute de bonnes
raisons pour se plaindre. Mais nous voyons par ses
lettres qu'il y mit de la douceur et de la patience. Il
envoie d'abord le conseiller Boissise « avec charge
et commission d'ouïr les plaintes et doléances des
peuples soulevés ès dits pays et d'y pourvoir par la
voie de justice. » Il leur offre de sa part « toute douceur et grâces, » et ordonne en attendant au s' de
Chambaret de les « rompre et désarmer. » Il engage le
sénéchal de Périgord à « les entretenir aux meilleurs
propos qu'il pourra, et en bonne espérance qu'il sera
pourvu à leur soulagement. » Il ordonne de « pour-

voir à ce que ce désordre se termine par la douceur, s'il est possible. » Il fait une réponse favorable à leurs députés ; mais la révolte continuant, il prend quelques mesures plus énergiques. Voici sur ces troubles ses expressions personnelles : « Monsieur de Bourdeille, j'écris à mon cousin le maréchal de Matignon ce qui est de mon intention sur l'assemblée des peuples en mon pays de Périgord, que je ne veux pas être supportés en leur désobéissance non plus que violemment traités, pour le péril qu'il y auroit en l'un et en l'autre » (5 août 1595). Il y avait alors dix-huit mois que les paysans étaient soulevés ; leur soumission ne s'acheva que six mois plus tard. On voit que Henri IV usa de quelque tempérament. Plus tard même, il se rendit dans le Limousin afin de pourvoir en personne à des réformes qui pussent contenter et soulager cette misère séditieuse.

Sa conduite fut la même à l'égard des particuliers. Son intérêt lui conseillait de prévenir toutes divisions entre les gentilshommes : elles auraient entretenu l'humeur querelleuse d'une noblesse turbulente ; provoqué des combats singuliers et la mort de quelques braves sujets ; séparé des adversaires qu'il pouvait avoir besoin de réunir. Cette tâche était souvent difficile ; il n'y épargna jamais sa peine : « Il y faillit avoir hier une grande querelle entre M. d'Aiguillon et le senor don Juan (oncle de la reine), pour le rang du logis. Nous verrons aujourd'hui comme nous accommoderons cela. Seulement vous dirai-je que votre oncle, quand il est en colère, est hors de toute raison » (Marie de Médicis, 12 octobre 1re 1605). —

« Le maréchal d'Ornano arrive ce jour-là. Ils me donneront bien de la peine, M. d'Épernon et lui; car ils sont fort animés l'un contre l'autre » (Marie de Médicis, 16 octobre 1605). Et quelques jours après : « J'ai enfin accommodé M. d'Epernon et M. d'Ornano, mais avec une extrême peine. » Quelquefois il dut déployer de la fermeté. Le prince de Joinville, dans une altercation, avait frappé d'un coup d'épée le duc de Bellegarde désarmé ; il demeure deux jours « pour pourvoir à cela et commander que la justice en soit faite. Car, encore que le mal ne soit grand et que M. Le Grand (1) soit pour être aussitôt que moi à Blois, si veux-je que tout le monde connaisse comme je veux que la justice soit faite de cela, et qu'y ayant été offensé, c'est à moi de la faire faire ou pardonner l'offense » (Bellièvre, 13 août II° 1599). La grande querelle du comte de Soissons et de Sully fut pour le roi un véritable souci, et éprouva singulièrement sa patience. Il y entremit le comte de Saint-Paul, MM. de Brissac et de La Rochepot, qui usèrent leur peine. Il écrivait le 19 août 1605 au comte de Saint-Paul : « Mon cousin, j'ai vu les lettres que MM. de Brissac et de la Rochepot m'ont apporté de vous; je les ai ouïs sur l'affaire qu'ils avoient en charge; en quoi je ne vois qu'une continuation de

---

(1) On avait coutume d'appeler le grand-écuyer *monsieur le Grand*. Le duc de Bellegarde était grand-écuyer. C'est le même qui fut aimé de Gabrielle d'Estrées. Tallemant des Réaux prétend que Henri IV refusa d'abord de donner le nom d'Alexandre au premier fils de Gabrielle, de crainte que les plaisants ne l'appelassent Alexandre-*le Grand*.

désobéissance au comte de Soissons, avec des plaintes de moi plus pleines d'animosité que de vérité. Je ne sais quel plaisir il prend de m'offenser chez moi. Conseillez-lui de s'en aller chez lui passer sa colère ; car je ne le puis plus endurer, et si à mon retour il est revenu à soi, je serai très aise de le voir. Gros cousin, je vous aime de tout mon cœur et vous donne le bonsoir. » Quelques jours après cependant il avait pu opérer un rapprochement : « Mon cousin, écrit-il au comte de Soissons, j'ai vu par l'écrit que m'avez envoyé par les comtes de Saint-Paul, maréchal de Brissac et comte de La Rochepot, les langages qu'on vous a rapportés avoir été tenus de vous par M. de Rosny, desquels vous vous plaignez, et l'offre que vous faites de prouver qu'ils ont été dits par lui. Je ne doute point, puisque vous l'assurez, qu'ils n'aient été dits ; mais je n'ai jugé à propos d'entrer en telles preuves, tant pour ce que je ne révoque en doute que ce rapport ne vous ait été fait, que pour avoir été aussi bien assuré de M. de Rosny que son intention ne fut jamais de dire chose qui vous pût offenser, étant votre serviteur comme il est. Et désirant que les choses s'adoucissent et se terminent avec la satisfaction qui vous est due, je vous prie de recevoir de M. de Rosny celle qu'il offre de vous faire, et en demeurer satisfait » (vers le 26 août 1605). L'affaire s'arrangea en séance solennelle. La fréquence de ces conciliations ne décourageait pas Henri IV. C'est ainsi qu'il *accommoda* Carency et Mme de Caumont, les deux La Houssaye et Vitry, Montespan et Pompignan, Chambaret et Créqui. Il écrivait quelquefois de sa propre main les paroles que devaient prononcer en sa présence les deux réconciliés, avant l'embrassade plus ou moins fraternelle qui réparait tout. L'époque n'était pas encore éloignée où à la cour d'une Médicis les duels se multipliaient à la fureur ; Henri IV cependant sut mieux les empêcher par ses paroles amicales que plus tard Richelieu par ses lois rigoureuses ; il ne se fit pas juge et punisseur, mais conciliateur bienveillant et infatigable.

Il aimait à pardonner ; et s'il a « tancé » quelqu'un, il se réjouit dès qu'il le trouve « résolu à être plus sage à l'avenir » (Nevers, 10 décembre 1594). Il aime, en vrai chevalier, à présenter au choix de ses adversaires le combat ou l'amitié : « Si ces gentilshommes veulent persister en ce qu'ils vous ont fait dire, et que, se repentant de ce qu'ils ont fait, ils disent tout ce qu'ils savent, et avouent que l'on les y a voulu embarquer, et pour cet effet veulent recourir à ma clémence, vous leur pourrez promettre de vous employer pour eux envers moi, et les assurer que j'aurai toujours les bras ouverts pour les recevoir ; car je ne veux la mort du pécheur, mais seulement qu'ils avouent leur faute, et promettent de n'y plus retourner... Je m'avancerai vers Romorantin, pour, s'ils ne veulent faire ce qui est de leur devoir, les voir l'épée en la main ; mais je veux croire qu'ils ne me donneront cette peine » (La Force, 26 août 1605).

Même quand il est impérieux, il tempère l'âpreté du commandement par des explications et des assurances : « Vous prévoyez que quelques-uns me veulent faire des remontrances sur la vérification de mon édit touchant le rétablissement de la religion catholique en mon pays de Béarn ; mais je ne veux pas que pour cela l'on diffère la vérification d'icelui. Pour ce, portez-vous en cette affaire avec telle roideur que je sois obéi. Vous ne sauriez croire de quelle importance cela m'est à présent, mêmement à Rome, ou cela seroit pour traverser les affaires que j'y ai, desquelles vous savez assez juger l'importance. C'est pourquoi je vous recommande cette affaire, et ne recevez aucune remontrance sur ce fait-là. Je suis très aise de ce que, passant par la Guyenne, vous avez trouvé un chacun bien disposé à la paix et à m'obéir. J'espère que Dieu me fera la grâce que je le serai des uns et des autres, si je suis bien servi de ceux que j'emploie et qui ont charge... Surtout gardez-vous bien de recevoir ceux des Etats de mon pays ni autres à me faire aucune remontrance sur la vérification de mon édit ; car c'est chose que je ne veux souffrir, et faut qu'ils se réduisent à m'obéir, et considérer que j'ai fait le tout pour le bien général des uns et des autres » (La Force, 17 juillet 1599). Les Béarnais ne voulaient pas recevoir le conseiller Dupont. Henri IV écrit à M. de La Force : « Il y va en cela tellement de mon service et de mon contentement que je ne vous célerai point que je ne pourrai trouver bon de voir mon autorité combattue plutôt par passion que par raison ; et vous savez que mon humeur est de ne m'y laisser vaincre... Les choses en sont venues trop avant pour en demeurer là ; bref, je veux être obéi. Aussi vous pouvez vous assurer et assurer en mon nom les États de mon pays, et le leur jurer et promettre ; que cela n'arri-

vera plus, et que je les conserverai en tout ce que je
pourrai, non-seulement pour le for (1) ; mais même
en tout ce qu'ils requerront de moi, je leur témoigne-
rai comme je désire les gratifier. Mais aussi qu'ils
me donnent ce contentement-là, et ne me fassent
choisir une autre voie pour me faire obéir » (24 novembre III° 1599).

Quant à la condamnation de Biron, j'éprouve
quelque embarras à parler d'une affaire qui attend
et recevra bientôt de nouveaux éclaircissements : je
me contenterai de faire remarquer que son amie
Élisabeth, qui, dix-huit mois auparavant, avait fait
tomber la tête du comte d'Essex, lui conseillait la sévérité, tout en le plaignant ; et ses avis avaient quelque crédit, venant d'une reine si habile : « Madame
ma bonne sœur, je vous rends grâces du meilleur de
mon cœur ; et véritablement je ne pouvais recevoir
consolation en mon affliction présente (qui est certes
la plus cuisante que j'aie oncques sentie) que de votre
cordiale main, tant je prise votre prudence, et ai de
créance en votre amitié. Je suivrai donc votre bon
conseil et votre heureux exemple, le mieux qui me
sera possible, en préférant le bien et repos public de
mon royaume, comme je suis tenu de faire, à toutes
considérations et affections particulières ; choses que
à l'aventure je ne ferois si déterminément, s'il n'y
alloit que du hasard de ma vie » (12 juillet III°
1602). Il sentait pourtant, après l'exécution de Biron,
le besoin de se justifier : écrivant à M. de La Force,

(1) Nom de la Coutume de Béarn.

son beau-frère, il cherche des arguments jusque dans l'indifférence filiale et religieuse de Biron : « De peur de vous en renouveler la douleur, je ne vous en dirai que ce mot, sinon qu'il est mort, avouant qu'il la méritoit bien, mais ne m'ayant jamais voulu demander pardon, ni nommer ses complices, ni même prier Dieu : et je crois aussi qu'il ne le savoit, comme il l'a avoué à ses confesseurs, qui, lui ayant voulu parler de madame la maréchale de Biron, sa mère, il ne l'a voulu seulement ouïr nommer, pour ce qu'elle était hérétique. Ce dont il les a priés en mourant, a été de dire à tout le monde qu'il étoit mort très bon catholique, sans pouvoir dire ce que c'étoit que catholique. Je lui ai permis de faire testament et de disposer de son bien ; car, comme vous le savez, je ne me veux point enrichir du bien d'autrui, et me contente qu'il ait été puni comme il l'avoit mérité » (7 août 1602). Sillery croyait Biron coupable. On lit, dans un autographe de lui, qui a passé récemment dans une vente : « Il est mort avec un cœur *félon* et *endurci.* » La lettre n'était pas adressée à Henri IV. Rien n'indique jusqu'à présent que la clémence, cette fois-là, n'eût pas été une faiblesse ; et cette condamnation n'est pas encore devenue une preuve contre la justice de Henri IV.

Il n'en est pas moins vrai qu'il avait une répugnance naturelle contre la cruauté, et qu'il rompit avec cette politique italienne où l'assassinat, même injuste et lâche, était regardé comme légitime. Il préféra le gouvernement de l'habileté à la tyrannie , moyen facile et peu durable ; et il faut lui en tenir compte ; car sa douceur de commandement avait à lutter au dehors contre des hommes d'une turbulence irritante, et, en lui-même, contre un sentiment très vif, je veux dire l'orgueil de race. Non-seulement il appelle un jour des fantassins de son armée des *goujats : «* Meslon, j'ai avisé d'envoyer le capitaine Marrac à Sainte-Bazeille. Faites-le partir incontinent, sans amener pas un cheval et le moins de *goujats* qu'il pourra » (vers le 16 novembre 1580) ; mais à la mort de la princesse de Condé, comme on voulait lui rendre des honneurs au-dessus de son rang, il s'y oppose, trouvant que ces honneurs « sont de conséquence, préjudicient à son service, et tirent conséquence à l'avenir » (Bellièvre, 18 juin 1601). On sait les ordonnances cruelles qu'il rendit contre les braconniers. Il voyait dans la chasse un privilége tout royal, que le roi n'étendait à quelques-uns de ses sujets que par concession. A ses yeux le pouvoir royal est un pouvoir absolu. Il écrit à d'Épernon : « Le serviteur qui veut être aimé de son maître lui témoigne *toute* obéissance » (21 mai 1re 1605). Il est vrai qu'à ce moment il est en colère ; mais souvent la colère, comme le vin, fait dire ce que l'on pense. Ailleurs : « Je ne dois rendre compte de mes actions à personne du monde, et moins à mes sujets » (Duplessis, 16 février IIe 1597). Il affaiblit tout ce qui était fort, c'est-à-dire menaçant. Il restreignit les libertés municipales, en remplaçant les officiers électifs par des administrateurs de son choix. Il voulut que la main du pouvoir central se fît partout sentir. Mais ce ne fut pas seulement despotisme ; ce fut aussi amour de l'ordre. Déjà, comme roi de Navarre et gouverneur de Guyenne, il avait égalé l'énergie de sa résistance à la constance des désordres, à l'indiscipline maraudeuse et pilleuse de ses troupes : « Je vous prie tenir la main à ce qu'elle (la justice) se fasse bonne et grière, et même contre les voleurs, picoreurs et traîtres ; autrement Dieu ne nous bénira point » (Scorbiac, 15 mars IIe 1588). — « J'entends que punition exemplaire soit faite de ceux qui ont quitté et pillé Maubequin et Dieupentale, que j'avois conquis au danger de ma vie, pour les arquebusades et le hasard d'une bataille : c'est ce que je vous dirai pour réponse » (le même, vers la fin de mars VIe 1588). Il exigeait pour chaque soldat éloigné de son corps ou un congé en forme, ou une permission spéciale d'y revenir, et la signature de Saint-Géniès, de sa sœur ou la sienne. Chaque capitaine doit avoir sa commission : « J'ai entendu que c'est le quinzième qu'on doit prendre les armes ; je vous prie m'envoyer le rôle de ceux à qui vous avez baillé des commissions, afin que s'il s'en trouve d'autres qui les lèvent, je leur fasse courir sus » (Matignon, vers le 10 avril 1585). Au plus fort de la guerre, il surveille ses soldats ; et, s'ils ont pris de la vaisselle dans un couvent, il en ordonne une recherche curieuse et difficile, en divers endroits à la fois, recommandant une grande diligence, regrettant que les embarras d'une guerre laborieuse le contraignent « à ne point voir ce qu'en autre temps il feroit punir très rigoureusement » (Montpensier, 24 mai 1587). Il réussit à empêcher beaucoup de brigandages et à

donner à ses soldats le respect du bien d'autrui : après
la prise de Poissy, il écrit à Souvré : « Les nôtres se
sont tellement gouvernés qu'ils ne sont entrés en aucune maison ; et on y fait les quartiers comme si on
y fût entré en pleine paix : ce que n'ont pas fait les
ennemis ; car les religieuses ont été toutes pillées »
(18 février IIe 1590).

Quand il fut roi paisible, il fonda cette puissante
administration qui donna tant de force à la royauté
en ramenant peu à peu sous son joug les vieilles autorités féodales et les nouvelles libertés populaires.
La démocratie naissante périt avec l'ancienne oligar-
chie. La monarchie tourna au pouvoir absolu. Mais
la nation y prêta les mains. Montaigne l'avait prédit
à Henri IV : « Les inclinations des peuples se mènent
à ondées ; si la pente est une fois prise à votre faveur,
elle l'emportera de son propre branle jusques au
bout (1). » Accuser Henri IV seul d'un effet inévitable,
c'est méconnaître cette loi fatale, que tout principe
vainqueur tend à son excès. Du moins le sentiment
national acquit plus de force ; et les plus rudes
épreuves purent encore déchirer la France, mais non
la diviser.

Il appuya constamment Sully dans sa guerre contre
les détenteurs de la fortune publique ; il l'avait même
devancé : « Tenez ferme contre les financiers, écrivait-
il au connétable ; car si une fois ils étaient remis, ils
nous mettraient le pied sur la gorge » (25 février
1596). Et il lui fallut plus d'énergie qu'à son ministre : Sully luttait contre des gens qu'il n'aimait

(1) Une lettre inédite de Montaigne. Didron, 1850.

9

pas (il n'aimait personne); Henri IV luttait contre
ses favoris, ses maîtresses, ses parents et ses meilleurs
amis. Si l'on veut juger du soin qu'il apportait même
dans les détails, il écrit à Sully : « Mon ami, j'oubliai
hier à vous parler pour les deux offices de receveurs
des restes de Rouen. J'ai su que l'on les avait taxés
à huit mille livres chacun ; ceux qui les prennent en
sont d'accord avec moi qu'ils ne seront taxés que
deux mille écus chacun. Si vous voulez, faites-les re-
taxer auxdits deux mille écus, ou les faites délivrer
aux huit mille ; car de l'une façon ou de l'autre, je
n'en aurai point davantage. *Il y a deux ans que je
suis après cette affaire ;* je vous prie y faire une fin »
(6 avril III° 1605.) Aussi l'a-t-on accusé d'avarice ;
mais ses lettres répondent à ce reproche. Sully était
un payeur difficile et ombrageux, temporiseur et chi-
caneur : Henri IV lui ordonne souvent de laisser partir
quelque argent dans des mains qui l'avaient bien
gagné. C'est Sully qui est l'avare ; auprès de son
ministre, Henri IV était un dépensier. Avant l'administration de Sully, s'il donna peu, c'était par force :
ses pourpoints étaient troués, et ses poches pouvaient
l'être sans inconvénient.

Il comprit mieux que Sully les moyens d'accroisse-
ment de la richesse publique. Sully ne voyait que le
labourage et le pâturage ; Henri IV encouragea l'industrie : « J'ai été bien aise d'entendre, écrit-il à
Duplessis-Mornay, l'espérance que vous me donnez
que, dans l'année prochaine, il y aura quatre fontes
qui commenceront à travailler dans les montagnes
Pyrénées, et que celles-là donneront commencement

à d'autres. Je recevrai à un grand contentement de savoir que vous vous employez à cette œuvre où il y va de mon service, lequel je veux croire que vous affectionnerez comme autrefois je l'ai reconnu » (16 décembre II° 1601). On sait qu'il fut l'avocat des vers à soie méprisés par Sully : « Mon ami, lui écrit-il, je vous prie de faire hâter la charpente et couverture de mon orangerie des Tuileries, afin que cette année je m'en puisse servir à y faire élever la graine des vers à soie que j'ai fait venir de Valence en Espagne, laquelle il faudra faire éclore aussitôt que les mûriers auront jeté de quoi les pouvoir nourrir. Vous savez comme j'affectionne cela : je vous prie encore un coup d'y pourvoir et les faire hâter » (29 mars 1603). Il fit bâtir la Place Royale « devers le logis qui se fait au marché aux chevaux, » non-seulement comme lieu de promenade, mais pour y établir des manufactures de drap de soie, faisant servir les embellissements de la ville à la prospérité du commerce (Rosny, 29 mars et 29 mai 1605). L'expropriation pour cause d'utilité publique était déjà en vigueur, mais avec ménagement. Le sieur de Montmagny ne voulait pas céder son terrain ; le roi charge Sully de lui en parler de sa part comme d'une chose « qu'il affectionne pour l'ornement et l'embellissement de la ville de Paris ; qu'on lui paierait la terre que l'on est contraint de prendre dans son jardin ; et qu'étant une œuvre publique, on lui pourrait même contraindre à la vendre, non à son mot, mais comme il serait jugé juste » (27 mai Iʳᵉ 1605).

Parlerons-nous de sa politique extérieure? Il met

la France au rang que lui indiquent sa position géographique, le caractère de ses habitants, ses doctrines gallicanes, entre les peuples du midi et ceux du nord, entre les nations catholiques et les nations protestantes, de façon à n'être dominée par aucune et à les dominer dans l'occasion, à asseoir sa puissance sur l'équilibre européen, et à devenir, comme médiatrice armée, l'arbitre de l'Europe.

Il rendit service à l'humanité elle-même en établissant la tolérance, entourée de garanties, et assez forte dans sa primitive vigueur pour être respectée des cardinaux ministres qui succédèrent à Henri IV. La guerre que Richelieu fit aux protestants ne fut pas religieuse, mais politique. Faisons-lui de l'édit de Nantes un éternel honneur : la tolérance est l'avenue de la liberté. Il a écarté du gouvernement des choses temporelles les passions religieuses, et inauguré la politique moderne. La lutte était entre deux théocraties, théocratie catholique et théocratie protestante : Henri IV maintint une monarchie française. Le patriotisme devint le premier devoir des Français (1).

Je sais que cette prédominance de l'intérêt national sur l'intérêt religieux, il l'établit même dans sa conscience, où elle est moins légitime. Les raisons politiques de l'abjuration apparaissent d'elles-mêmes, et elles étaient si fortes que Sully lui-même lui conseil-

(1) Je ne puis m'empêcher de citer un mot de Henri IV à Daniel Chamier (*V.* le mémoire de M. Ch. Read). Il se plaint de ce que les réformés, à Gap, aient appelé le pape Antechrist : « De quoi on se devait abstenir, *quand il n'y aurait que cette considération qu'il était son ami* » (p. 55). Que nous sommes déjà loin des guerres religieuses !

lait, et que les hommes les plus honorables du royaume
lui demandaient avec prière de changer de religion.
Il y a cependant sur ce point une opinion peu accré-
ditée en France, mais acceptée chez des peuples protestants ; c'est qu'il pouvait régner sans abjurer. Il
aurait donc été forcé, pour s'imposer, non-seulement de vaincre, mais de subjuguer et de réduire la
moitié au moins de la France. Outre la violence du
moyen, il n'aurait pas réussi. Son armée, exclusivement protestante, eût été trop peu nombreuse, et
n'aurait pu longtemps réparer ses pertes : elle n'était
pas compacte et disciplinée comme les phalanges
d'Alexandre ou les légions de César ; plus difficile à
retenir et à diriger après une victoire qu'après une
défaite. Un jour Henri IV se plaint que les soldats se
débandent, parce qu'ils sont payés ; un autre jour, il
craint qu'ils ne se mutinent à l'arrivée de l'ennemi,
parce qu'ils ne sont pas payés. On peut juger des
habitudes militaires de ce temps par la dispersion
générale qui suivit la reprise d'Amiens : « Ma chère
sœur, il faut que les déplaisirs talonnent toujours les
contentements. Vous pouvez penser quel je devais
avoir du succès d'Amiens, et quel regret j'ai dans
l'âme de voir le cours de ma bonne fortune arrêté
par un débandement général de mon armée, qui,
l'argent à la main, n'a pu être empêché, tant la lé-
gèreté des Français est grande ! Et l'exemple pernicieuse des grands a été suivie. Je ne me plains de personne ; mais je me loue de peu. S'ils disent que je
leur ai donné congé, me le devaient-ils demander ?
J'avais jeudi au soir cinq mille gentilshommes, samedi

à midi je n'en ai pas cinq cents. De l'infanterie le débandement est moindre, bien que très grand. Le conseil avait été bien tenu, les résolutions bien prises, les sujets de bien faire très beaux, les soldats ennemis étonnés, leurs villes effrayées : mais qui, ainsi que Dieu, peut faire quelque chose de rien?.... Ceux qui n'ont pas été à Amiens doivent être bien honteux. Jugez que doivent être ceux qui m'y ont laissé » (Madame Catherine, 28 septembre 1597).

Il eût fallu que les nations protestantes l'aidassent de renforts considérables et toujours nouveaux. Et, en cas de succès, elles auraient vaincu avec lui, comme les Espagnols avec la Ligue. C'eût été la guerre de l'Europe protestante contre l'Europe catholique, avec la France pour champ de bataille et pour prix de la victoire.

Mais les généraux espagnols l'auraient sans doute emporté; ils avaient une armée organisée, et leur infanterie si redoutable; ils étaient alors les seuls stratégistes. Henri IV ne l'était pas. Il n'avait jamais de dessein bien suivi, allant au hasard, et ne connaissant que les coups de main et les exploits aventureux. Il perdit un an en cavalcades inutiles après la bataille d'Ivry. Il aurait pu souvent écrire : « Certes, je fais bien du chemin, et vais comme Dieu me conduit; car je ne sais jamais ce que je dois faire au bout » (Mme de Grammont, 8 janvier 1588). Son bonheur voulut que la durée de la guerre lui fût aussi favorable que ses victoires. Même sur le champ de bataille, il se fiait moins à ses combinaisons, quoiqu'elles fussent souvent heureuses, qu'à son ardeur téméraire et

à l'entraînement de son exemple. C'était toujours :
Suivez mon panache blanc, et il se jetait dans la
mêlée. Le duc de Parme, sans même combattre, lui
faisait perdre par de simples manœuvres tout le terrain qu'il avait péniblement gagné ; et quand il se
retirait, Henri IV se croyait vengé s'il lui faisait « la
conduite » jusqu'à la frontière. Cependant la confiance
ne lui manquait pas : « Je pense vous pouvoir assurer
que, dès la fin de janvier, je serai dans Paris » (Mme de
Grammont, vers le 20 novembre 1589). Il ne se
trompait que de quatre ans. « J'espère que dans huit
jours la Normandie sera nette de ligueurs, et qu'il n'y
restera que Rouen ; et que la Bretagne sera aussi
bientôt après au même état » (Mme de Montmorency,
7 janvier 1590). La Bretagne fut la dernière province qu'il marchanda, sept ans plus tard. Cependant, quand l'habileté était la résolution et la hardiesse, rien n'égalait la sûreté de ses regards. Après
sa réunion avec Henri III, il le dissuade de partager
son armée, et lui rappelant le temps où ils étaient en
guerre : « Lorsque nous oyions dire, lui écrit-il :
le roi fait diverses armées, nous louions Dieu et di-
sions : Nous voilà hors de danger d'avoir du mal ;
quand nous entendions : Le roi assemble ses forces,
et vient en personne, et ne fait qu'une armée, nous
nous estimions, selon le monde, ruinés » (6 juin
1589). Henri III pensa à se retirer jusqu'en Bretagne ; le roi de Navarre fait sentir vivement l'imprudence de cette conduite timide : « Si le roi va en
Bretagne, il est ruiné. Les raisons : ses ennemis feront
courre le bruit qu'il fuit devant M. de Mayenne, les-

quels ont imprimé déjà au cœur de plusieurs qu'il appréhende sa venue, et que rien ne lui a fait quitter Blois que cela. Un chacun, n'ayant témoignage du contraire, pour ne pouvoir lire au cœur de Sa Majesté, et s'arrêtant aux apparences, perdra cœur, et ses ennemis le redoubleront, et augmenteront le nombre de leurs partisans, outre le tort que telle réputation fera au service de Sa Majesté, tant par toute la France qu'en pays étrangers. Voilà pour l'honneur. Pour le dommage, il est indubitable que Meung, sur cette simple nouvelle, quittera ; Beaugency n'attendra la venue du duc de Mayenne ; Blois ira crier miséricorde au devant de lui ; Tours se révoltera et réduira la garnison dans le château dont l'armée ligueuse aura bon marché ; Saumur portera les clefs au-devant : si durant ce temps Sa Majesté a le loisir de se sauver par les Ponts-de-Cé, ce sera tout ce qu'elle pourra faire » (Duplessis, 24 mars 1589). Et au roi : « Le bruit courait partout qu'alliez en Bretagne ; j'en étais enragé ; car, pour regagner votre royaume, il faut passer sur les ponts de Paris. Qui vous conseillera de passer par ailleurs n'est pas bon guide » (7 juin 1589).

Son impétuosité d'allures un peu désordonnée ne suffisait pas pour asservir la France. L'abjuration sauva sa couronne. On a beaucoup discuté sur la sincérité de cette démarche décisive ; et l'on pourra encore, je crois, discuter longtemps. Était-il protestant de cœur ? Pourquoi, en ce cas, après son évasion de la cour en 1576, a-t-il hésité trois mois, quand le catholicisme ne l'enchaînait ni par contrainte ni par intérêt ? Pourquoi aurait-il désiré la conversion de

Sully, ou du moins celle de sa propre sœur, dont l'abjuration n'eût eu rien d'éclatant? Était-il catholique convaincu? Pourquoi alors a-t-il différé si longtemps sa conversion? On ne peut croire à un changement subit ; car il négligea de se faire instruire. Et pourquoi faisait-il dire aux Jésuites que la caque sent toujours le hareng? Était-il sceptique? Mais il parlait volontiers de Dieu, non-seulement avec ceux que sa dévotion pouvait séduire, mais avec madame de Grammont et Gabrielle d'Estrées qui, étant catholiques, et attachées à lui par autre chose que la religion, n'avaient pas besoin d'être rassurées sur sa piété. Il écrit, par exemple, à madame de Grammont : « Dieu m'inspira, après l'avoir prié, de les envoyer sommer... Dans mardi, nous tenterons, ce crois-je, le grand fait. Celui-ci, dirai-je comme David, qui m'a donné jusqu'ici victoire sur mes ennemis, me rendra cette affaire facile » (21 octobre 1588). Gabrielle n'était pas sans doute bien fervente, puisqu'elle poussa d'abord le roi à rester protestant et à ne se fier qu'aux protestants, et qu'il lui écrivit le fameux mot : « Ce sera dimanche que je ferai le saut périlleux » (25 juillet 1595) : Dieu cependant est souvent en tiers dans leur correspondance. La lettre qu'il écrivit à madame de La Roche-Guyon n'est pas d'un sceptique : « Ma maîtresse, je vous écris ce mot le jour de la veille d'une bataille. L'issue en est en la main de Dieu, qui en a déjà ordonné ce qui en doit advenir et ce qu'il connaît être expédient pour sa gloire et pour le salut de mon peuple. Si je la perds, vous ne me verrez jamais ; car je ne suis pas homme qui fuie ou qui

recule. Bien vous puis-je assurer que, si j'y meurs,
ma pénultième pensée sera pour vous, et ma dernière
sera à Dieu » (31 août 1590). Était-il indifférent?
Mais entre 1585 et 1589, il paraît protestant sincère.
A ce moment il ne donnait guère d'espérances de
conversion, quoiqu'il fût héritier du trône et que la
Ligue grossît tous les jours. Duplessis écrit en son
nom à l'archevêque de Rouen qu'il ne changera pas
de religion « comme de chemise » (6 mars 1585).
D'Épernon et Lenoncourt, envoyés à une année de
distance pour lui demander une promesse, n'obtien-
nent même pas que sa réponse se fasse attendre. Il
écrit à madame de Fontevraut, vers la fin de mai
1588 : « Ma tante, il ne saurait rien venir de votre
part que je ne reçoive comme de ma propre mère.
Je sais que les avertissements que me donnez procèdent d'une entière et parfaite amitié que me portez ;
mais vous savez quelle est ma résolution, de laquelle
il me semble que je ne dois pas me départir, et que
vous-même ne me le devez conseiller ; connaissant
(comme je vous ai toujours dit) que ce n'est à la religion qu'on en veut, ains à l'État ; ainsi que vous
peut assez témoigner ce qui est naguère advenu à
Paris (1), et l'entreprise que la Ligue a voulu, ces jours
passés, faire sur le Roi, qui est plus catholique que
pas un d'icelle. Toutefois vous voyez si on a laissé de
le traiter en huguenot. Croyez, ma tante, que ceux
qui ont les armes à la main ne manquent jamais de
prétextes ; et quant à moi aussi, je ne m'arrête point
là, mais je me remets en la bonté de Dieu, qui con-

(1) Les Barricades.

naît la justice de ma cause et qui la saura discerner
des pernicieux desseins des méchants. » On voit qu'il
ne parle même pas, comme à l'ordinaire, de se faire
instruire plus tard. Il ne veut pas que la fille du
prince de Condé soit élevée dans la religion catholique (Mademoiselle de Bourbon, vers la fin de
mars IIe 1588). A propos de l'empoisonnement de
ce prince, il écrit à madame de Grammont : « Tous
ces empoisonneurs sont papistes » (15 mars 1588), et
quatre jours plus tard : « Les prêcheurs romains
prêchent tout haut par les villes d'ici autour qu'il
n'y en a plus qu'un à avoir, canonisent ce bel acte
et celui qui l'a fait, admonestent tous bons catholiques de prendre exemple à une si chrétienne entreprise. Et vous êtes de cette religion ! Certes, mon
cœur, c'est un beau sujet et notre misère pour faire
paraître votre piété et votre vertu. N'attendez pas à
une autre fois à jeter ce froc aux orties : mais je vous
dis vrai. » La haine de la Ligue du moins et ses
propres victoires l'affermissaient dans la foi réformée : « Je vous écris de Blois, où il y a cinq mois que
l'on me condamnait hérétique et indigne de succéder à la couronne, et j'en suis à cette heure le prin-
cipal pilier. Voyez les œuvres de Dieu envers ceux
qui se sont toujours fiés en lui ! Car y avait-il rien
qui eût tant apparence de force qu'un arrêt des États ?
Cependant j'en appelai devant Celui qui peut tout,
qui a revu le procès, a cassé les arrêts des hommes,
m'a remis en mon droit, et crois que ce sera aux dépens de mes ennemis. Ceux qui se fient en Dieu et le
servent ne sont jamais confus » (Madame de Gram-

mont, 18 mai 1589). Douze ans plus tard, et sept
ans après son abjuration, quand Duperron battit Duplessis-Mornay dans cette fameuse conférence où
l'avocat du protestantisme se servit maladroitement
de citations inexactes, il écrivit aussitôt à d'Épernon :
« Mon ami, le diocèse d'Évreux a gagné celui de
Saumur (1) ; et la douceur dont on y a procédé ôte
l'occasion à quelque huguenot que ce soit de dire que
rien y ait eu force que la vérité. Ce porteur y était,
qui vous contera comme *j'y ai fait merveille*. Certes,
c'est un des grands coups pour l'Église de Dieu qui
se soit fait il y a longtemps. Suivant ces erres, nous ra-
mènerons plus de séparés de l'Église en un an que
par une autre voie en cinquante. Il a ouï le discours
d'un chacun, qui serait trop long à discourir par
écrit ; il vous dira la façon que je veux que mes serviteurs tiennent pour tirer fruit de cette œuvre. Bonsoir, mon ami : sachant le plaisir que vous en aurez,
vous êtes le seul à qui je l'ai mandé. De Fontainebleau, ce 5 mai 1600. » C'est le langage d'un ardent
catholique, transporté par la victoire de ses doctrines,
animé d'un pieux espoir de propagande, à qui la joie
fait commettre une imprudence : car d'Épernon mon-
tra la lettre partout ; les protestants furent vivement
irrités ; et cet exemple est le seul où Henri IV se soit
ainsi découvert et réjoui de la déconvenue d'une partie de ses sujets. Ordinairement il tournait leur mécontentement contre les choses, en l'écartant de sa
personne : ici, c'est contre lui-même qu'il attire leur

(1) Duperron était évêque d'Évreux, et Duplessis gouverneur
de Saumur.

colère. Cette lettre n'avait pas l'excuse d'une confidence intime, puisqu'il n'aimait pas d'Épernon ; elle était, malgré la forme épistolaire, un acte demi-public. Voulut-il donner une preuve éclatante de sa rupture définitive avec les protestants? Mais, à ce moment, il y avait moins de sécurité à flatter les catholiques tranquilles et satisfaits, que de danger à irriter les réformés déjà blessés et prompts à la guerre. On comprend son vif plaisir de voir triompher dans la discussion les doctrines qu'il avait embrassées ; leur victoire donnait raison à sa conversion ; et il fut ravi que le chemin du trône eût été celui de la vérité. Cette joie marque au moins un certain désir de croire et de rassurer sa conscience. Il disait lui-même, selon Mézeray, que resté secrètement protestant jusqu'à cette conférence, il en était sorti bon catholique ; mais là-dessus, quoi qu'il dise, nous ignorons ce qu'il a pensé ; et il faut nous résigner à l'ignorance.

Singulier effet des guerres religieuses! Après tant d'horreurs, de bons esprits se demandaient si les dissidences des deux cultes valent tout le sang qu'elles font répandre. Ce qui était inhumain parut bientôt injuste; et l'on cherchait je ne sais quelle vaste religion qui pût renfermer toutes les différences d'opinions dans son sein agrandi. Sully pensait qu'on sauvait son âme en croyant à deux ou trois dogmes fondamentaux, communs aux deux religions, et que le reste n'était que forme. Montaigne va plus loin : « De toutes les opinions humaines et anciennes touchant la religion, celle-là me semble avoir plus de vraisemblance et plus d'excuse qui reconnaissait Dieu comme une puissance incompréhensible, origine et conservatrice de toutes choses ; toute bonté, toute perfection ; recevant et prenant en bonne part l'honneur et la révérence que les humains lui rendaient, sous quelque visage, sous quelque nom et en quelque manière que ce fût. » Dès 1577, Henri IV écrivait à M. de Batz : « Ceux qui suivent tout droit leur conscience sont de ma religion ; et moi je suis de celle de tous ceux-là qui sont braves et bons » (vers les premiers jours de l'année, 1e).

Henri IV a pu abjurer sans peine, se faisant une religion qui planait sur les deux religions combattantes et s'accommodait de l'une comme de l'autre. Il répugne sans doute qu'une profession de croyances soit dictée par l'intérêt, et à moitié menteuse. Mais on ne peut nier que là l'intérêt de la France se confondit avec l'intérêt personnel : Henri IV a pu se décider à un demi-mensonge pour sauver le pays ; et, qu'on l'approuve ou non, on comprend cette façon nouvelle de faire le Décius. Seulement, il a manqué à la décence que tout homme doit aux autres hommes, en négligeant de se faire instruire, de sauver les apparences, en donnant un air de comédie à son abjuration. Il a fait un *saut périlleux*. Il a manqué surtout à la décence qu'on se doit à soi-même : peu importe qu'il cherchât à s'étourdir par une gasconnade ; peu importe qu'il écrivît privément à une maîtresse : il a un terme de baladin pour une résolution aussi grave ; Dieu me préserve de l'excuser !

CHAPITRE III.

DES SENTIMENTS.

Henri IV devait plaire à ses contemporains à la fois rudes et raffinés. La tournure un peu gauloise de son esprit, son goût pour les plaisirs sensuels, sa vigueur infatigable aux exercices du corps, sa témérité aventureuse dans les combats s'alliaient à la finesse pénétrante, à la galanterie de cour, aux grâces de l'imagination, à l'amour des lettres et des arts. Une bonne humeur moqueuse égayait ces qualités et ces défauts.

S'il n'avait dû toute sa vie qu'être roi de Navarre ou prince du sang, il se serait peut-être contenté d'être gai, brave, spirituel et amoureux. Mais il était conquérant et souverain; ses sujets furent d'abord ou d'intraitables ennemis ou des serviteurs peu serviles : pour assurer leur soumission, même après la victoire, c'était peu qu'être aimable, il fallait s'en faire aimer. Il eut la volonté et le talent de les séduire. « Je ne veux point vous céler, écrit-il à Sully, que j'ai plus de confiance en vous qu'à tout ce que j'ai laissé par delà. Je le dis comme je le crois, mais ne montrez cette lettre, *car je ne veux offenser personne* » (8 juillet II° 1597). Il n'est pas de gentilhomme dont il ne veuille se faire un ami. Nous le voyons prendre la plume et écrire de sa main à un simple bourgeois qui vient d'être élu maire de Poitiers (Gruget, 5 août

1600). Filial avec les vieillards, paternel avec les jeunes gens, flatteur envers tous, son ton ordinaire marquait l'affection et la bonté. Avec quelle respectueuse soumission il écrit à Théodore de Bèze : « Je vous prie m'aimer toujours, vous assurant que vous ne sauriez départir de votre amitié à prince qui en soit moins ingrat, et continuer vos bonnes admonitions comme si vous étiez mon père » (1er janvier l° 1581. *P. S.*). Les jeunes gens ne sont pas dédaignés, et il envoie aux parents de bons témoignages sur leurs enfants : « Encore que vous soyez le père, écrit-il au maréchal de Biron, vous n'aimez pas tant votre fils que moi qui puis dire de lui et de moi : Tel le maître, tel le valet » (27 novembre 1590). Quand le jeune Nevers vient prendre rang dans son armée, il écrit à la mère « tout le contentement qu'il a reçu de la venue de son fils, et de la résolution qu'elle a prise de le tenir un bon espace de temps près de lui, où il séjournera avec beaucoup de fruit, ne pouvant s'exercer en meilleure école, ni être instruit et conduit avec plus de soin que celui qu'il aura de lui, aussi grand que s'il était son propre fils » (25 décembre 1595). Et si le jeune Nevers quitte l'armée pour retourner près de sa mère, il apprend avec regret et déplaisir qu'elle l'ait retiré, « ce qui ne se pouvait aussi faire plus mal à propos que maintenant que de toutes parts ses bons serviteurs accourent pour assister aux occasions qui ne se sont point présentées plus belles, et plus importantes que toutes celles qui se sont passées ci-devant ; s'en allant droit aux ennemis, en intention de ne les perdre point de vue qu'il ne les ait combattus. Ce sont des occasions qu'il devoit venir chercher de deux cents lieues, tant s'en faut qu'il soit honnête de s'en éloigner maintenant. Il en parle avec plus de passion qu'il ne feroit d'un autre, parce qu'il n'en a guère qui lui soient plus proches, ni point qu'il aime davantage, ayant fait dessein de le former et dresser de sa main, pour lui faire un jour tenir le rang digne du lieu dont il est » (17 mai 1596). Il adresse une douce réprimande à un jeune homme turbulent, le comte d'Auvergne; « il se plaint qu'il soit entré en quelques soupçons et défiances de lui ; ce qu'il trouve autant étrange comme il est éloigné de toute vérité. Il l'a toujours aimé comme son fils; il veut croire que telles impressions ne procèdent pas de son instinct, ains des artifices d'aucuns qui sont près de lui, qui ont l'âme et la volonté très mauvaises. Tels conseils sont pernicieux ; il ne doit pas endurer près de lui ceux qui les lui donnent, qui n'ont but que de profiter de sa ruine. Rien ne lui acquerra plus d'honneur, d'avancement et de contentement que de se conserver en ses bonnes grâces, auxquelles il aura toujours bonne part. Qu'il juge avec prudence les conseils et avis de ceux qui sont près de lui, pour observer ceux qui lui conseillent ce qui est vertueux et de son devoir, et éloigner les mauvais serviteurs » (25 mars 1re 1592).

Il possédait l'art de louer, avec grâce et sobriété : « Brave Crillon, vous savez comme étant roi de Navarre je vous aimois et faisois cas de vous. Depuis que je suis roi de France, je n'en fais pas moins, et vous honore autant que gentilhomme de mon royaume; ce que je vous prie de croire et en faire état, et qu'il ne se présentera jamais occasion où je vous le puisse témoigner, que vous ne m'y trouviez très disposé. Je suis bien marri de ce que votre santé ne vous permet pas d'être près de moi, pour le besoin que j'ai de telles gens que vous. Lorsqu'elle vous le permettra, vous me ferez un singulier plaisir de me venir trouver. Je ne vous dirai point que vous serez le très bien venu; je m'assure que vous n'en doutez nullement » (Crillon, 29 juin 1591). — « M. de Batz, je vous veux bien faire savoir que vous êtes sur l'état de la défunte reine ma mère, de ceux-là à elle appartenants, et de de tout temps bons amis et serviteurs des siens. Par quoi, faisant état de votre bonne volonté, je vous prie de faire et croire ce que vous dira M. d'Arros de ma part. Et serai bientôt à même de connaître les véritables gens de cœur qui se voudront acquérir honneur pour bien faire avec moi; entre lesquels je fais état de vous trouver toujours » (entre le 29 juin et le 4 juillet 1576). Et de quel ton il récompense quand il lui arrive de récompenser : « M. de Batz, pour ce que je ne puis songer à ma ville d'Eause sans qu'il ne me souvienne de vous, ni penser à vous qu'il ne me souvienne d'elle (1), je me suis délibéré de vous établir en icelle et pays d'Eausan. Adonc aussi me souviendra quand et quand d'y avoir un bien sûr ami et serviteur sur lequel me tiendrai reposé de sa sûreté et conservation » (vers la fin de 1576).

Si Saint-Geniès fait des difficultés pour l'exécution de ses ordres, il ne s'irrite pas, mais il fait appel

(1) M. de Batz avait sauvé la vie de Henri IV, attaqué par trahison à Eause.

à la confiance réciproque : « Je remets toujours à votre jugement de considérer et peser les inconvénients. Vous savez la confiance que j'ai en vous et l'amitié que je vous porte ; c'est pourquoi vous devez prendre en bonne part les commandements que je vous fais, tout ainsi que je suis toujours prêt de recevoir vos bons conseils et avis » (15 octobre 1586).

Quelquefois la réprimande n'est qu'un mot jeté en passant, et sans appuyer : « Meslon, je viens de recevoir la lettre de Lartigue que m'avez envoyée, où il me mande que marchez, Ste-Terre, Lambertie et vous ; de quoi je suis très aise. Si vous eussiez été plus diligents, je ne fusse en la peine où je suis. Assemblez-vous à Montségur, et quand serez assemblés, etc. » (vers le 10 juin 1580).

Si l'ami est absent, comme il lui tarde de le revoir ! « Vous ne sauriez croire l'envie que j'ai de vous voir. » — « Surtout je vous prie vous hâter de me venir trouver, car je meurs d'envie de vous voir. » — « Je brûle d'un extrême désir de vous voir pour vous témoigner comme je vous aime » (Le Connétable, 21 et 24 novembre 1595, 24 octobre 1598).

Si l'ami reçoit quelque faveur de la fortune, il s'empresse de lui faire compliment : « Antoine de Valori, mon ami, j'ai occasion de vous faire connaître que le s^r de Cadinet ayant été tué, le roi est bien aise que vous fassiez votre service dans les Quarante-Cinq. Je vous prie faire état de mon contentement de vous voir traiter selon vos mérites ; et vous viendrez offrir votre bonne volonté en notre endroit. Bonjour, Antoine de Valori, mon ami » (15 avril 1589).

Il intercède avec prière pour les prisonniers :
« Monsieur, écrit-il au duc de Savoie, si vous m'aimez, je vous prie vous employer pour la délivrance
des sieurs de Lanoue et de Turenne, desquels je désire la liberté comme de mes propres frères » (3 septembre Ire 1582. *P. S.*)

Si l'ami est malade, il est plein de sollicitude. C'est
le moment de prouver son amitié à bon marché, en
demandant des nouvelles de la santé, en exprimant
des vœux. Il a des attentions délicates. Saint-Geniès
est souffrant : il le prie de ne se point forcer à venir à
Pau ; il aurait trop de déplaisir d'être occasion d'ac-
croître son mal ou de retarder sa guérison. Il l'ira
voir lui-même pour l'aider à revenir en santé ; il viendra dîner chez lui, et ne mènera que deux ou trois de
leurs bons amis. Mais qu'il se repose pour être
trouvé en bon état (14 janvier 1585). M. de Ségur a
la fièvre : il lui offre son propre médecin ; il regrette
de ne pouvoir être son garde-malade. S'il n'était à la
tête de M. de Nevers, il irait le voir, l'assister avec
autant d'affection que si M. de Ségur était son père
(20 décembre IIIe 1588). Le connétable est indisposé :
il le ragaillardit et le presse de guérir : « Hâtez-vous
de vous médeciner ; car j'ai besoin de vous, et quand
vous êtes près de moi, je me trouve plus soulagé »
(15 novembre 1596). — « Prenez peine de vous bien
purger, afin que vous reveniez au plus tôt pour me
soulager » (16 novembre Ire 1596).

Non-seulement il demande à tous leur amitié et
leur dit souvent : « Aimez-moi ; » mais, ce qui est
ingénieux et spirituellement habile, il leur persuade

qu'ils l'aiment : « D'autant que vous m'aimez, » dit
il à Matignon (vers le 8 juin 1585) ; et à Duplessis :
« Vous devriez être plus affamé de me voir, sachant
combien je vous aime... Je sais que vous m'aimez »
(vers le mois de septembre 1584). Il avait compris
de bonne heure que les services lient plus encore
l'homme qui les rend que l'homme qui les reçoit, et
il le dit à Batz avec une sorte de naïveté : « En quel
autre que vous pourrais-je tenir ma confiance pour
la conservation de ma ville d'Eause, là où je ne puis
donner d'autre modèle que le brave exemple de vous-
même? Et tant qu'il me souviendra du miracle de
ma conservation que daigna Dieu y opérer principa-
lement par votre valeur et bonne résolution, ne pouvez oublier votre devoir » (vers les premiers jours
de l'année 1577, II°).

Vouloir plaire à tout le monde, c'est là un désir
qui développe singulièrement les qualités brillantes
ou agréables de l'esprit. Mais cette vaste amabilité,
que d'autres ont eue comme Henri IV, a pour première règle de se conformer au goût, au caractère
des contemporains. Dans Fénelon, c'est la grâce tem-
pérée; dans le prince de Conti, la politesse affectueuse: mais nous sommes à la cour de Louis XIV.
Dans Henri IV, quelle est-elle? Demandez-le à lui-
même. Il parle souvent de sa *rondeur;* la rondeur,
c'est-à-dire cette brusquerie amicale qui ressemble à
la franchise. Cette rondeur eût paru un peu campa-
gnarde à la cour de Catherine de Médicis, où ré-
gnaient l'étiquette, établie par Henri III, l'afféterie
italienne et le masque de velours; mais, parmi ces

gentilshommes de province, orgueilleux et batail-
leurs, aventuriers et pauvres, qui gardaient sous leurs
essais d'élégance un vieux fonds de rudesse féodale,
elle sut maintenir sous le même drapeau des protestants et des catholiques aussi querelleurs et aussi ir-
ritables les uns que les autres.

Il y a des gens dont la rondeur est vulgaire et fas-
tidieuse ; rien n'arrête, rien ne surprend : mais celle
de Henri IV (qu'on me pardonne le mot) était pleine
de saillies, et, rendue piquante par un esprit fin et
vif, elle était charmante. « Je crois que vous vous
moquez de moi, quand d'ici vous voulez que je pourvoie aux vivres de mon armée » (Le Connétable.
24 août 1596). — « Rosny, toutes les nouvelles que
j'ai de Mantes sont que vous êtes harassé et amaigri.
Si vous avez envie de vous rafraîchir et rengraisser,
je suis d'avis que vous vous en veniez ici » (15 février
Iᵉ 1594). — « Mon compère, vous avez été assez
longtemps chez vous ; c'est pourquoi je vous fais ce
mot pour vous prier de me venir trouver, pour m'aider à passer ce carnaval, assuré que vous serez le
bien venu et vu de moi, de qui vous apprendrez ce
qui s'est passé ici depuis votre partement; mais surtout je vous dis encore un coup que vous serez le
bien venu et vu de moi » (Le Connétable, 6 février
1605). — « Brave Crillon, vous avez oublié votre
maître et vos amis ; je n'en fais pas de même ; aussi ai-
mé-je mieux que vous ne faites. Vous saurez de mes
nouvelles par le sieur de Pilles ; mais par ce mot vous
serez assuré de la continuation de mon amitié. Il y
a fort longtemps que l'on dit que vous venez ; mais

je n'en croirai rien que je ne vous voie. Adieu, brave Crillon » (10 octobre II° 1598). — « M. de Batz, ils m'ont entouré comme la bête, et croient qu'on me prend aux filets. Moi, je leur veux passer à travers ou dessus le ventre. J'ai élu mes bons ; et mon faucheur en est. Grand damné, je te veux bien garder le secret de ton cotillon d'Auch à ma cousine ; mais que mon faucheur ne me faille en si bonne partie, et ne s'aille amuser à la paille, quand je l'attends sur le pré » (11 mars 1586). — « Le Pin m'a parlé pour vous de quelque chose. Vous êtes une bête : ne savez-vous pas que nous n'avons rien à départir ? Ayez l'œil ouvert sur les troupes de M. du Maine. Je vais dormir à Castel-Jaloux. Nous ne tenterons rien follement. C'est de vous de qui j'attends des nouvelles. Adieu. Celui qui vous aime plus que ne valez » (février II° 1586).

Cependant le charme des paroles n'a pas un pouvoir éternel ; il faut que les effets répondent quelquefois. C'est quelque chose de remercier, et de dire : « Vous êtes le plus honnête homme du monde de m'avoir envoyé ceux de vos quartiers » (Saint-Geniès, vers la fin de 1585 III°) ; ou bien : « Vous m'avez fait plaisir de vous être gouverné comme vous avez fait » (Souvré, 17 février I° 93) : mais ce n'est pas assez ; et le plus sûr, c'est de tenir les hommes par leur propre intérêt. Henri IV le comprenait ; et comme il savait que rien n'est plus durable ni plus facile à réveiller que l'espérance, c'est par là qu'il les soutient et même qu'il prétend les récompenser. Il prodigue les promesses vagues et sans échéance : « Assurez-vous que je reconnoîtrai vos services et qu'il vous regrettera toute votre vie de ce que vous n'aurez pas été plus tôt mon serviteur » (Duplessis de Cosme, 17 avril 1595). — « J'ai eu, par votre lettre datée de Venise du mois dernier, tel contentement que jour de ma vie ne l'oublierai, et rendrai témoignage que je n'en suis pas ingrat. Persévérez à voir vos amis et me servir. De mon côté, je ne rabattrai rien de ma bonne volonté et reconnoissance à votre endroit et au leur » (Saint-Julien, vers la fin de janvier 1601). — « N'ayez peur que pour m'avoir fidèlement servi, comme vous avez fait, votre maison tombe en ruine. Je suis trop bon maître, et sais très bien reconnaître mes serviteurs et leurs services » (Duplessis, 6 novembre II° 1589). — « Continuez à me bien servir, assuré que je le reconnoîtrai, et que si vous ne recevez de moi tout le contentement que vous désirez, croyez que vous en serez seul la cause ; car je vous aime » (Le même, 16 février II° 1597). — « Tout fera toujours paroître les effets, *l'occasion s'offrant* » (Vérac, 1er février 1580). Mais cette occasion que Henri IV attendoit toujours ne s'offrait jamais : raison de plus pour en parler. « Je vous assure que l'occasion de vous témoigner que je vous aime ne se présentera jamais que je ne l'embrasse avec toute l'affection que vous sauriez désirer de moi. Adieu, brave Crillon » (28 janvier Ire 1598). — « Je vous aime plus que vous ne le sauriez imaginer. Crois, mon ami, que je désire fort qu'il se présente une bonne occasion pour te le faire paroître » (Souvré, 8 octobre V° 1592). — « La Gode, je vous aime trop et m'avez trop bien servi pour vous refuser quelque chose qui dépende

de moi, et jamais occasion ne s'offrira de le vous
témoigner que je n'embrasse de tout mon cœur... »
Et, à ce propos, il parle d'autre chose, du duc de
Savoie, de l'archiduc et du roi d'Espagne (Le même,
14 juillet Ire 1600). Il est vrai que la fortune s'en
mêle, et contrarie ses intentions généreuses. Le frère
de M. Duplessis meurt au moment précis où il était
sur le point de le récompenser. Il allait le récompenser, rien de plus certain : qui pourrait affirmer le
contraire? Et quel triste contretemps! « Je le regrette
encore davantage de ce qu'il nous a été ravi quand
j'étois sur le point de lui donner quelque particulière
preuve de l'estime que je faisois de sa valeur et fidélité » (Duplessis, 18 janvier 1598).

Mais ceux que la mort ne venait pas frustrer des
bontés promises, s'étonnaient de les espérer si longtemps. Parfois même ils se fâchaient. Il s'agissait alors
pour Henri IV de se réconcilier avec les mécontents,
sans que la réconciliation fût coûteuse. Il s'en tire avec
esprit et rondeur : « On m'a dit que vous ne m'aimez point, et le sieur d'Emery, présent porteur, m'a
confirmé cela. S'il est ainsi, je vous désavoue, et la
première fois que je vous verrai, je vous couperai la
gorge. Adieu, La Gode, mamie » (Souvré, 8 juillet
V° 1591). Mais il ne veut pas croire à ce mécontentement qui serait un manque d'affection et de fidélité :
« Mr de Batz, c'est vrai qu'un gros vilain homme
m'a voulu mettre en suspicion votre fidélité et affection. Or à tel qu'il me faut entendre est bien mon
oreille ouverte, mais lui sont bouchés mon cœur et
ma croyance, comme en telle occasion. Et n'en faites

plus de compte que moi » (vers les premiers jours de
l'année 1577, II°). Ces plaintes sont sans raison :
comment peuvent-ils douter de son cœur? « Vous
pensez avoir occasion de vous douloir de moi, ce que
vous ne pourriez faire qu'à tort, vous aimant et vous
estimant comme un des plus fidèles et utiles serviteurs que j'aie... Vous avez pris la mouche en homme
de la race des Gontaut... Vivez content, si cela vous
a porté contentement, de penser que votre maître vous
aime autant qu'il aima jamais serviteur » (St-Geniès,
4 mai 1586). A quoi bon se quereller quand on a
devant soi de plus utiles occupations? « Mon cousin,
il me semble que le temps et l'opportunité n'est point
maintenant de s'amuser à dresser des querelles d'Allemagne. J'appelle querelles d'Allemagne ce qu'avez
dit à Lambert touchant les plaintes et les propos que
je tenais de vous. Je ne sais qui vous peut avoir écrit
ni fait tels rapports ; mais je sais que je ne me suis
pas plaint de vous à personne, pour ce qu'il n'eût su
m'en faire raison. Or à présent laissant toutes ces
choses en arrière, et voyant l'ennemi si librement et
sans opposition continuer ses desseins, c'est à nous
de regarder ensemble à ce qui est besoin pour le service du roi, et, d'une commune main, y apporter le
remède » (Matignon, vers le 10 avril 1585). Il gronde
même au besoin : « Je n'épouse point les passions de
personne. J'ai à me plaindre plus que nul, et ne sau-
rois me contenter qu'on vive de la sorte avec moi. Je
suis votre ami, je vous estime, et sais assez la preuve
que vous avez rendu à ce parti » (Vivans, 4 juin 1586).
Et c'est lui qui pardonne : « Borgue, j'ai bien reçu

ce que Loménie m'a dit de votre part et vos excuses...
Venez me trouver au plus tôt, assuré que vous serez
toujours le très-bien venu et vu de moi qui vous
aime... Venez me trouver ; car je veux ne pas croire
que vous soyez jamais autre que mon serviteur »
(Harambure, 12 novembre 1596).

Quand il s'agit d'une réconciliation importante, il
appelle le mécontent près de lui, bien sûr de l'enve-
lopper dans les séductions de sa parole. On sait que
Duplessis était *le pape des huguenots* ; il représente
tout un parti. Aussi, avec quelle infatigable insistance
Henri IV l'invite à venir le voir et causer avec lui !
« Si j'avois parlé un mot à vous, je suis sûr que vous
perdriez l'opinion que vous avez » (6 novembre IIe
1589). — « Je suis las de vous écrire toujours une
même chose. Je désire infiniment de vous voir. Venez ;
j'ai tant de besoin de votre présence que je ne m'en
puis passer. Venez encore un coup ; votre séjour près
de moi ne sera que de peu de jours.... Venez, venez,
venez, si vous m'aimez » (28 août 1592). — « Je vous
ai par tant de fois écrit que vous me veniez trouver,
et vous n'en avez rien fait ; je ne vous le veux plus
écrire que cette fois pour voir si je serai obéi. Venez
donc incontinent... Venez, venez ; vous ne séjourne-
rez. Venez ici » (5 août 1595). — « J'ai toujours parlé
avec vous si librement, que si vous aviez quelque sujet
de plainte, vous me le deviez mander ou venir dire
vous-même, sans le dire à autrui. Je vous ai écrit
plusieurs fois de me venir trouver, mais en vain...
Donnez-moi ce contentement que je vous voie, soit en
poste ou autrement, et ne cherchez plus d'excuse

pour cela » (7 août 1595). — « Je vous fais ce mot à tous hasards pour vous dire que, sans attendre les députés que j'ai mandés, vous veniez me trouver en toute diligence ; car j'ai nécessairement affaire de vous... Mais venez en toute diligence, car j'ai besoin de vous. Venez, venez, venez » (15 août II° 1595).— « Hâtez-vous, hâtez-vous ; et je m'assure qu'à votre arrivée, vous ne me trouverez point changé de bonne volonté pour vous, et sy vous n'ajouterez foi à tous les bruits que l'on va semant de moi partout » (14 septembre 1595).

Mais cette chaleur habile n'arrive pas toujours à son effet ; et il s'en plaint avec un dépit mélancolique : « J'ai à me plaindre de beaucoup de choses et de plusieurs personnes » (Duplessis, 6 novembre 1589). « Vous me verrez tout amaigri, non de maladie, car je ne me portai jamais mieux, mais de fâcherie, et de voir que tout le monde fait si mal son devoir » (La Force, 15 septembre 1595). — « Sans doute, nous sommes à la veille de beaucoup de maux, si Dieu n'a pitié de nous. Je fais de ma part tout ce que je puis ; mais vous me plaindriez si vous voyiez l'état auquel je suis » (Duplessis, 4 avril 1597). — Si vous voyiez ma condition, vous la trouveriez pire que du roi de Navarre ; car je ne suis assisté de personne » (Le même, 5 avril I° 1597). — « Les bons amis sont rares ». (Mme de Grammont, 22 décembre 1588).

Ailleurs, c'est de l'irritation : « J'ai vu la lettre que m'avez écrite touchant M. d'Ornano. Envoyez quérir Viçoze ; il vous dira ce qui se passa entre nous deux. A la vérité, je n'ai jamais vu tant d'ignorance et

d'opiniâtreté ensemble, mais je dis très dangereuse.
Il fait le Corse à toute outrance. S'il fait ce qu'il vous
a dit, il m'offensera si aigrement que je m'en ressentirai. Comme son ami, faites-le lui sentir ; qu'il ne
me donne point de sujet de le faire reconnoître pour
ce qu'il est. Bonsoir » (Rosny, 19 juin 1604). Il y a
même de la hauteur dans la lettre qu'il écrit à La
Force après la prise de Sédan : « J'espère que ce
voyage ne m'aura pas peu servi, quand ce ne seroit
que pour apprendre à ceux de mes sujets qui veulent
faire les mauvais que je sais me faire obéir. Vous ferez part de ceci à ceux que vous jugerez à propos »
(5 avril Ire 1806).

Jusqu'à quel point Henri IV fut-il sincère? C'est là
une question bien difficile. L'était-il du moins sur
tel point et en telle occasion ? On craint toujours de se
laisser prendre, comme d'autres, à sa fine bonhomie,
et d'être dupe de son air de franchise. On a devant les
yeux sa bouche railleuse, qui semble se moquer même
de ceux qui prétendent le juger. Il n'y a pas de
sécurité avec un homme si spirituel.

Dirons-nous que ses qualités étaient feintes, et qu'il
n'avait pas au cœur ce qu'il avait aux lèvres? que
Henri IV n'était qu'un comédien, habile à feindre les
sentiments généreux, les jouant avec tant d'adresse,
que deux siècles s'y sont trompés, le proposant
aux rois comme un modèle, aux peuples comme un
père, et qu'il a fallu deux cents ans pour que des gens
plus perspicaces lui ôtassent ce masque de bonté et
de franchise qui cachait l'égoïsme et la ruse? On l'accuse de n'avoir eu qu'une fausse bonté; mais le men-

songe s'allie-t-il aisément à la gaieté, à la vivacité ?
Se peut-il qu'un homme, sec de cœur et froid d'esprit, dans une vie si agitée, pleine de crises inattendues et de subites épreuves, ait su si bien composer son visage, colorer ses paroles, se tenir dans son personnage et se souvenir du costume qu'il avait pris, qu'il ait paru toujours vif dans un langage étudié, expansif en calculant, et toujours de joyeuse humeur dans les soucis d'un rôle difficile qu'il aurait soutenu sans repos et à toutes les minutes pendant plus de trente ans ? Il ne faut pas, en courant après le vrai, outrepasser le vraisemblable. Henri IV se défend par le naturel, la simplicité, l'aisance de son style, et par deux qualités dont l'alliance est la marque des sentiments vrais, le mouvement et la mesure.

Sans doute il a feint plus d'une fois. Il déclare lui-même qu'il faut être dissimulé en affaires d'État, et que la dissimulation doit être bien accompagnée de prudence (Mme de Grammont, 15 mars 1588). Le style même quelquefois peut nous servir d'indication.

Nous savons par tous les mémoires du temps qu'il haïssait d'Epernon, et leur accord à cet égard apporte la certitude. D'ailleurs Henri IV ne pouvait l'aimer : d'Épernon l'avait servi avant de passer à Henri III et aux ligueurs. Mais d'Epernon était un homme habile, d'un caractère décidé et insolent, encore redoutable après la chute de son parti. Henri IV ne lui ménage pas les affectueuses protestations. Il l'appelle *mon ami*, titre qu'il ne donne que rarement à Sully même. « Mon ami, croyez et soyez assuré que je vous aime bien. » Il y a des princes et sei-

gneurs qui lui ont voulu bailler leurs enfants pour
être à son fils le dauphin ; mais il a fait réponse que
le premier serviteur qu'aurait le dauphin serait le fils
du duc d'Épernon (16 octobre VI° 1604). — «Je serai
très aise de vous voir et mes cousins vos enfants que
j'aimerai bien et pour l'amour de vous et pour
l'amour d'eux, et vo s permettrai et à eux de venir
voir mon fils qui les aimera» (8 décembre II° 1604).
Il y eut des révoltes dans le Limousin ; d'Epernon
apprit que le roi l'accusait de les avoir excitées ; il
s'en plaignit : « Vous savez, répond Henri IV, ce que
je vous ai dit moi-même et écrit plusieurs fois ; qui
est que si on me disait quelque chose de vous, avant
que de le voir, je vous en avertirais, Puis donc que
cela n'a point été, je ne sais pourquoi vous avez cru à
de faux rapports que l'on vous peut avoir faits... Vivez donc en repos de ce côté-là et avec cette créance
que si l'on me dit quelque chose de vous, je le vous
écrirai et n'en croirai que ce que je dois d'un fidèle
et affectionné serviteur... Je me promets que vous me
viendrez trouver, et amènerez mes petits cousins avec
vous, comme vous me l'avez promis, et encore je
vous en conjure, en vous faisant ressouvenir de votre
promesse, assuré que vous et eux serez les bienvenus
et vus de moi qui vous aime » (27 décembre II° 1604).
— «Souvenez - vous que vous m'avez promis de
m'amener mes petits cousins lorsque je serois à Blois ;
aussi ai-je un extrême désir de les voir ; et que je
vous tiendrai ce que je vous ai promis, de ne rien
croire au préjudice de votre affection à mon service ;
mais aussi, si l'on vous dit quelque chose, ne le croyez

pas, sinon lorsque l'on vous assurera de mon amitié
de laquelle vous devriez toujours faire état assuré.
Adieu, mon ami (26 juin 1604).— « (Je) finirai par
vous dire encore une fois que toutes et quantes fois
vous voudrez venir, vous serez le bienvenu, et que
vous me trouverez toujours tellement disposé d'em-
brasser tout ce qui vous concernera et vos affaires, que vous connoîtrez par effet que je vous aime »
(6 juin 1605).— « Vous vous pouvez assurer que vous
êtes aimé de moi autant que vous le sauriez souhaiter
être d'un bon maître, et que je me souviendrai de ce
qui vous touche, vous aimant comme je fais » (16 juin
1605).

Et même à propos des troubles de Metz, il lui dit :
« Je vous en écris comme à un *fils* » (26 janvier II°
1605). Or le duc d'Epernon était du même âge que
le roi ; et bien qu'à cette époque l'emploi des termes
de parenté se conformât à la distance du rang aussi souvent qu'à celle de l'âge, ne sent-on pas là et dans toutes
ces lettres, dans ces assurances multipliées, quelque
complaisance doucereuse et quelque cajolerie ? Ce
n'est pas le ton ordinaire de Henri IV.

Ce qui fait entrer en défiance, c'est qu'il aime à se
vanter de ses sentiments généreux. Il n'en veut pas
perdre le profit, et, de peur qu'ils échappent à des
yeux inattentifs, il en fait étalage. Nous nous mettons
en garde contre ceux qui disent : J'ai telles et telles
bonnes qualités : quand elles sont véritables et naturelles, on n'en a pas, ce semble, une conscience aussi
nette ; et c'est les rendre un peu suspectes que d'en
faire une affiche. Voyez, dit Henri IV : « Mes enne-

mis me peuvent bien passer en artifice et dissimulation, mais non en franchise et candeur » (Le pape,
9 août IIe 1593). — « J'ai un naturel que je peux dire
plutôt trop bon que autrement » (D'Entragues, 24 avril
IIe 1600). — « Mon âme abhorre l'usage de la sévérité
et rigueur des lois, et est nourrie et accoutumée à la clémence » (Élisabeth, 12 juillet IIIe 1602). — « Ce n'est
faute, d'user de confiance avec les gens d'honneur
quand bien ils seroient égarés. J'ai plus de place en
mon cœur pour la miséricorde que pour la haine ;
je vous sais gré de l'avoir ainsi compris » (Houdetot,
vers la mi-juin 1586). — « La meilleure place m'est
trop chère du sang d'un de mes amis » (Balz, entre
le 17 et le 28 octobre 1578). — « Fais état que je
suis le meilleur de tes amis, et le meilleur maître que
tu auras jamais » (Souvré, 20 septembre 1595). —
« Me faisant paraître que vous m'êtes ami, comme
je le désire, vous n'en trouverez au monde un meilleur ni plus sincère que moi, ni qui use moins de
déguisements » (Matignon, vers fin janvier 1584). Il
affirme particulièrement l'éternité de ses affections :
« Jamais nuls accidents bons ni mauvais ne change-
ront mes bonnes inclinations » (Le même, 10 mai
IIIe 1584). — « Je suis celui qui ne change point,
qui ne puis haïr sans grande occasion ce que j'ai une
fois aimé » (Châteauneuf, vers juin IIe 1587). Il déclare à tout propos qu'il est véritable dans ses promesses. Parfois même il s'élève jusqu'à la sentence :
« Nous ne sommes pas seulement nés pour nous,
mais pour servir surtout la patrie » (Beaufort, 21 mars
1589). Belle maxime assurément ; mais les maximes

11

ont un défaut : elles semblent faites plutôt pour ceux
qui les écoutent que pour celui qui les débite; elles
sentent le moraliste plutôt que l'homme vertueux.

Un jour même, Henri IV, l'homme du bon sens et
de la justesse, tombe dans la déclamation : c'est le
flagrant délit du mensonge. Comme ce passage est le
seul où apparaisse ce défaut, il mérite de nous arrêter.
Catherine de Navarre, sœur de Henri IV, était arrivée
à l'âge de trente-huit ans sans être mariée. Longtemps
amoureuse du comte de Soissons, à qui Henri IV
refusa opiniâtrément de l'unir, pour ne pas augmenter la puissance d'un sujet fier et orgueilleux, elle se
résignait enfin à accepter un autre mari, et l'attendait.
Henri IV, qui voulait tirer de son mariage quelque
grand avantage politique, la promit successivement à
plusieurs princes, mais, espérant toujours mieux, ne
se décidait pas, et la laissait languir dans les ennuis
du célibat. Triste et mécontente, elle écrivit une longue lettre à son frère. En voici des extraits, d'après
l'autographe conservé à la Bibliothèque impériale :

« ..... Je reconnois bien, Monsieur, que votre dessein est de
ne me marier jamais, ne m'offrant que ce que vous avez su de
certain que je ne pouvois aimer. Eh bien ! s'il ne vous reste que
cette dernière preuve à tirer de mon obéissance, je ne vous de-
mandé plus de mari, et ne vous nommerai plus ce nom de mariage
qui vous est si désagréable : mais je vous requiers les mains jointes
et de tout mon cœur de me permettre et donner congé de me retirer en quelque lieu le plus éloigné de la cour, et choisir laquelle de vos maisons il vous plaira que ce soit..... Accordez-moi,
Monsieur, cette demeure qui me sera agréable en ce que je ne
vous importunerai plus de ma vue, qui ne vous est, comme je
reconnois par vos actions, qu'une charge .. Ne croyez pas, Monsieur, que le congé que je demande soit désiré depuis peu :

car je vous jure qu'il y a déjà longtemps que je vous l'eusse requis, si je ne me fusse repue de vos belles paroles, et aussi que je croyois que mes obéissance et soumission vous pourroient rendre plus doux : mais, reconnoissant que l'absolu pouvoir que je vous ai donné sur mes volontés ne vous peut faire changer, et que, n'ayant mis rien en réserve pour vous plaire soit aux dépens de mon âme et de mon contentement, soit au péril de ma vie ; vous suivant par toute sorte de temps, pressée de maladies qui eussent été à une plus fortunée que moi mortelles, comme celle avec laquelle je partis de Paris, chacun me représentant la mort et moi votre volonté qui me guidoit. Bref, Monsieur, tout ce que j'ai pu imaginer ou savoir de vos serviteurs les plus privés qui me pouvoit rendre aimée et agréable à vous, je l'ai fait, et en appelle Dieu à témoin et votre conscience, ayant la mienne fort déchargée devant Dieu et les hommes du devoir que je vous ai rendu, et fort contente d'avoir souffert tous mes ennuis sans sujet et avec toute sorte de patience, n'ayant, pour désespoir où vous m'ayez pu mettre depuis trois ans que je vous suis venu trouver, jamais manqué à l'honneur et au respect que je vous dois comme à mon roi, ni à l'amitié à quoi le nom de sœur m'obligeoit. Cette lettre vous sera, s'ai-je peur, ennuyeuse à lire : ce m'est un extrême déplaisir, Monsieur, de vous être importune, ne désirant partir en votre mauvaise grâce : mais ma juste douleur et un cœur que j'avois et aurai toute ma vie plus disposé à vous servir fidèlement qu'à recevoir des rigueurs et des dédains, m'a guidé la main, que j'arrêterai vous suppliant très humblement de croire que mon malheur m'arrache de votre vue avec tant de regret que la mort me seroit plus douce que cet éloignement ; mais, Monsieur, il le faut, puisque je ne puis, avec votre honneur et le mien, être toujours vue en l'état où vous avez agréable que je demeure. Faites-moi l'honneur de me mander bientôt si vous m'accordez mon congé et un lieu à faire une vie de religieuse, puisque désormais celle du monde me sera si désagréable. Quant à ma volonté, elle sera jusques au tombeau guidée de la révérence et obéissance que je veux vous rendre éternellement (1). »

Ces paroles sont touchantes et les reproches ont plus de tristesse que d'amertume. Qui avait tort dans

(1) Cette lettre est inédite.

cette querelle de frère et sœur ? Évidemment, c'est
Henri IV ; car voici comme il parle de cette lettre :
« Je vous dirai que j'ai reçu ces jours passés une
lettre de ma sœur qui m'offense fort, où, après une
grande quantité d'*injures fort humbles*, elle me fait
connoître son *mauvais naturel* ; car elle se plaint
de moi le plus cruellement qu'il est possible, avec
douces paroles en apparence, mais toutes autres,
comme je vous ferai voir par sa lettre, que je vous
montrerai. Avec tant de déplaisirs qui me traversent
maintenant, je n'en ai senti un plus sensible que,
désirant son bien, m'en savoir si peu de gré. *Les in-*
gratitudes seront punies du ciel, et là je la remets.
Quoi qu'elle fasse et die, je ne laisserai d'être son
père, son frère et son roi, et de faire mon devoir,
encore qu'elle ne fasse le sien : ce que tout le monde
ne fait pas aussi à cette heure ; mais Dieu me fera la
grâce que je ferai le mien » (La Force, 13 septembre
1593).

Mais si l'on peut reconnaître quelquefois, par le
ton et la forme, que Henri IV n'est pas sincère, il est
juste sans doute, quand nous trouvons un mot qui
paraît venir du cœur, d'en faire honneur à ses vrais
sentiments. Le sentiment paraît vrai, quand il est
simple, naturel, je dirais presque ordinaire : l'homme qui se déguise y met toujours quelque recherche. Il écrit à Mme de Grammont : « Je ne vous
saurais dire le regret que m'a porté la nouvelle de la
mort de M. de La Barre. Je vous jure que je n'eusse
pas cru l'aimer tant » (vers la fin du mois d'août
1586) ; cette vivacité soudaine d'affection, que la

mort fait sentir en la brisant, n'a-t-elle pas ce réveil
subit chez tous ceux qui regrettent? et qui ne l'a
éprouvé? Il écrit à M. de Batz : « Je suis bien marri
que vous ne soyez encore rétabli de votre blessure de
Coutras, laquelle me fait véritablement plaie au
cœur (1), et aussi de ne vous avoir pas trouvé à Nérac, d'où je pars demain, bien fâché que ce ne soit
avec vous : et bien me manquera mon faucheur par
le chemin où je vas » (2 novembre 1587). Je m'occupe peut-être d'une vétille ; mais cette inversion :
et bien me manquera mon faucheur, a quelque chose
de triste ; et il semble que Henri IV n'eût pas trouvé
un artifice de langage aussi délicat, s'il n'avait été
guidé que par son esprit.

Ce comte de Soissons, contre lequel il avait des
répugnances naturelles et des défiances politiques, fut
pris par les ligueurs peu de temps après qu'ils se fussent brouillés et séparés. Henri IV intercède pour lui
auprès de Henri III, d'un ton de sincère bonté : « Mon
maître, vous savez comme le comte de Soissons s'é-
toit gouverné en mon endroit ; si n'ai-je pour cela
laissé de porter un regret infini du désastre qui lui
est arrivé ; que je puis appeler ainsi tant pour la façon de sa prise que pour celui qui l'a pris. Dieu l'a
puni justement pour sa présomption : si son maître
punissoit sa jeunesse, ce seroit trop. Ayez donc pitié
de lui ; et à cette heure qu'il sera sage à ses dépens,
retirez-le ; vous en avez plusieurs moyens en votre

(1) On connaît le mot de madame de Sévigné : *J'ai mal à votre
poitrine*. Il faut avouer que l'expression la plus naturelle est celle
de Henri IV.

main. Il a cet honneur de vous appartenir : vous
obligerez toute sa race, non à vous servir, car ils le
vous doivent, mais à vous aimer, qui est une chose à
quoi les obligations forcent» (6 juin 1589). Et le lendemain : « Mon maître! ayez pitié du comte de Soissons ; qu'il ne soit privé par une longue prison de
vous faire service, et de s'en rendre capable en l'exerçant. Bien que ce porteur désirât de vous porter les
fruits de son labeur, si l'ai-je expressément dépêché
pour le sujet de mon cousin, le comte, à qui je
veux rendre ce que je crois qu'il ne pense pas.
Mon maître, vous répondrez pour moi de mon bon
naturel. »

Henri IV n'aimait pas en Duplessis-Mornay les
convictions religieuses ; mais il aimait ses sentiments
patriotiques. On connaît l'admirable lettre qu'il lui
écrivit après l'insulte de Saint-Phal : « J'ai un extrême déplaisir de l'outrage que vous avez reçu, auquel je participe et comme roi et comme votre ami.
Comme le premier, je vous en ferai justice et me la
ferai aussi ; si je ne portais que le second titre, vous
n'en avez nul de qui l'épée fut plus prête à dégaîner
que la mienne, ni qui vous portât sa vie plus gai-
ment que moi » (8 octobre 1597). Henri IV serait-il
le seul qui fît mentir le vieil adage : *Pectus est quod
disertos facit ?*

Il faut l'avouer : Henri IV n'a jamais hésité à sacrifier ses affections à l'intérêt. Il n'y a qu'un sentiment
qui lui inspire l'abnégation ; l'abnégation ne se trouve
que là ; elle n'en est pas moins regrettable. L'amour
était pour lui « une passion à laquelle toutes les autres

doivent obéissance » (Elisabeth, 26 octobre II° 1596).
Mme de Grammont lui fut dévouée ; elle lui envoyait
des soldats à ses frais ; elle aida Saint-Geniès et Catherine dans l'administration du Béarn : mais on sait
qu'après Coutras il abandonna, pour aller aux Pyrénées déposer à ses pieds les drapeaux conquis, son
armée et sa victoire. On a beau dire que l'armée se serait
dispersée d'elle-même : il pouvait s'occuper plus utile-
ment ; et en Béarn il perdait son temps. Ce ne fut pas
la seule fois qu'il déserta la guerre pour l'amour, ni
surtout qu'il en eut envie : « Si les ennemis, écrit-
il à Mme de Grammont, ne nous pressent après cette
assemblée, je veux dérober un mois ; » et ailleurs :
« Je me porte bien, n'ayant rien sur le cœur qu'un
violent désir de vous voir. Je ne sais quand je serai
si heureux. S'il s'en présente occasion, je lui montrerai
que je sais bien qu'elle est chauve. » Gabrielle lui fut
utile, tant que son intérêt se trouva conforme à celui
du roi ; quoique d'un caractère faible, elle se laissait
habilement conseiller par sa tante, Mme de Sourdis ;
elle concourut aux décisions les plus importantes, à
l'abjuration, à l'entrée de Sully aux affaires, au traité
de M. de Mercœur : mais le roi voulut l'épouser et
prendre pour héritier du trône un bâtard reconnu ;
double inconvenance fort imprudente, et qui eût
compromis l'avenir, si Gabrielle ne l'avait prévenue
par l'opportunité de sa mort. Henriette d'Entragues lui
coûta fort cher, exigea une promesse de mariage, con-
trecarra les réformes de Sully, forma parti avec les gens
de cour les plus turbulents, fomenta des intrigues et
des rébellions, et arracha à la faiblesse royale des par-

dons dangereux (1). Ces trois femmes (2) occupèrent
successivement le cœur de Henri IV et le remplirent
d'un véritable amour : je ne parle pas de celles qui
n'ont servi qu'à ses débauches, ses voluptés ou ses
caprices. Chacun de ces amours a sa physionomie
particulière. Mme de Grammont lui inspire un sentiment vif, qui tient plus de la reconnaissance et de
l'estime que de la passion violente, et que n'aiguil-
lonne pas la jalousie : « Je ne vous prierai point de
m'aimer ; vous l'avez fait que vous n'en aviez pas tant
d'occasion. Il y a deux choses de quoi je ne douterai
jamais : de vous, de votre amour et de sa fidélité. »
Et comme c'est de son côté que viennent les risques
d'infidélité, il proteste sans cesse qu'il est fidèle, au
point qu'il s'en étonne : « Mon cœur, souvenez-vous
toujours de Petiot. Certes sa fidélité est un miracle. Il
vous souhaite mille fois le jour dans ces allées de
Lyranuse. — Croyez ma fidélité être blanche et hors
de tache ; il n'en fut jamais sa pareille. — Vivez assurée
de ma fidélité : si elle peut, elle s'affermit. — Assurez-vous toujours de ma fidélité qui sera inviolable. —
Je suis plus homme de bien que vous. — Je n'aime
rien que vous et en cette résolution je mourrai. —
N'entrez jamais en doute de ma fidélité. — Assurez-
vous de la fidélité de votre esclave ; il ne vous man-

---

(1) On attribue aussi à la passion de Henri IV pour mademoiselle Paulet l'établissement de l'impôt injuste et impolitique appelé la Paulette.
(2) La princesse de Condé est en dehors de mon sujet, puisque
la correspondance s'arrête à l'année 1606. Aucune lettre n'a trait
à madame de Sauve.

quera jamais. — Croyez que rien qu'un manquement
d'amitié ne me peut faire changer la résolution que
j'ai d'être éternellement à vous. » Mais Corisande
savait ce qu'il fallait rabattre de ces paroles; et quand
elle avait à se plaindre, elle le faisait paraître : « Plus
je vais en avant, et plus il semble que vous tâchiez à
faire paroître combien peu je suis, non-seulement en
votre bonne grâce, mais encore en votre mémoire.
Par ce laquais vous avez écrit à votre fils et non à
moi. Si je ne m'en suis rendu digne, j'y ai fait tout
ce que j'ai pu. Vous ne trouvez pas les chemins dangereux pour faire plaisir au moindre de vos amis :
mais s'il me faut écrire pour me donner du contentement, les chemins sont dangereux. Voilà les témoignages de la part que je possède en votre bonne
grâce... Je finis, croyant certainement que ne m'aimez point. — J'ai reçu votre lettre : il n'a fallu guère
de temps à la lire. — Vous n'avez daigné m'écrire
par Viçose. Pensez-vous qu'il soit bien d'user de ces
froideurs? Je vous en laisse à vous-même le jugement.
— J'ai reçu une lettre de vous, ma maîtresse, par
laquelle vous me mandez que vous ne me voulez mal,
mais que vous ne vous pouvez assurer en chose si
mobile que moi. Ce m'a été un extrême déplaisir de
savoir le premier, et vous avez grand tort de demeurer au doute qu'êtes. Quelle action des miennes avez-
vous connu muable? Je dis pour votre regard. Votre
soupçon tournait, et vous pensiez que ce fût moi. J'ai
toujours demeuré fixe en l'amour et service que je
vous ai voué : Dieu m'en est témoin. » Sur une lettre
de Henri IV on trouve des corrections ironiques de

Mme de Grammont. Où le roi met : « Vous jurant
avec vérité que je n'aime ni honore rien au monde
comme vous, et vous garderai fidélité jusques au tombeau; » Corisande ajoute : « Il n'y a rien qui n'y
paroisse; » et change ainsi la dernière partie, par
l'addition d'une syllabe : « Je vous garderai l'infidélité; » après quoi elle met : « Je le crois » (18 mai
1589). Cependant Henri IV continue ses protestations :
« Mon cœur, j'enrage quand je vois que vous doutez
de moi, et de dépit je ne tâche point de vous ôter cette
opinion. Vous avez tort; car je vous jure que jamais
je ne vous ai aimée plus que je fais; et aimerois mieux
mourir que de manquer à rien que je vous aie promis. Ayez cette créance, et vivez assurée de ma foi. »
Il lui en fait encore après qu'il a pris Gabrielle d'Estrées pour nouvelle maîtresse; Mme de Grammont,
irritée, cherche sa vengeance en poussant Catherine à
épouser le comte de Soissons malgré son frère.
Henri IV lui écrit : « Madame, j'avois donné charge
à la reine de parler à vous touchant ce qu'à mon
regret était passé entre ma sœur et moi. Tant s'en faut
qu'il vous ait trouvée capable de me croire, que tous
vos discours ne tendaient qu'à me blâmer et fomenter
ma sœur en ce qu'elle ne doit pas. Je n'eusse pas
pensé cela de vous, à qui je ne dirai que ce mot : que
toutes personnes qui voudront brouiller ma sœur
avec moi, je ne leur pardonnerai jamais » (vers le
mois de mars 1591). Sur cette lettre un peu sèche
et dure se termine cette amoureuse correspondance.
Mais Henri IV conserva une durable estime pour
Mme de Grammont. Quatre ans plus tard (21 septem-

bre 1597), il la prie d'user de son crédit pour faire
recevoir à Bayonne le sieur Deschaux en qualité d'évêque, et la remercie de s'être employée à son service.

Avec Gabrielle, c'est l'amour heureux et content.
Il a même quelque chose de poétique, de charmant et
de gracieux, comme le visage de celle qu'il appelait
son bel ange. Le bel ange cependant se permettait des
infidélités, et, même étant la maîtresse du roi, elle se
souvenait qu'avant le roi elle avait aimé le duc de Bellegarde. Mais elle savait démontrer à Henri IV son innocence; Henri IV se fiait plus volontiers à ses affirma-
tions qu'au témoignage de ses yeux ; et les nuages
passagers faisaient place à une douce sérénité. Henri IV
n'a jamais trouvé des expressions plus heureuses pour
peindre son bonheur : « Je vous écris, mes chères
amours, des pieds de votre peinture, que j'adore
seulement pour ce qu'elle est faite pour vous,
non qu'elle vous ressemble. J'en puis être juge compétent, vous ayant peinte en toute perfection dans
mon âme, dans mon cœur, dans mes yeux. — Mon
bel ange, si à toutes heures m'étoit permis de vous
importuner de la mémoire de votre sujet, je crois que
la fin de chaque lettre seroit le commencement d'une
autre... Je ne suis vêtu que de noir : aussi suis-je veuf
de ce qui me peut porter de la joie et du contentement. — Je ne sais de quel charme vous avez usé,
mais je ne supportois les autres absences avec tant
d'impatience que celle-ci ; il me semble qu'il y a déjà
un siècle que je suis éloigné de vous. Vous n'aurez
que faire de solliciter mon amour ; je n'ai artère
ni muscle qui à chaque moment ne me représente

l'heur de vous voir et ne me fasse sentir du déplaisir
de votre absence. Croyez, ma chère souveraine, que
l'amour ne me violenta jamais tant qu'il fait. J'avoue
avoir tout sujet de m'y laisser mener : aussi le fais-je
avec une naïveté qui témoigne la réalité de mon affection, parce je m'assure que vous n'en doutez pas. —
Je n'ai failli un seul jour de vous dépêcher un laquais.
Mon amour me rend aussi jaloux de mon devoir que
de votre bonne grâce, qui est mon unique trésor.
Croyez, mon bel ange, que j'en estime autant la possession que l'honneur d'une dizaine de batailles. Soyez
glorieuse de m'avoir vaincu, moi qui ne le fus jamais
tout à fait que de vous. » C'est maintenant le tour de
Henri IV à se plaindre des infidélités ou à les craindre ; et c'est Gabrielle qui proteste qu'elle est fidèle.
Mais les faits la démentent souvent ; Henri IV se plaint,
se tait, se plaint encore ; il a beau vouloir se résigner :
« Vous savez bien la résolution que j'ai prise de ne
me plaindre plus ; j'en prends une autre : de ne me fâcher plus. La première me fait n'importuner plus
personne ; la seconde soulagera fort mon esprit. —
La moindre chose me distrait de votre mémoire. Si je
n'avois fait serment de ne me plaindre jamais, je sais
que je crierais justement. » Il finit par crier justement, mais modérément. Aucune lettre ne nous fait
mieux lire dans son âme que celle qu'il lui adresse
vers la fin de 1594. Il ne peut plus contenir ses cha-
grins ; il a besoin d'ouvrir son cœur : « Il n'y a rien
qui me continue plus mes soupçons ni qui me les
puisse plus augmenter que la façon dont vous procé-
dez en mon endroit. Puisqu'il vous plaît me com-

mander de les bannir tous, je le veux ; mais vous ne
trouverez mauvais qu'à cœur ouvert je vous en dise
les moyens, puisque, quelques attaques que je vous
ai données assez découvertement, vous avez fait sem-
bler de ne les point entendre. » Mais il a peur tout
aussitôt de lui déplaire, et s'abrite derrière une précaution oratoire : « Je protesterai pour commencement devant vous, ma chère maîtresse, que ce que
j'alléguerai des offenses que j'ai reçues n'est pour en
avoir nul reste d'aigreur dans l'âme, me sentant trop
satisfait de la peine qu'avez prise de m'en contenter,
mais seulement pour vous montrer mes justes occasions de soupçon. » Et après s'être déclaré satisfait,
il indique pourquoi il ne l'est pas : « Vous savez combien j'arrivai offensé en votre présence du voyage de
mon compétiteur (le duc de Bellegarde). La force
que vos yeux eurent sur moi vous sauva la moitié de
mes plaintes : vous me satisfites de bouche, non de
cœur, comme il y parut ; mais si j'eusse su ce que
j'ai appris, depuis être à Saint-Denis, dudit voyage,
je ne vous eusse vu et eusse rompu tout à plat. » Après
un mot aussi ferme, il s'enhardit : « Que me pouvez-
vous promettre que ce que vous avez fait ? Quelle foi
me pouvez-vous jurer que celle que vous avez faussée
deux fois ? Il faut donc des effets... Il ne faut plus
parler de *je ferai* ; il faut dire *je fais*. Résolvez-vous
donc, ma maîtresse, de n'avoir qu'un serviteur. »
Il lance en passant un trait de satire contre son rival :
« Feuille-morte (1) a bien fait connoître, en craignant

(1) Le duc de Bellegarde était sans doute surnommé ainsi à

les ligueurs, qu'il n'étoit ni amoureux ni à moi. » Il
s'attendrit tout à coup par une vive protestation d'a-
mour ; mais la blessure n'a pas perdu son aiguillon ;
et il finit par un reproche à la fois triste, aimable et
tendre : « J'ai telle envie de vous voir que je voudrois
pour l'abréviation de quatre ans de mon âge, le pouvoir faire aussitôt que cette lettre, que je finis par
vous baiser un million de fois les mains. Eh bien!
vous ne me jugez pas digne de votre peinture ! ! ». Il
lui dit ailleurs : « Mon amour ne peut recevoir d'altération par quoi que ce soit, *fors d'un rival.* » Mais
Gabrielle, par quelques douces paroles, lui rendait
sans peine la confiance et la joie : « Ah! que je fus
affligé hier soir quand je ne trouvai plus le sujet qui
me faisoit trouver le veiller si doux! Mille sortes de
délices se présentoient devant moi; tant de singulières
raretés !.. Certes, mes belles amours, vous êtes admirable; mais pourquoi vous loué-je? Cette gloire vous
a rendu infidèle jusqu'ici, et la connoissance de ma
passion. Que la vérité de ces belles paroles proférées
avec tant de douceur au pied de votre lit, mardi, la
nuit fermante, m'ôte toutes mes vieilles et invétérées
opinions! » Gabrielle soutenait que son amour était
mille fois plus grand que celui de Henri IV; Henri IV
répondait qu'elle en avait menti ; et la paix brillait de
nouveau : « Certes, mes chères amours, vous devez
plutôt craindre que je vous aime trop que trop peu.
Cette faute vous est agréable et à moi aussi, puis-

cause de son teint un peu jaune (voyez son portrait à Versailles).
On l'accusait de manquer de courage. Le duc d'Angoulême, dans
ses Mémoires, cherche à le justifier de ce reproche.

qu'elle le vous est. Voilà comme je me transforme en toutes vos volontés. N'est-ce pas pour être aimé? Aussi crois-je que vous le faites; et l'âme contente de ce côté-là, je finis, etc. — J'ai patienté un jour de n'avoir point de vos nouvelles : car, mesurant le temps, cela devoit être. Mais le second, je n'en vois raison que la paresse de vos laquais, ou que les ennemis les aient pris; car de vous en attribuer la coulpe, jà n'advienne, mon bel ange; j'ai trop de certitude de votre affection, qui m'est certes bien due; car jamais mon amour ne fut plus grande ni ma passion plus violente, qui me fait user de cette redite par toutes mes lettres : Venez, venez, venez, mes chères amours, honorer de votre présence celui qui, s'il étoit libre, irait de mille lieues se jeter à vos pieds pour n'en bouger. — Mes chères amours, il faut dire vrai, nous nous aimons bien; certes, pour femme, il n'en est point de pareille à vous; pour homme, rien ne m'égale à savoir aimer. Ma passion est toute telle que quand je commençois à vous aimer; mon désir de vous revoir encore plus violent que alors : bref je vous chéris, adore et honore miraculeusement. » Aussi que ne fait-il pas pour casser son premier mariage et l'épouser ! Il se persuade que le repos de la France l'oblige à contenter sa passion : « Maintenant qu'il a plu à Dieu nous donner une bonne paix en mon royaume, je dois affectionner cela plus que chose du monde, pour avoir ce contentement de me voir l'esprit en repos de ce côté-là, et des héritiers, et à mon peuple des princes sous lesquels il puisse vivre, et leur conserver celui que je leur ai procuré » (Sillery, octobre 1re 1598).

Il écrit au pape, « non-seulement de sa propre main,
mais aussi du meilleur et du plus profond de son cœur;
suppliant sa Sainteté le plus affectueusement qu'il lui
est possible de lui octroyer la grâce qu'il demande.
Il ne l'estimera pas moins que si Elle lui donnoit de
rechef la vie et à son royaume aussi. Il promet d'en
user de façon que Dieu en sera glorifié, à l'accroisse-
ment de son Église très sainte; sa Sainteté acquerra
sur lui et les siens une si étroite obligation qu'il bénira à jamais son saint nom et chérira éternellement
ceux qu'Elle aime aussi soigneusement que ceux qui
le touchent de plus près » (vers le 20 janvier II°
1599).

Il y a bien de la différence entre cet amour et
celui qu'il ressentit pour Mlle d'Entragues. Il avait
écrit autrefois à Mme de Grammont, un peu à la
façon de Molière : « C'est une dangereuse bête qu'une
mauvaise femme » (15 mars 1588). Il l'éprouva.
Mlle d'Entragues s'entendit avec son père pour le
faire tomber dans un piége; elle feignit l'amour, et
son père la vertu : la surveillance de l'un eut l'air de
réprimer les sentiments de l'autre ; et ils enflammè-
rent le roi par une résistance calculée et d'habiles
attermoiements. Il fallut donner cent mille écus, promettre par écrit le mariage, et ce n'était pas tout :
Henri IV est obligé de limiter lui-même les conditions
toujours plus exigeantes de ce honteux marché :
« Vous commandez de surmonter, si je vous aime,
toutes les difficultés que l'on pourra apporter à notre
contentement. J'ai assez montré la force de mon
amour aux propositions que j'ai faites, pour que, du

côté des vôtres, ils n'y apportent plus de difficultés.
Ce que j'ai dit devant vous, je n'y manquerai point;
mais rien de plus » (6 octobre III° 1699). Il voulut
plus tard retirer la promesse de mariage : « Mâde-
moiselle, l'amour, l'honneur et les bienfaits que vous
avez reçus de moi eussent arrêté la plus légère âme
du monde, si elle n'eût point été accompagnée de mauvais naturel comme la vôtre. Je ne vous piquerai
davantage, bien que je le pusse et dusse faire; vous
le savez. Je vous prie de me renvoyer la promesse que
savez; et ne me donnez point la peine de la ravoir par
autre voie. Renvoyez-moi aussi la bague que je vous
rendis l'autre jour. Voilà le sujet de cette lettre, de
laquelle je veux avoir réponse en nuit (cette nuit). »
Le même jour il écrivit à M. d'Entragues sur le
même sujet. Mais ce fut une grosse affaire, à laquelle
prirent part les principaux ministres du roi et où
Sully avait déjà fait preuve de dévouement; et, bien
que les conditions contenues dans la promesse n'eussent pas été remplies, elle ne fut terminée que quatre
ans plus tard, trois ans après le mariage du roi.
Henri IV retombait toujours dans sa folie et ne pouvait s'arracher à cette funeste passion; toujours
amoureux et toujours asservi ou trompé : « Mon
cher cœur, vous m'aviez tant promis d'être sage que
vous ne pouvez douter que le style de votre autre
lettre ne m'ait offensé. Je vous la porterai, et vous
jugerez que je n'en pouvais attribuer la cause au
jubilé. Ç'a été la crainte que j'ai toujours eue de votre
manque d'amour, qui m'a rendu plus facile à y rapporter vos promptitudes. Je vous l'ai dit souvent, non

12

comme pointilleux, mais comme le craignant plus
que la perte de ma vie. Rapportez donc cela à mon
extrême passion, non à avoir envie de vous manquer;
Dieu m'envoie plutôt la mort! » Quelquefois il retrouve de la fermeté et rentre en possession de soi-
même : « Si vos effets suivaient vos paroles, je ne
serais pas mal satisfait de vous comme je suis. Vos
lettres ne parlent qu'affection; votre procédé envers
moi qu'ingratitude. Il y a cinq ans et plus que vous
continuez cette façon de vivre, trouvée étrange de
tout le monde. Jugez de moi, à qui elle touche tant,
ce qu'elle doit être. Il vous est utile que l'on pense
que je vous aime, et à moi honteux que l'on voit que
je souffre que vous ne m'aimiez pas. C'est pourquoi
vous m'écrivez et pourquoi je vous paie de silence. Si
vous me voulez traiter comme vous devez, je serai
plus à vous que jamais : sinon, gardez cette lettre pour
la dernière que vous recevrez jamais de moi. » Mais sa
dignité offensée ne tient pas contre la perfide coquetterie
de sa maîtresse. Elle finit par conspirer avec son père
contre lui. Tous deux condamnés, il leur fit grâce à
tous deux, et la cour, le parlement, le pays virent le
scandale de leur rentrée en faveur. « Je trouve bon
que partiez pour St-Germain voir nos enfants. Je vous
enverrai la Guesle : car je veux aussi que voyiez le
père, qui vous aime et chérit trop. L'on n'a rien su du
tout de votre voyage. Aimez-moi, mon menou; car
je te jure que tout le reste du monde ne m'est rien
auprès de toi » (vers la fin de l'année 1604). Rien de
plus triste que de voir ce roi à cheveux gris, glorieux
par la guerre et plus encore par la paix, joué impu-

demment par un trafiqueur indigne et une fille intri-
gante : luttant toujours et toujours vaincu, et ne faisant de ses révoltes que le prélude de nouvelles lâchetés.
Le souverain tranquille enfin d'un royaume apaisé fut
un amant tourmenté et moqué; exemple déplorable-
ment éclatant de la justesse de cette parole : « Le
châtiment de ceux qui ont trop aimé les femmes,
c'est de les aimer toujours » (Joubert).

Henri IV avait raison d'écrire à Mlle d'Entragues :
« Je vous chérirai comme ce que j'aime le plus au
monde; je dis mille fois plus que moi-même. Il avait
déjà dit à Gabrielle d'Estrées : «Je chéris votre bonne
grâce plus que ma vie; *encore que je m'aime bien* »
(12 septembre II° 1598). Son amour l'emporte toujours sur l'intérêt; mais partout ailleurs l'intérêt
domine les sentiments. Il ne récompense que les
amitiés douteuses et oublie les dévouements assurés.
Ses bienfaits sont toujours placés à usure. La reconnaissance est chose inutile; elle ne crée pas de nouveaux amis, et les anciens nous sont attachés par le
lien des longs services; mais une libéralité opportune
attire ceux que séparait une vieille inimitié. La ran-
cune, au contraire, nuit souvent; il n'en a pas; son
affection varie et tourne, abandonnant de vieux amis
importuns ou gênants pour se porter vers d'anciens
ennemis devenus bons à quelque chose. Ce n'est pas
surprenant. Henri IV voulait et demandait qu'on fût
dévoué à sa personne. Avant même qu'il songeât à
quitter les protestants, il leur faisait ce singulier reproche, qu'ils ne défendaient pas sa personne, mais
leur foi. Il écrit quelque part à Marie de Médicis : «Ne

doutez pas que je vous aime bien ; car vous faites tout
ce que je veux : c'est le vrai moyen de me gouverner. »
Sous cette forme plaisante se montre la simple vérité ; et
j'y verrais volontiers plus de naïveté que de bel esprit.
On comprend ainsi qu'il soit sincère en accordant ses
changements d'affection avec ceux de sa fortune.

L'esprit, dit-on, est souvent la dupe du cœur : mais
le cœur n'est-il jamais la dupe de l'esprit? On a besoin
de quelqu'un qu'on n'aime guère ; on lui demande un
service ; il le rend : on lui en sait gré ; on lui trouve du
mérite, et c'est un honnête homme, puisqu'il nous a
été utile ; de là naît un peu de reconnaissance ; et de
la reconnaissance naît un peu d'affection que de nouveaux services feront croître et grandir. Si c'est un ancien ennemi, la reconnaissance et l'affection n'en seront
que plus fortes ; pour venir près de nous, il est parti de
plus loin. Et même sommes-nous sûrs que le moment
où nous aimons le plus un fidèle ami, n'est jamais
celui où nous lui demandons une preuve d'amitié?
Henri IV, le jour de la mort de Henri III, écrit à
Souvré : « L'avis que j'ai eu de la disposition du roi
depuis la présente écrite, me fait maintenant de style,
étant les chirurgiens en grand doute de sa guérison.
S'il en avient faute (que Dieu ne veuille !), je te prie,
mon ami, de me vouloir être tel que je me suis toujours promis. Je m'assure qu'un bon cœur n'aimera
jamais la Ligue, avant fait un si malheureux acte.
Croyez Lambert de ce qu'il vous dira de ma part,
et que n'aurez jamais un meilleur ami que moi »
(1ᵉʳ août 1589, *P. S.*). J'ignore de quelle profondeur
était l'amour de Henri IV pour M. de Souvré, mais je

suis sûr que ce jour-là, à ce moment décisif de sa des
tinée, il l'aimait fort parce qu'il avait besoin de lui.
Et en cela, Henri IV n'est pas pire que tout le monde.
En nous tous l'esprit et le cœur se disputent, se partagent ou usurpent tour à tour le gouvernement; souvent ils sont de connivence à leur insu ; et nous sommes guidés par deux sophistes qui s'entendent pour
se tromper mutuellement.

Henri IV ne pouvait du premier coup cacher ses
émotions ; il pâlissait et était agité ; mais elles s'effaçaient presque aussitôt. Ses sentiments comme ses
émotions étaient vifs et passagers. Quel sentiment
fut plus réel chez lui que l'amour ? Qui peut nier qu'il
n'ait aimé Gabrielle d'Estrées ? Il était fou au point
de vouloir l'épouser. Cependant, si Gabrielle est malade, pour peu que son état s'améliore, le voilà parti
pour la chasse, à la recherche du plaisir : « Mon
compère, j'ai trouvé à mon arrivée ici ma maîtresse
encore mal ; toutefois depuis l'on y reconnaît quelque amendement. Je m'en retournerai demain sans
faute par delà. Je vous prie de le dire à tous ceux qui
y sont, et à Frontenac, que vendredi je veux courre
ces loups au parc qu'il sait ; et qu'il y pourvoie, afin
que nous y ayons du plaisir » (Le Connétable, 25 novembre 1597). Il la regretta fort ; les mémoires du
temps parlent d'un violent désespoir ; cependant six
semaines après, il courtisait Henriette d'Entragues.
En conclurons-nous qu'il mentait quand il écrivait à
sa sœur : « Ma chère sœur, j'ai reçu à beaucoup de
consolation votre visite ; j'en ai bien besoin ; car mon
affliction est aussi incomparable comme l'était le sujet

qui me le donne; *les regrets et les plaintes m'accompagneront jusques au tombeau.* Cependant, puisque Dieu m'a fait naître pour ce royaume, et non pour moi, tous mes sens et mes soins ne seront plus employés qu'à l'avancement et conservation d'icelui. *La racine de mon amour est morte,* elle ne rejettera plus; mais celle de mon amitié sera toujours verte pour vous, ma chère sœur » (La duchesse de Bar, 15 avril 1599).

Les circonstances éveillaient et endormaient successivement ses affections. Il avait les sentiments du moment. Et quand il voulait être affectueux, ses propres paroles le trompaient; les mots tendres dont il usait faisaient éclore en lui la tendresse. Il était gascon, et l'on prétend que les Gascons se dupent les premiers et mentent sincèrement. De même qu'il s'irritait vite et pardonnait le lendemain, il passait aisément d'une effusion sincère à l'oubli, d'une promesse sincère à l'ingratitude. Quand il écrivait à Duplessis-Mornay, l'amitié reprenait ses droits; quand il avait écrit, l'intérêt reprenait son pouvoir.

Dans toutes les parties où la politique n'avait rien à voir, sa bonté a été véritable et continue. Pascal dit qu'il faut juger un homme « d'après ce qu'il fait d'ordinaire. » Nous le trouvons toujours, en dehors de la politique, affectueux sans intérêt, sans nécessité, sans caprice. Sa clémence alors ne peut s'appeler un calcul. Quand le prince de Joinville blesse son cœur par une intrigue galante avec sa maîtresse, il s'irrite d'abord jusqu'à d'absurdes exigences; mais bientôt il se contente de l'envoyer à la guerre, et veut faire

précéder son départ d'une réconciliation publique :
« Mon neveu, vous avez raison d'avouer votre faute ;
car elle ne pourrait être plus grande eu égard à moi
et à celle à qui elle importait. Puisque vous avez regret de m'avoir offensé et me suppliez de vous pardonner, je le veux, à la charge que vous serez plus
sage à l'avenir ; et pour vous le témoigner, préparez-
vous pour aller en Hongrie avec M. le duc de Mercœur lorsqu'il y retournera. Et quand il sera prêt à
partir pour le dit voyage, je trouve bon que vous me
veniez trouver, pour être près de moi trois ou quatre
jours, afinqu'avant votre partement, je fasse reconnaître à tout le monde et à vous aussi, que mon naturel est d'aimer mes parents, quand ils sont gens de
bien et sages » (dernier février 1602).

On sait que l'amour paternel fut une de ses qualités. On peut voir par ses lettres à Mme de Montglat
et à M. de Souvré, comme il aime ses enfants, les fait
venir, les va voir, les admire ; sa joie d'apprendre
que l'un a une dent, qu'un autre grossit ; ses inquié-
tudes pour leur santé. On trouve même un mot naïf :
« M. d'Entragues a vu mon fils (le dauphin), écrit-il
à Mlle d'Entragues, il le trouve fort beau » (8 octobre 1601). Il ne réfléchit pas que M. d'Entragues ne
pouvait le trouver laid tout haut, et qu'il n'a pu s'ex-
tasier bien sincèrement devant le fruit du mariage du
roi avec Marie de Médicis, lui qui avait commis les
plus lâches bassesses pour faire de sa fille la reine de
France. Il fut donc un père tendre : et l'homme qui
est capable d'une sorte d'affection ne saurait être
inaccessible à toutes les autres.

Il met lui-même des restrictions à sa franchise dans cette phrase qui mérite l'attention : « Vous savez quelle est ma franchise et comme je ne puis ni ne veux tromper *ceux que j'affectionne, de ce qui les concerne* » (Le duc d'Elbeuf, 14 décembre 1594). C'est se donner d'assez grandes libertés de tromperie. Il écrit un jour au maréchal de Matignon : « Je ne me suis plaint de vous à personne » (vers le 10 avril 1585). Et quelques jours avant il faisait écrire à M. de Chassincourt : « Il se lève plusieurs compagnies par commission et autorité de M. le maréchal de Matignon. J'en oy aussi peu parler que si je n'étais point gouverneur; et en somme n'ai de sa part aucune communication des affaires de la Guyenne » (fin de mars II° 1585). Il paraît que Matignon n'était pas de ceux qu'il *affectionnait*. Cependant il lui prodigue ses assurances d'affection. Il faut reconnaître que les sentiments ont été pour lui des instruments de politique. Comprenant combien ils lui servaient, il apprit vite à s'en servir. Il en tira parti, comme de son courage et de son esprit, pour réussir. C'est ce qui l'amena à les montrer, à en faire protestation, à en exagérer l'expression, et, par une conséquence à laquelle il céda sans peine, à les feindre quelquefois. Il vit dans l'affection un moyen plus efficace que la gloire des armes et l'habileté des mesures. On a toujours dit aux rois que l'amour des sujets était leur plus sûre garantie : il y chercha du moins une garantie de plus. Avant 1589, il se battit quelquefois avec le maréchal de Matignon ; mais comme il l'assura toujours de son amitié, Matignon fut un des premiers qui

se rallièrent au nouveau roi, Rien n'égale sa courtoisie à l'égard des seigneurs du parti royal : « M. de
Sagonne, j'avais retenu votre trompette, pensant vous
mettre en peine de monter à cheval, comme M. le
maréchal m'avait fait, retenant le mien. Mais ayant
su qu'en avez un autre, je vous le renvoie » (28 juillet 1586). Quelques soldats huguenots de la compagnie de M. de Sagonne avaient passé dans le camp du
roi de Navarre. Mais le roi de Navarre ne veut pas
qu'ils restent ses débiteurs. Il pense leur avoir ouï
dire qu'ils ont payé la moitié de leurs casaques ; l'autre moitié se peut compenser sur la part du butin de
tout le bétail qu'ils ont aidé à prendre. Toutefois, si
M. de Sagonne veut faire renvoyer ledit bétail, qui
n'est aucunement de bonne prise, il lui fera remettre
lesdites casaques, combien que ce soit contre toute
forme de guerre (*Ibid.*). Après 1589, M. de Sagonne se rangea du parti de Henri IV. A la mort de
Henri III, il écrit des lettres affectueuses aux catholiques indécis, les priant de faire état de la bonne volonté qu'il leur porte. Ils reconnaîtront les effets de sa
bonne volonté en tout ce qu'il pourra pour leur contentement. Il désire les voir pour, avec leur prudent
avis, donner ordre aux affaires de son État. Il les prie
de lui faire paraître en cette occasion leur affection, et
s'assurer de sa bonne volonté (Nevers, 2 août IVe
1589). « La mutation de règne ne diminuera point à
mon cousin le maréchal l'envie de bien faire ; car il
sait bien que je l'aime mieux que ne faisait pas l'autre » (Duchesse de Montmorency, août Ire 1589). —
« Parmi la presse de mille et mille affaires, sy aurez-

vous ce mot de ma main pour vous assurer combien
je prise l'affection que vous m'avez toujours gardée. Vous aurez beaucoup de regret à notre commune perte; vous avez perdu un bon maître; mais vous
éprouverez que j'ai succédé en la bonne volonté qu'il
vous portait. Adieu » (Crillon, août II° 1589). —
« Croyez que vous trouverez en moi ce que vous avez
perdu au feu roi, mon seigneur et maître » (Le même,
6 septembre 1586) (1). Quand il découvre que le duc
de Bouillon n'est pas étranger à la conspiration de
Biron, il le mande auprès de lui ; c'était s'assurer de
sa personne, et l'empêcher de rien entreprendre : et
il espère obtenir sa venue par des protestations d'amitié et de confiance : « Mon ami, cejourd'hui seulement les gens de mon conseil ont achevé de recevoir
les dépositions de ceux qui ont été ouïs sur la conspiration du duc de Biron, par lesquelles ayant su être
fait mention de vous, j'ai voulu, pour l'affection que
je vous porte, et pour le soin que j'ai toujours eu de
votre bien et honneur, vous en avertir incontinent
par ce porteur, que je vous envoie exprès pour cet
effet, et sur ce, vous faire savoir, encore que je n'ajoute
foi à telle accusation (spécialement quand je me représente combien je vous ai chéri et favorisé, et de quelle
sorte je me suis toujours fié en vous et ai souvent
aussi éprouvé votre fidélité) néanmoins importer tant
au bien de mon royaume et au vôtre même que la
chose soit promptement vérifiée, que je veux et vous
ordonne par la présente, que vous me veniez trouver

(1) Placé par erreur dans les *Lettres missives* au 6 novembre de
la même année.

en ce lieu, soudain que vous l'aurez reçue, pour vous
justifier; et j'ajouterai encore que je vous conseille et
prie comme votre bon maître et vrai ami (vous res-
sentant et tenant innocent comme je crois que vous
êtes) de n'y faire faute et n'y user d'aucune remise et
longueur ; car ce faisant vous préviendrez et étouf-
ferez la mauvaise opinion que les bruits de ce qui se
passe pourraient imprimer de votre intégrité; vous
mettrez aussi tant plus mon esprit et le vôtre en repos selon mon désir, et je vous assure que je favori-
serai très volontiers votre justification et innocence,
comme votre bon maître et ami » (18 novembre 1602).
Le duc de Bouillon, si doucement appelé, se hâta de
quitter sa retraite pour s'éloigner davantage, à Orange,
puis à Genève, de là à Heidelberg. Henri IV écrit à
Duplessis-Mornay que c'était le pire conseil qu'il eût
su prendre au lieu de le venir trouver pour se justifier
(6 décembre 1602). Il le dit encore un an après au
connétable (7 décembre 1605).

Trois ans plus tard, Henri IV voulut donner à
Créqui la charge de maître-de-camp du régiment de
ses gardes. Cette charge était entre les mains de
Crillon; mais Crillon était trop attaché au duc
d'Epernon, colonel de l'infanterie française; Henri IV
résolut de retirer à ce colonel qu'il redoutait l'appui
d'un maître-de-camp comme Crillon. Fidèle à ses
habitudes amicales et persuasives, il cherche à obtenir par de douces paroles le consentement de d'Epernon : « Mon ami, vous entendrez par d'Escurés ce
qui s'est passé entre les sieurs de Crillon et de Créqui
pour la charge de maître-de-camp du régiment de

mes gardes, et comme je n'ai voulu que les provisions en aient été expédiées que je n'eusse, suivant ma promesse, parlé à vous, ce que je fais par ce porteur. Peut-être si ledit sieur de Crillon se fût adressé à vous pour lui donner un successeur, que vous lui en eussiez choisi un qui vous eût été plus agréable, mais non si utile à mon service. Car je tire de ce fait un tel bien en mes affaires, que si vous étiez auprès de moi, vous me le conseilleriez. Je vous prie donc et conjure par l'amitié que je crois que vous me portez, que je reconnaisse qu'en cette occasion vous préférez mon contentement et le bien de mes affaires à toutes autres considérations, et que vous le faites volontiers, puisque je le veux ainsi : cela sera aussi cause que j'aurai à l'avenir encore plus de soin de ce qui vous touche que jamais » (15 mai Ire 1605).

C'est toujours pour leur bien : Croyez que vous aimant comme je fais et que vous en devez faire état, que je ne conseille en cela que ce que je vois et connais être de votre bien. C'est pourquoi je me promets que vous vous y conformerez, et me témoignerez en cela que vous m'aimez » (Duchesse de Nevers, 22 mars 1597).

Il n'aimait pas le comte de Soissons ; mais il voulait conserver près de lui un prince du sang, dévoué à la couronne, quoique peu traitable, exigeant et hautain. Il cache une aversion qu'il vainquait par intérêt sous les dehors de l'affection, et combat ses plaintes par des protestations : « Vous êtes vous-même la cause de vos plaintes, et je n'en suis que la butte ; dont je reçois les atteintes avec autant de regret qu'il me semble que vous prenez du plaisir à les continuer.

Vous interprétez à faute d'affection ou art ce qui procède d'abondance de bonne volonté et de la rencontre et nature des choses... Venez, mon cousin; et vous me trouverez très disposé à vous témoigner que nul ne peut plus faire pour vous que moi » (17 juin Ire, et 10 août Ire 1595).

Il use de la même ressource envers les princes étrangers; et la diplomatie, sous sa plume, devient sensible, affectueuse, et même amoureuse. « Monsieur mon cousin, écrit-il au duc de Ferrare, j'ai été trop aise d'avoir entendu de vos nouvelles par le sieur comte de Landy; c'est le premier fruit que j'ai reçu des bonnes grâces du roi, mon seigneur; la vue duquel me donne ce bien de me mettre en la souvenance de mes amis. Je vous ai toujours, monsieur mon cousin, cru de ce nombre; ce que vous me faites encore plus paraître par cette nouvelle obligation que j'ai de la peine que vous avez prise de m'envoyer visiter » (17 mai 1589). Il est aussi amical avec le grand-duc de Toscane et le landgrave de Hesse. Le duc de Savoie avec qui il fut forcé d'en finir par une guerre, prince rusé et plein de cette habileté dans les petites choses, qui réussit rarement tout en faisant grande dépense d'expédients, recevait de Henri IV les lettres les plus amicales : « Mon frère, je manquerai plutôt à ma vie qu'à l'observation de ma parole, même (surtout) en votre endroit, de qui j'ai embrassé l'amitié aussitôt que j'ai connu que vous avez désiré la mienne, porté d'une inclination naturelle. — Je suis contraint de donner tout ce mois à ma santé, et sans cela je n'aurais pas différé plus longuement le plaisir que ce me sera

de vous voir ici près de moi ; mais vous n'en êtes pas
quitte pour cela ; et vous saurai bien faire ressouvenir
de la promesse, quand la commodité y sera pour l'un
et pour l'autre. Cependant ce qui reste de nos affaires
se terminera et n'aurons plus qu'à passer le temps et
faire bonne chère. — C'est à ce coup que je ne douterai plus du contentement que je m'étais promis de
vous voir il y a longtemps... Je ne vous dirai point
comme vous serez le bien venu et vu de moi, comme
les effets vous le feront connaître, ni de quelle affection je vous embrasserai et chérirai » (25 octobre
1596, 4 septembre II° et 9 décembre 1599).

Mais il déploie toutes les grâces de la galanterie
avec Élisabeth ; ses secrétaires lui écrivent en son nom
comme à une reine ; il lui écrit comme à une femme,
je dirais presque comme à une maîtresse. Il l'assure
de sa perpétuelle servitude ; il estimera sa vie plus heureuse quand elle sera employée pour son service et
honorée de ses commandements. Il voudrait avoir
moyen, pour le comble de ses désirs, de le lui pouvoir
représenter de bouche, et par même moyen lui baiser
les mains, et voir de ses yeux la princesse du monde
qu'il honore, aime, estime et admire par dessus toutes. Il entre en jalousie de M. de Ségur, son ambassadeur, qui a été gagné et corrompu par l'honneur et la
faveur qu'elle lui a donnés. Il ne peut finir sa lettre
pensant parler à elle-même. Il était résolu de l'aller
voir ; mais un malheur général s'oppose toujours à
son heur particulier. Il se figure qu'il combat pour
elle. Avec sa faveur toutes choses lui sont possibles,
voire faciles. Il ne se réserve que pour elle ; il se voue

tout entier à elle pour lui rendre toute sa vie tout le
plus fidèle service qu'il pourra ; c'est à elle, de droit,
de conserver ce qui est sien. Elle n'a plus fidèle serviteur que lui, ce qu'il aurait extrême désir de lui
témoigner en personne ; et à peine son esprit aura de
repos qu'il ne lui ait donné ce contentement. Mais son
malheur veut que ce bien lui soit encore retardé par
les affaires, contre lesquelles il se délibère de lutter
avec tant de constance qu'il dérobera ce loisir à
ses continuels travaux. Il ne reste plus rien en lui-
même qu'il ne doive dire être sien ; ce que sans
difficulté il confesse volontiers : son affection lui a
voué tout ce qu'il est et peut, sans aucune réserve. Il
a l'image de ses bienfaits tellement empreinte au cœur
qu'ils lui sont un objet perpétuel, et ses sens plus con-
tinuellement occupés en la considération de sa magnanimité et grande bonté envers lui, avec souhait
ordinaire, outre ses plus ardentes prières, de lui pouvoir un jour témoigner, par quelque bon service,
qu'il n'en veut laisser le fruit enseveli au tombeau
d'ingratitude. Il s'est réjoui d'entendre qu'elle faisait
état de venir à Portsmouth, quand il sera vers la côte
de Normandie : ce qu'advenant, il la supplie trouver
bon qu'il lui aille baiser les mains, et être auprès d'elle
deux heures, afin qu'il ait ce bien d'avoir vu une fois
en sa vie celle à qui il a consacré et corps et tout ce
qu'il aura jamais, et qu'il aime et révère plus que
chose qui soit en ce monde. Leur amitié sera jugée
de tous si parfaite qu'elle servira d'exemple à la pos-
térité, comme de consolation à eux et à leurs bons
sujets, et à leurs ennemis de terreur tant qu'ils vivront.

Sa conservation sert comme de marque ou pour mieux dire, de trophée de sa bonté. Il ne se lasse pas, en un mot, de « baiser humblement les mains belles et heureuses qui tiennent les clefs de sa bonne et mauvaise fortune. »

Toute la vie de Henri IV est une merveille d'habileté. Le petit prince huguenot parvient au trône à travers la plus vaste et la plus terrible levée que l'insurrection ait jamais ameutée. Son royaume conquis, il éteint toutes les étincelles, et endort dans le pays l'agitation politique. Condamné autrefois, puis absous par la papauté, il finit par faire deux papes, Léon XI et Paul V; il eut l'art de s'appuyer sur Rome même, pour opposer les nations protestantes de l'Europe à la domination autrichienne et espagnole. Et, quand il fut mort, ses ministres, quels que fussent leur talent et leur expérience, ne purent gouverner sans lui, et se séparèrent par impuissance.

Qu'un homme ait un éclair de génie, une haute inspiration, on comprend que la force de sa volonté égale la beauté de son œuvre. Mais une habileté, pour ainsi dire, perpétuelle, toujours en exercice et toujours prête, toujours en éveil et toujours sûre, dans les moindres choses comme dans les grandes, serait bien étonnante, si elle ne tirait quelque secours des sentiments du cœur. Qui pourrait mesurer ce qu'il faut de fermeté et d'énergie contre soi-même pour obéir avec suite à des idées abstraites? la volonté est-elle capable d'un effort si patient, quand elle est soutenue par la seule intelligence? Bien peu d'hommes dans toute l'humanité auraient pu accom-

plir la tâche qu'accomplit Henri IV ; peut-on croire
que dans ce laborieux accomplissement il n'ait pas
même été servi par toutes les facultés de l'âme? La
persévérance est la plus rare des qualités : Henri IV
la portait à un degré qui nous étonne : « Par patience et cheminer droit, je vaincs les enfants de ce
siècle » (Saint-Geniès, 4 mai 1586). Mais elle devient
facile, si nos sentiments nous mènent du même côté
que nos idées, parce qu'ils nous poussent d'eux-mêmes, presque à notre insu, d'un mouvement continu
et agréable ; ils soulagent notre énergie au lieu de
l'exercer, et nous n'avons besoin de force que pour
leur résister.

L'égoïsme, l'ambition ne suffisent pas : que
de gens à ce compte seraient persévérants ! D'ailleurs, à eux seuls, ils ne peuvent donner que le petit
savoir-faire et non la grande habileté. Rien ne rac-
courcit plus la vue que de l'arrêter sur ses intérêts
propres, et de la borner par cet étroit horizon. Cependant Henri IV a eu de grandes idées. Il fallait
donc ou qu'il ne fût pas égoïste, ou que son égoïsme
fût généreux par quelque endroit. Aux yeux de
Henri IV, son intérêt était celui de la France. Il le dit :
donc il le croit. Il lui était trop utile de le faire croire,
pour ne pas le croire lui-même. Les ligueurs ne sont
pas seulement ses ennemis personnels ; ce sont des
Espagnols. La réunion du parti royal et du parti huguenot forme le parti français. En annonçant au duc
de Ferrare son alliance avec Henri III, il lui écrit :
« On vous a toujours vu si bon Français, mons' mon
cousin, que vous vous réjouirez autant de cela que je

13

m'en assure, comme je sais que les misères de la
France vous doivent avoir ennuyé» (17 mai 1589).
Aussi sa conscience est-elle tranquille : « Bien que
nous soyons jour et nuit à cheval, sy est-ce que nous
trouvons cette guerre bien plus douce : l'esprit y est
plus content» (Mme de Grammont, 14 juillet 1589).
Il convie le duc de Nevers à la bataille des bons
Français contre ceux qui ont quitté ce beau nom
pour se faire Espagnols (25 août II° 1590). Il re-
couvre sa ville de Vienne par « la fidélité du gouverneur
que le duc de Nemours y avait logé, lequel, comme
bon Français, n'a voulu se signaler comme lui d'une
marque contraire à son honneur et devoir envers son
souverain et sa patrie » (Élisabeth, 28 avril II°
1599).

Si la Ligue avait, je ne dis pas réussi (elle a réussi
puisque Henri IV s'est fait catholique), mais triom-
phé, et donné à la France un souverain de son choix,
que fût-il advenu ? Il est sans doute téméraire et
ridicule de faire de l'histoire avec ce qui n'est pas
arrivé, et d'affirmer au conditionnel. Mais je vois
une dizaine de prétendants allonger les mains vers
la royauté de la Ligue ; la papauté, l'Espagne la
prendre en tutelle ; chacun en tirer à lui un lambeau ;
les gouverneurs indépendants ; les protestants, les
politiques assez forts pour séparer du pays une partie
du pays : j'entends les hommes sensés du temps gé-
mir de ce que la France s'en aille par morceaux :
Henri IV a pu sauver, il a pu croire qu'il sauvait sa
patrie : le premier intérêt français, c'est sans doute
l'unité et l'indépendance de la France.

Henri IV aimait certainement, ne fût-ce que comme
alliée, cette France dont la cause était la sienne. Tout
homme a besoin de rattacher son intérêt personnel à
quelque intérêt plus élevé, non-seulement pour gagner des partisans, mais pour se convaincre et s'affermir. Être persuadé qu'on a raison, c'est doubler
son courage et sa vigueur. Aussi chacun met-il la
justice de son côté, et de bonne foi : fît-on d'abord
un sophisme volontaire, tôt ou tard on y croit ; et
l'on arrive à se duper soi-même, par une sorte d'habileté instinctive de la nature humaine.

Il s'apitoie souvent sur les misères du peuple : « La
charge de cheval de blé en Champagne et en Bour-
gogne vaut cinquante livres, à Paris, trente. C'est
pitié de voir comme le peuple meurt de faim »
(Mme de Grammont, 17 juin 1586). Il songe aux
malades que la contagion multiplie aux environs de
son château de Monceaux : « Envoyez-moi, par ce
laquais, la recette que vous avez pour la peste, d'autant que je la veux faire éprouver aux villages cir-
convoisins de ce lieu où elle est » (Mme de Monglat,
12 juillet 1605). Il ne veut pas établir de trop lourds
impôts : « Je pourrai aller jusques à Poitiers, où
je ne ferai point de citadelle ; et, en lieu d'y établir
la gabelle, j'oirai les plaintes de mon peuple, pour le
soulager en tout ce qu'il me sera possible » (La
Force, 15 avril Ire 1602). Il écrit quelque part : « J'ai
su les pilleries et butins que font les soldats. Vive
Dieu ! donnez-y ordre ; vous m'en répondez sur l'a-
mitié que je vous porte ; et qu'il ne paraisse que le
maître n'est en sa maison. Monsr de Saint-Geniès, qui

s'en prend à mon peuple s'en prend à moi » (fin de février III° 1580).

Sans doute on a exagéré la bonté traditionnelle de Henri IV. Tout le monde sait que l'anecdote sur l'entrée des vivres dans Paris est une traduction fort infidèle d'un fait beaucoup moins admirable. Givry, l'un des lieutenants du roi, amoureux de Mlle de Guise, laissa passer, pour lui complaire, des convois de vivres par Charenton. Il désobéit par amour à Henri IV; et il ne faut pas lui en faire un crime, car il mourut de cet amour. Mais aussi n'en faut-il pas faire honneur à Henri IV. Il n'avait pas l'air de songer à la nourriture des Parisiens, quand il écrivait à Mme de Grammont : « J'ai pris les ponts Charenton et Saint-Maur à coups de canon, et pendu tout ce qui était dedans. Hier je pris le faubourg de Paris, de force ; je fis brûler tous leurs moulins, comme j'ai fait de tous les autres côtés » (14 mai II° 1590). Je me trompe cependant : il a laissé entrer des vivres dans Paris : mais pour qui? faut-il le dire? pour une femme d'amour : « Monsieur de Marivaux, j'ai accordé à la demoiselle de la Raverie un passeport pour faire mener à Paris quelque blé, vin et bois pour sa provision. Je vous prie ne faire difficulté de le laisser passer. Vous êtes de vous-même assez courtois aux belles dames comme elle, sans vous y convier davantage » (1er octobre 1592). Et c'est peut-être cette complaisance de la luxure qui s'est travestie en héroïsme de la bonté.

L'imagination populaire se moque des invraisemblances : elle n'a pas pris garde à cette singularité, que

Henri IV, voulant réduire une ville par la famine, aurait laissé passer des vivres un jour, pour resserrer le lendemain le blocus entr'ouvert, prolongeant ainsi la résistance et rendant lui-même sa propre bonté inutile. Mais cette espèce de légende moderne a une part de vérité ; Henri IV évita les horreurs d'un assaut général, et préféra entrer par surprise, d'une façon moins triomphante, mais plus humaine.

« C'est un mal bien douloureux que le domestique ! » (Mme de Grammont, 8 mars 1588). Personne ne peut contester la tristesse sincère de cette réflexion. Il a tout fait, dès qu'il l'a pu, pour terminer les anciennes discordes et prévenir les nouvelles : il voulut sans doute assurer son autorité péniblement conquise ; quelquefois cependant il en eût été quitte par une petite expédition comme celle de Sédan ; et il évita tant qu'il put toute prise d'armes. Il en donne la raison à Elisabeth en style un peu fleuri : « Je suis né et élevé dedans les travaux et périls de la guerre : là aussi se cueille la gloire, vraie pâture de toute âme vraiment royale, comme la rose dedans les épines. Mais je me puis bien lasser des calamités et misères que mon peuple endure par icelle » (15 novembre 1597).

Dès qu'il fut en sécurité pour lui-même, il se consacra sans intervalle et sans fatigue, il employa, comme il dit, tous ses sens et tous ses soins à l'avancement et à la conservation du pays. Aucun roi n'a eu plus que lui le droit d'écrire : « La France m'est bien obligée ; car je travaille bien pour elle » (Mlle d'Entragues, 11 octobre 1re 1600). Il croyait du fond du cœur

que les Français lui devaient quelque reconnaissance ;
et ce sentiment paraît sans préméditation, sans calcul,
dans la lettre qu'il écrit au roi d'Angleterre, à propos
de la conspiration des poudres et d'une autre qui se
découvrit peu après : « Jugeant de votre naturel par
le mien, je ne doute point que tels manquements de
foi et de gratitude ne vous déplaisent, soit qu'ils procèdent de vos sujets ou d'autres, lesquels vous avez,
par votre bonté et sincérité, obligés de se comporter
tout autrement à votre endroit » (30 juillet II° 1606).

Mais ce qui prouve de toute évidence qu'il a aimé
la France, c'est qu'il a compris admirablement les
intérêts français. « Les grandes pensées viennent du
cœur. » Le patriotisme éclaira son intelligence.
Henri IV a préparé, à l'intérieur, à l'extérieur, sur les
champs de bataille, dans la littérature, partout, les
splendeurs du XVII° siècle ; et si Louis XIV a été un
grand roi, il le doit plus à son aïeul qu'à lui-même.

« Il est resté populaire, dit M. Villemain, parce
qu'il était profondément national de cœur et de
pensée. »

On peut, dans les détails de sa conduite, trouver
des ruses, des tromperies, parfois même de la dupli-
cité ; sa finesse n'a pas toujours choisi les voies les
plus légitimes. On a raison de rechercher ces secrètes
révélations ; la moindre parcelle de la vérité a son prix.
Mais il ne faut pas que l'érudition historique, en s'a-
grandissant, se rapetisse aux curiosités des mémoires,
et prennent ses petites découvertes pour de grandes
vérités. Henri IV n'est pas sans reproche : il a poussé
ses qualités jusqu'aux défauts ; mais, considéré tout

entier, par les côtés qu'admire la raison et par ceux que condamne la morale; regardé, en un mot, des hauteurs de l'histoire, et non par les dessous d'une chronique méticuleuse, Henri IV ne sera jamais haïssable.

CHAPITRE IV.

DU STYLE.

Le style de Henri IV est incorrect. Il improvise en écrivant et ne prend pas la peine de relire. Aussi met-il quelquefois des singuliers pour des pluriels et des pluriels pour des singuliers : « Le désordre qu'*a* porté à mon pays les levées qui se font » (Saint-Geniès, vers le 10 janvier 1586). — « A quoi *servira* bien, pour les empêcher et jeter dedans, les Gascons qui sont allés trouver mon cousin le duc de Bouillon » (Mme de Nevers , 29 août 1595). — « Je n'ai manqué à vous écrire 'tous les jours. La date des lettres que vous aurez reçues vous en *feront* foi » (Marie de Médicis, 22 octobre II° 1605). *Être* prend la place d'*avoir :* « Il n'*est* pas voulu partir sans lettre de moi » (Marie de Médicis, 24 octobre 1601). Philamente sans doute ne pensait pas à Henri IV, lorsqu'elle exaltait

La grammaire qui sait régenter jusqu'aux rois
. Et les fait la main haute obéir à ses lois.

Il écrit : « Je m'en vais avec mon *arme* » pour *mon armée* (Ste-Colombe, fin d'octobre 1579. Arch. de M. le comte de Montesquiou), ou : « Nous *oirrons* s'il a du sang au bout des ongles » pour *nous voirons* (verrons)

(Mme de Grammont, 15 juillet II⁰ 1590). Quelquefois une phrase déjà écrite se répète un peu plus bas. Les mêmes mots reviennent dans la même phrase : « Mon cousin, *encore* que je vous ai écrit par ci-devant pour Guérin, en ma judicature de Creyssel, afin de le *faire* sortir des mains du sieur de Saint-Guiraud, qui le détient injustement, je vous *ferai encore* la présente pour vous prier *encore* bien fort de *faire* cela pour l'amour de moi. Et outre le plaisir que vous me *ferez*, vous *ferez* de plus en plus connaître que vous désirez l'observation de l'édit » (Dampville, 24 mai 1578). — « Je vous prie, mon cousin, que je sois *remis* en mes maisons, et ne me *mettre* point en peine de m'y *remettre*. On ne doit, ce me semble, me *mettre* au désespoir » (Matignon, vers la fin de septembre Iʳᵉ 1585). — « Sans ce mauvais temps, je me fusse déjà acheminé au port d'Albret. Aussitôt qu'il fera plus beau, je partirai *pour y aller;* et de là prendrai le chemin de Nérac *pour y aller* » (Matignon, novembre II⁰ 1584). Les tournures se répètent comme les mots : « Monsieur de Saint-Geniès, *j'ai* mandé au sieur de Castelnau de quitter les contributions qu'il prend sur le pays de Soule. *Je* lui mande aussi de me tenir son régiment prêt, pour l'amener à la fin de mars. *Je* lui permets de prendre des Béarnais et d'en mettre à son régiment. *Je* vous prie y tenir la main ; car *je* désire qu'il y en ait, et ne vois pas qu'il y ait à présent aucun danger d'en tirer. *J'écris* à Salles et vous envoie les lettres. Adieu » (Saint-Geniès, fin de février Iʳᵉ 1580).

On trouve assez souvent *ledit sieur, lesdites commis-*

sions, sans que Henri IV ait parlé de ce sieur ou de ces commissions.

Quelquefois les pronoms remplacent des mots qui ne sont là qu'en idée ou par procuration, par exemple, un substantif, un adjectif représentés par leur verbe : « Il fait gloire d'avoir atteint la perfection de dissimuler ; je lui rabats cette opinion tant que je puis : il ne faut *l'être* qu'en affaires d'État ; encore *la* faut-il bien accompagner de prudence » (Mme de Grammont, mars Ire 1588).

Les constructions ont des revirements inattendus : « Vous ne montrerez cette lettre ni ne parlerez à personne de cette affaire, auquel vous vous conduirez avec toute la prudence et discrétion qui y est requise, afin que le bonhomme de M. de Chavigny ne s'en offense, et *ne lui empêche* d'achever en repos le peu de jours qui lui restent encore à vivre » (Soissons, 27 septembre Ire 1598). Voici une phrase qui reste en chemin, et cependant il écrit à un grand personnage, à Catherine de Médicis : « Mais quoi? soit que nous mettons peine, M. votre fils et moi, de remettre toutes choses en bon état, à quoi l'on peut beaucoup par delà, rendant aux sujets du roi, d'une commune main, le bien qu'ils espèrent d'une bonne paix. M. de Villeroy vous dira de quel pied nous marchons, etc. » (Mars IIe 1581).

Jusqu'à présent ces libertés n'ont pas grand inconvénient ; mais quelquefois la phrase devient inintelligible, et il faut deviner. Il envoie Frontenac à Marie de Médicis pour lui déclarer son amour (elle n'était encore que sa fiancée) : « Il vous découvrira mon

cœur, et que vous trouverez non moins accompagné
d'une passionnée volonté de vous chérir et aimer toute
ma vie comme maîtresse de mes affections, mais de
ployer dorénavant sous le joug de vos commandements celui de mon obéissance comme dame de mes
volontés » (24 mai I⁰ 1600). Il est vrai qu'alors
Marie de Médicis savait peu le français ; et pour comprendre cette phrase, la connaissance du français ne
peut qu'embarrasser.

La phrase suivante s'égare et se perd dans le laby-
rinthe des incidentes, *inextricabilis error* : « Je vous
écrivis ces jours passés par le sieur de la Roque que
j'ai envoyé devers Monsieur, pensant que fussiez auprès de Son Altesse, et ayant entendu qu'étiez de
retour chez vous, et que je m'en vais à présent faire
un tour jusqu'en Béarn et aux Eaux-Chaudes, à cause
de l'indisposition en quoi je me trouve, comme je
l'écris à M. de Montpensier mon oncle par Armagnac
que je dépêche exprès devers lui et vous, de l'amitié
de qui je fais tant d'état qu'il n'y a personne au monde
qui désire plus de vous en rendre preuve que moi »
(Prince dauphin, François de Montpensier, 24 avril
1582).

Dans une lettre à la reine Elisabeth du 25 avril 1596,
on trouve une phrase de dix lignes qui ne possède pas
moins de quatorze *que* et quelques relatifs.

Partout l'idée emmène la phrase, sa compagne,
sans se soucier de ses destinées ; la phrase suit comme
elle peut, et trébuche assez souvent ; mais l'idée n'y
prend pas garde. Cette négligence n'est pas sans agré-
ment dans une correspondance. Rien au contraire n'y

est plus insupportable que l'apprêt et le travail. On
cherche des confidences, et c'est un grand mécompte
que de trouver des dissertations. Je ne demande au
style épistolaire d'autre mérite que l'abandon et la
vivacité de la pensée à sa naissance. Si l'auteur a réflé-
chi, je n'ai plus que ce qu'il veut me donner; s'il
s'est miré dans sa lettre avant de l'envoyer, il y a peut-
être quelque coquetterie. Je me méfie du second mouvement, quand j'espérais trouver le premier; me
voilà sur mes gardes, quand je cherchais un homme
qui ne fût pas sur les siennes; et moi qui voulais surprendre, je crains d'être surpris.

Le style épistolaire n'est autre chose que la conversation. Il n'en a pas moins d'importance. Tel qui
parle bien écrit mal; tel écrit bien qui parle mal. Il
faut donc, pour bien parler, des qualités d'esprit
particulières; et ce sont, sinon les plus solides, du
moins les plus aimables : l'esprit vif, la prompte ré-
partie, le tact, l'à-propos, l'entrain. Quand vous vous
engagez dans une lecture, l'auteur vous introduit, et
vous salue sur le seuil sous forme de préface; tout est
rangé avec soin, disposé avec art : vous êtes reçu
comme un hôte attendu. Si vous écoutez la conversation d'un homme d'esprit, tout y est imprévu, rien
n'est préparé à loisir; les sentiments, les pensées
viennent, éclatent comme l'occasion les éveille, et, à
mesure qu'ils naissent, se revêtent de paroles. Il y a
peut-être un peu de désordre, absence de symétrie,
moins de mesure; l'idée première court un peu au
hasard, se transforme; à la fin on ne sait plus par où
l'on avait commencé. La composition est la règle du

style ; l'aventure est celle de la parole : l'étude, la méditation pour le premier ; la négligence et ses grâces pour la seconde. Les défauts de l'un sont les qualités de l'autre.

Quelques-uns ne savent pas causer, et écrivent de jolies lettres, parce que, devant leur bureau, la timidité disparaît, ou que les mots ont le temps d'arriver. Ils retrouvent leur esprit dans leur cabinet, comme Nicole des arguments au bas de l'escalier. Mais ils causent sur le papier comme ils causeraient dans un salon avec plus de hardiesse ou de vivacité. Le commerce épistolaire est, il est vrai, la causerie écrite ; mais c'est encore la causerie.

Qui ne désirerait assister à la conversation d'un homme remarquable ? Si les distances du temps, du lieu ou du rang nous privent de cette bonne fortune, ses lettres, quand elles se contentent d'être des lettres, nous en donnent du moins une idée.

Ne regrettons pas les négligences du style de Henri IV ; sa correspondance y gagnera. Voudrait-on changer, pour faire plaisir à la grammaire, cette tournure qu'elle ne saurait approuver, et dont l'incorrection n'est pas désagréable : « M. de la Force, je vous fais ce mot par le sieur Loppez pour vous prier ne faillir de vous rendre auprès de moi au commencement de votre quartier, comme chose que je désire pour des raisons que vous apprendrez lorsque vous y serez, et, par celle-ci, que mon fils est ici avec toute sa suite, qui me donne bien du plaisir, et pour fin que je vous aime bien. Adieu, M. de la Force » (8 septembre 1604). Nous ne sommes pas en face d'un homme qùi écrit, mais d'un homme qui parle. Nous l'entendons, nous le voyons quand il dit : « Mon cousin, ce sont choses à la longue insupportables, et que les plus petits ne voudraient, ne pourraient souffrir. Il me fâche fort que je sois seul à rentrer en ma maison et à jouir de l'édit, et même après avoir fait tout ce qui restait à faire du côté de ceux de la religion, et que je sois si longuement entretenu en paroles et longueurs. De quoi je serai à la fin contraint de me plaindre à bon escient » (Matignon, vers le mois de septembre 1585). — « Je vous prie mander à La Broue de m'envoyer six cents livres pour un demi-mois pour Lectoure. Vous n'aviez dit que cinq cents, si bien m'en souvient : ce seront six cents, pour l'amour de moi » (Le même, vers la fin de septembre IIe 1585).—« Je vous prie de faire prendre ce trésorier prisonnier et lui faire faire justice ; mais je vous en prie, mon compère » (Le Connétable, 18 avril IVe 1597). Cette lettre-ci n'est-elle pas bien d'un homme qui commence à s'irriter, qui le sent, et qui se retient : « Mon cousin, je vous ai mandé ma volonté par Escure. Vous désirez parler à moi, devant que j'achève cet office. Je le veux ; venez donc me trouver, bien résolu de suivre mes volontés ; car le serviteur qui veut être aimé de son maître lui témoigne toute obéissance. Votre lettre est d'homme en colère ; je n'y suis pas encore : je vous prie, ne m'y mettez pas. Escure vous dira le surplus ; croyez-le. Ce XXIe mai à Fontainebleau » (1605, au duc d'Épernon).

Ai-je besoin d'ajouter que le style de Henri IV est naturel ? Il ignorait, fort heureusement, la règle qui prescrit l'emploi des termes généraux pour atteindre la noblesse. Il se présente à nous, comme à cette députation de Bordeaux, en pourpoint, en veste grise. Il ne craint pas de prêter à rire en racontant : « J'ai reçu un plaisant tour à l'église : une vieille femme âgée de quatre-vingts ans m'est venu prendre par la tête, et m'a baisé : je n'en ai pas ri le premier » (Gabrielle d'Estrées, 18 décembre 1594).

Quoi de plus agréable que les passages suivants : « (Je suis) à présent du tout hors de fièvre, Dieu merci. Mais je ne veux ouïr parler d'aucune affaire. Cela est cause que j'ai commandé à tous ceux qui sont ici de s'en retourner à Paris et de ne venir de huit jours; d'autant qu'ils ne se peuvent empêcher de me parler de leurs affaires, et cela me met en mauvaise humeur. C'est pourquoi, pour me réjouir, je vous prie au plus tôt de me venir trouver; et amenez avec vous peu de train, afin qu'étant ici ensemble nous nous puissions tous deux réjouir » (Le Connétable, 1er novembre 1598).

« Mon cousin, la dernière fois que je vous ai vu au Louvre, je vous dis, en la présence de ma femme, que je commençais à sentir quelque défluxion sur un pied : mais, à mon arrivée ici, le plaisir que j'eus de voir mes enfants fit que je passai ce jour-là sans m'en sentir beaucoup. Hier matin, je voulus aller courre un cerf, pensant que le plaisir que j'aurais à la chasse ferait passer ma douleur; mais ayant été à demi-lieue d'ici, il m'a fallu retourner tout soudain, quoique j'eusse fait couper ma botte par dessus, à cause des cruelles douleurs que je sentais, et telles, que quand bien il irait de la perte de la moitié de mon Etat, je ne serais capable de rien écouter, ni même prendre une bonne résolution. C'est pourquoi, etc. » (Rosny, 11 juin 1605).

Nous pénétrons dans ses conseils, dans le travail de son esprit, dans le mouvement de sa pensée, dans ses joies et ses tristesses, ses succès et ses échecs. Nous avons jour quelquefois sur ses sentiments cachés. Il annonce à Mme de Grammont la mort du prince de Condé : « Il m'est arrivé l'un des plus extrêmes malheurs que je pouvais craindre, qui est la mort subite de M. le Prince. Je le plains, comme ce qu'il me devait être, non comme ce qu'il m'était... Ce pauvre prince (non de cœur), etc. » (10 mars 1588). Quand il apprend la maladie de Catherine de Médicis, il est assez réservé avec M. de Ségur, homme austère : « J'ai vu des lettres qu'un courrier portait par lesquelles celui qui écrivait mandait qu'il avait laissé la reine-mère qui se mourait. Je parlerai en chrétien : Dieu en fasse sa volonté ! » (25 décembre 1588). Mais avec sa maîtresse, il y met moins de façons : « Je n'attends que l'heure de ouïr dire qu'on aura étranglé la feue reine de Navarre (1). Cela, avec la mort de sa mère, me ferait bien chanter le cantique de Siméon ! » (1er janvier Ire 1589).

Aussi, quelque sujet que traite Henri IV, son style n'est jamais sec, aride ou ennuyeux. La partie purement administrative est intéressante, même à côté de celle qui parle de combats, de plaisirs, d'amitié

_____

(1) Marguerite, sa première femme, dont il était séparé.

ou d'amour : Il y a toujours quelque mouvement de
l'âme qui anime même les questions de simple politique : « Monsieur de Bellièvre, je sais assez l'affection que vous portez au bien du public, et, ce que vous
y pouvez, employez-le, je vous prie, à faire qu'on exé-
cute la paix en mon endroit, qu'on me rende mes
maisons, qu'on fasse punition de l'attentat de Périgueux ; car de mon côté j'ai fait et fais tout ce que je
peux. Le différer accroît les défiances, et les défiances
occasionnent beaucoup de personnes à faire du mal.
Je vous prie encore un coup, tenez la main qu'on remédie aux affaires de cette province : et adieu » (vers
le commencement d'août Ire 1581).

Si le style est naturel, c'est-à-dire, s'il n'est que
l'expression la plus exacte et la plus simple du sentiment et de l'idée, il aura une variété aussi diverse
que celle même des sentiments et des idées ; selon les
circonstances, familier, tempéré ou grave ; rapide,
tranquille, ou noble et digne. Le familier ne manque
pas, et le roi est quelquefois un joyeux compagnon.
Sully nous le représente passant ses doigts dans les
siens, et causant et se promenant ainsi dans son
jardin. Mais il est plus familier encore avec d'autres
amis plus avenants que Sully. MM. de Lestelle, de
Souvré, de Vitry, de Batz, du Faget de Ste-Colombe,
de Harambure, ont l'honneur du tutoiement, quoiqu'aucun d'eux ne l'obtienne d'une façon continue :
cela dépend de leur conduite. Il leur donne même des
surnoms : M. de Batz s'appelle *mon faucheur* et *grand
damné*; M. du Faget de Ste-Colombe, *grand pendu*;
M. de Lestelle, *crapaud*; M. de Harambure, ayant

14

perdu un œil dans un combat, s'appelle *borgne*;
M. de Souvré change de sexe et passe du féminin; il
l'appelle *La Gode* et *m'amie*. « Grand pendu, écrit-il
à M. de Ste-Colombe, j'irai tâter de ton vin en passant » (fin d'octobre 1579). Et à M. de Lestelle :
« Crapaud, que voulez-vous dire? il n'est pas temps
peut-être de venir. Votre frère dit que si ; et Laverdin est aussi gros que vous, pour le moins. Laissons
raillerie. Ne vous excusez ; ce n'en est pas la saison.
Mais si vous m'aimez et si vous voulez que je le croie,
montrez l'exemple aux autres. Je te prie, crapaud,
viens-moi trouver, et amène ce que tu pourras ou ce
que tu voudras ; car en quelque façon que je te voie,
tu seras le bien venu.» (19 avril 1589).

Il adopte les surnoms usités : M. de Bellegarde est
feuille-morte; il s'en donne un à lui-même, et s'appelle *le saumon*. La fièvre qui le menaçait sans cesse
et ne le quittait jamais pour longtemps s'appelle *la
voisine*. Quelquefois le surnom couvre si bien le surnommé qu'on ne le reconnaît pas.

Il a été le parrain d'un des enfants du connétable
de Montmorency ; de ce jour le connétable de Montmorency s'appelle *mon compère*, et madame la connétable *ma commère*. Quant à Marie de Médicis, elle
s'appelle tout simplement *ma femme*; et l'un de ses
enfants *mon petit ; le petit homme*.

Quand il ne s'agit que d'affaires et de mesures à
prendre, le style est d'une remarquable simplicité :
« Mon cousin, je vous envoie le sieur de Merle pour
vous dire comme je pars cejourd'hui pour aller voir
M. le Prince qui s'avance à Montguyon, avec lequel

je ne demeurerai qu'un jour. Si votre commodité
vous pouvait permettre de venir à Libourne, je vous
verrais à mon retour, et crois qu'il en réussirait
beaucoup d'utilité au service du roi. Vous me man-
derez, s'il vous plaît, de vos nouvelles par ce gentilhomme. Je suis averti de bonne part que, depuis le
partement de M. de Cornusson, les affaires ne se
portent pas si bien à Toulouse ; que les ligueurs y
parlent librement, et que l'un des plus apparents a
tenu des propos fort suspects. Il seroit besoin que le
roi y pourvût. Je remets le surplus sur la créance dudit sieur de Merle » (Matignon, 1585).

Quand il écrit pour donner des nouvelles et des
renseignements, les phrases sont courtes, pressées. Il
est avare de mots. « J'attends votre fils qui n'est loin.
Toutefois ce qu'il a à faire est le plus dangereux. Il
s'accompagnera de quelques troupes qui me viennent.
Nous sommes devant Pontoise, que je crois que nous
ne prendrons pas. L'on l'a attaqué contre mon opinion : les plus vieux ont été crus. J'ai peur qu'ils
revoyent (s'en reviennent). Hautefort fut tué hier,
qui est perte pour la Ligue. Les ennemis et nous
avons été en bataille tout ce jourd'hui, pêle-mêle, la
rivière entre deux. Leurs troupes ne sont pas égales
aux nôtres, ni en nombre, ni en beauté. L'Isle-Adam
s'est rendu en nuit (cette nuit), qui est un pont sur
la rivière d'Oise. J'y vais loger demain. Il n'y a plus
d'eau entre M. du Maine (Mayenne) et moi : il est à
Saint-Denis. Nous nous joindrons aux Suisses dans
six jours. MM. de Longueville et de Lanoue les mènent, etc. » (Mme de Grammont, 14 juillet 1589).

Mais si le moment est grave et solennel, la phrase
s'allonge, la période se développe, les incidentes s'en-
clavent dans la proposition principale, les expressions
se redoublent : Henri IV devient presque cicéronien.
Son exemple prouverait au besoin que le style périodique est aussi naturel que le style coupé, et que tous
deux sont bons selon l'occasion, ou plutôt selon l'idée.
« Monseigneur, encore que, depuis le commencement
de ces troubles, je me sois contenu sous l'obéissance
des commandements de Votre Majesté, lui gardant la
fidélité que je dois, et que, sous l'assurance qu'elle
m'a donnée de ne rien faire à mon préjudice ni de
ses édits, je n'aie rien entrepris contre ses ennemis,
afin qu'elle eût plus de moyen de discerner leurs prétextes, comme il lui a plu m'écrire ; toutefois, nonobstant les très humbles remontrances qui lui ont été
faites et réitérées, comme si on vouloit condamner
quelqu'un sans l'ouïr, j'entends, Monseigneur, qu'on
a fait la paix et sans moi et contre moi » (Henri III,
10 juillet 1585, 1re).

A propos de l'affront que son ambassadeur reçut à
à la cour d'Espagne, il adresse au pape ces paroles
empreintes d'une modération noble et élevée : « Je la
supplie (Votre Sainteté) de considérer que comme les
princes grands et puissants sont à bon droit très jaloux
de leur dignité, aussi doivent-ils être très circonspects
et respectueux les uns envers les autres, afin de servir
d'exemple aux moindres et éviter les rencontres et
accidents qu'une offense précipitée et non réparée tire
après soi, comme Votre Sainteté peut le mieux connoître que tout autre par sa singulière prudence, au

jugement de laquelle déférera toujours grandement votre plus humble et dévot fils » (13 décembre 1604). Nous sommes loin de l'histoire de la vieille.

On retrouverait aisément le caractère de chaque correspondant d'après le ton des lettres qu'il reçoit. M. de Ségur était un protestant austère et convaincu. Le roi de Navarre loue son « zèle à l'avancement de la gloire de Dieu » (vers la fin de 1585, VIII°). Il place au premier rang, en s'adressant à lui, « la délivrance des églises réformées. » Il lui annonce en ces termes la défaite des reitres par le duc de Guise : « Nous avons vu de grands jugements en la dissipation de notre armée étrangère. Nous y avons mis trop de confiance, et crois que, tout ainsi que le commencement en étoit mauvais, Dieu a permis que la fin en ait été telle que nous avons vu (vers la mi-novembre 1587). ·

M. de la Boulaye devait être un jeune homme gai et étourdi, si l'on en juge par cette lettre : « L'enfant, je vous envoie vos gouverneurs pour vous soulager. Si le siége vient à Marans, résolvez-vous de venir avec une bonne troupe pour les favorir (favoriser, aider). Votre dame a gagné son procès ; elle vient. Si je vous vois, je vous en ferai des contes qui lèveront la paille. Adieu, petit fou. » La suscription elle-même portait : Au petit enfant (vers le mois de juin 1586).

Il savait parler aux femmes. Quelle respectueuse tendresse il a pour Mme d'Uzès qu'il appelle sa mère, la priant d'aimer celui qui est et sera toujours son bien affectionné fils ! (fin d'octobre 1578). Mais s'il écrit à Mlle de Bourbon, que la mort du prince de

Condé venait de rendre orpheline, à l'âge de quinze ans, on voit qu'il parle à une enfant : « Vous ne pouvez être en lieu plus sûr, pendant ce misérable temps, vous ne pouvez être plus honorée ni en meilleure compagnie qu'au lieu où vous êtes avec votre cousine, Mlle de Bouillon. Pour cet effet, j'écris à votre oncle, M. le cardinal de Vendôme, qu'il ne vous laisse chômer de rien qui soit nécessaire pour votre entretenement. S'il y fait faute, nous aurons querelle ensemble. Croyez donc, ma nièce, mon conseil plus que nul autre, étant celui qui vous veut à présent servir de père » (Vers la fin de mars IIe 1588). Écrivant aux femmes de son âge, il joint la gaieté à l'amabilité : « Ma cousine, si vous êtes honnête femme, vous viendrez à Tours voir votre cousin, pour y passer une partie de l'hiver ; et là nous rirons à bon escient, et passerons bien le temps. Faites cela, je vous prie » (Duchesse de Nevers, 16 décembre Ire 1589). Il aiguise ses compliments d'une pointe de galanterie : « J'ai enfin dépêché ce porteur et proteste à mon cousin votre mari que je ne vous retiens plus, afin qu'il ne s'en prenne pas à moi. Toutefois je ne perds pas encore l'espérance d'avoir ce plaisir de vous voir avant que vous partiez... Vous me voudrez mal du souhait que je fais, que vous fussiez déjà où est mon cousin votre mari, et qu'il fût où vous êtes... Je ne dis pas encore ici le grand adieu ; car si je ne le puis porter moi-même, je le vous enverrai par le sieur du Plessis. Cependant je me recommande à votre bonne grâce » (Duchesse de Montmorency, 9 decembre 1589).

Il y a un peu d'exagération et de mièvrerie dans ses

lettres à ses maîtresses. Ce défaut est inévitable aux époques où l'on fait du style galant un style particulier,
quand il a son école et son académie (c'était alors le
Louvre), ses écrivains de profession, et surtout quand
il cherche ses exemples et ses inspirations dans une
langue étrangère. On trouve dans cette partie des lettres
un véritable luxe d'appellations extravagantes et enfan-
tines : mon âme, mon cœur, le cœur à moi, ma vie,
mon souverain bien, mon tout, mon menon, mon
bel ange, ma chère souveraine, mes belles amours,
mes chères et très chères amours, les chères amours
à moi. Lui-même s'appelle *Petiot.* Il fait ce tendre reproche : « Vous avez oublié de m'appeler mon cœur. »
La signature entrelace les deux initiales entourées de
petits dessins coquets. C'était la mode de mêler le *tu*
et le *vous,* la tendresse et le respect, ce qui exposait à
écrire des phrases telles que celle-ci : « Je *te* prie de
trouver bon, si le malheur voulait que M. de Turenne
mourût, que je ne donne l'état que *demandez* à *votre*
fils » (Mme de Grammont, 14 mai II⁰ 1590). Il célèbre leurs attraits : « vos beaux yeux, vos belles mains,
vos blanches mains, les vertus et perfections qui ré-
luisent en vous et vous font admirer de tout le monde. »
Et quel malheur que d'être absent de sa déité ! Il en
est au grabat. Qu'il voudrait passer sur les ailes
d'Amour pour aller manger les mains de celle à qui
il baise un million de fois les pieds ! Si la guerre le
retient ou empêche les relations épistolaires : « Constance a été arrêté par le duc de Savoie ; je ne sais
s'il me le renverra. J'ai bien de quoi le lui faire rendre, mais non de quoi me revancher de m'avoir privé

huit jours de vos nouvelles. — Le porteur vous dira
le déplaisir que j'ai de ne vous avoir surprise sur le
chemin de Lyon comme était mon intention. Si, parmi
mes prospérités, il n'arrivait des obstacles à mes contentements, je serais trop heureux. Cette punition est
certes une des plus rudes que le ciel me pouvoit départir que de me retarder encore huit jours de vous
voir. » Les maladies, les ennuis seront dissipés par la
vue de celle qu'il aime : « J'ai eu deux accès de fièvre
qui m'ont contraint de prendre médecine en nuit
(cette nuit); je ne me trouve guère bien encore :
votre vue me guérira. — Il fait fort fâcheux à Paris ;
mais que vous y soyez, il ne me fâchera pas tant ; car
je vous mènerai partout. » C'est un fidèle serviteur,
un esclave, un serf, un fidèle esclave jusqu'au tombeau. On trouve aussi les armes, les victoires, les conquêtes des yeux sur les cœurs, et tout l'arsenal du
vocabulaire guerrier fournissant des métaphores aux
amoureux. Il est vrai que l'amour et la guerre se touchent encore, et les traditions chevaleresques n'ont
pas péri : « Résolvez-vous, ma belle maîtresse, de me
faire faire une faveur : car de vous seule en veux-je
porter à cette guerre. — Je vous remercie, ma belle
maîtresse, du présent que vous m'avez envoyé ; je le
mettrai sur mon habillement de tête, si nous venons
à un combat, et donnerai des coups d'épée pour
l'amour de vous. — Je n'ai que deux cents chevaux
contre trois cents ; mais je vais voir s'ils veulent se
battre ; s'ils le font, je donnerai un coup de pistolet
pour l'amour de vous. » Mais comme l'expression se
guinde un peu, elle fait parfois de petites chutes :

« Vous verrez un cavalier qui vous aime fort, que
l'on appelle roi de France et de Navarre, titre certainement honorable, mais bien pénible. Celui de votre
sujet est bien plus délicieux. Tous trois ensemble sont
bons, à quelque *sauce* qu'on les puisse mettre, et n'ai
résolu de les céder à personne. » Cependant il faut
reconnaître que dans ses lettres d'amour, Henri IV
est plus simple que ses contemporains. Il est vrai
qu'ils étaient bien recherchés.

On voit que tous les tons se mêlent et s'entrecroi-
sent dans cette correspondance ; mais une qualité domine et explique cette diversité. Henri IV avait, dit
d'Aubigné, « une vivacité et promptitude merveilleuse
et par delà le commun. » La promptitude est la faculté
de penser et de sentir vite et juste. Le style de Henri IV
est cette faculté en action. Comme l'esprit saisit du
premier coup d'œil les rapports des choses, la plume
les exprime du premier mot. La parole est soudaine et
de première venue. Qui ne sait, pour peu qu'il ait écrit,
combien les mots sont parfois des sujets intraitables,
obéissant mal, pliant mal, se dérobant à la recherche ?
Souvent il y a lutte de Henri IV contre les mots ; lutte
courte et de succès divers, où il cède dès qu'il ne l'emporte pas de vive force (il n'a pas le loisir de vaincre),
mais d'où sortent d'heureux effets. Otez quelques embarras de construction, quelques phrases qui se tirent
d'affaire maladroitement, quelques longueurs qui auraient disparu s'il avait pris le temps de *faire court*,
le style va tout d'abord à l'expression juste, au cœur
même du sujet, sans s'arrêter à l'écorce. L'idée, en
dépit des termes employés, est toujours nette et pré-

cise. Le style est concis ; les développements sont sobres ; ils deviennent inutiles, l'expression juste une
fois trouvée : peu de mots suffisent quand ce peu de
mots exprime tout. Il jette sa pensée et court à une
autre, sans songer à ménager les transitions, à adoucir
les brusqueries de tournures. Il fait même des ellipses
dont la hardiesse ne redoute pas l'obscurité : « Il n'y a
eu que trois soldats blessés, tous de ma garde, *dont
les deux n'est rien* » (Mme de Grammont, 1er mars
1588). — « J'attendrai ce que vous aurez appris avec
impatience, mais non *telle que* votre venue, que je
vous supplie ne vouloir différer » (Gabrielle d'Estrées,
15 avril II° 1593). Il écrit à Marie de Médicis, alors
enceinte pour la première fois : « Je suis bien en peine
de notre fils ; » ce qui veut dire : « si nous aurons
un fils » (5 septembre 1601).

L'allure du style est toujours rapide : « Monsieur
de Ségur, j'ai su que vous aviez été en Saxe, où vous
avez été bien venu. Parachevez l'œuvre que vous avez
commencée ; hâtez, hâtez, hâtez ; passez par-dessus
tous empêchements ; le retardement nous ruine. Vous
savez combien je vous ai toujours aimé et confié de
vous ; je ne vous dirai autre chose, sinon qu'il faut si
bien faire à ce coup qu'on n'y retourne plus » (29
avril 1586). Il n'aime pas le *retardement*, c'est-à-dire
les mots inutiles ; le lecteur est sûr de ne pas languir,
ni d'être bercé par la monotonie. Il vient d'annoncer
la victoire d'Ivry au duc de Longueville : « Votre
frère (le comte de Saint-Paul) a fait paroître qu'il
craignoit aussi peu les Espagnols que moi ; il a très
bien fait. Ils ne s'en retourneront pas tous. Nous avons

presque tous les drapeaux et ceux des reîtres; il est demeuré douze ou quinze cents hommes de cheval. MM. d'Humières et de Mouy sont arrivés à la première volée de canon. Dedans deux jours je vous enverrai les particularités. — Le courrier rapporte que le duc de Mayenne s'est sauvé dedans Mantes » (14 mars II° 1590).

Cette brièveté devient dans certains cas une sobriété pleine de mesure et de goût : « Ma chère sœur, vous aurez les premières nouvelles de l'heureux succès que Dieu m'a donné aujourd'hui. Il étoit venu mille chevaux des ennemis, conduits par tous leurs vieux capitaines, pour reconnoître le logis de leur armée et le moyen de secourir Amiens. Avec deux cents chevaux et cinquante carabins, je les ai défaits, n'ayant perdu que deux arquebusiers à cheval. Il y a trois cents ennemis morts, et plus, deux cornettes prises. Les noms des prisonniers ne se peuvent savoir que demain. Il est minuit et ne fais que venir. Faites part à mes bons serviteurs de ces bonnes nouvelles » (Madame Catherine, 30 août 1597). César, guerroyant dans les Gaules, devait écrire sur ce ton à ses amis de Rome.

Cette qualité de ne prendre que les points principaux des choses et de négliger l'accessoire, de bien marquer les faits sans alanguir le récit, lui donne un talent qui n'appartient d'ordinaire qu'aux écrivains exercés : celui de raconter. Les récits d'escarmouches et de batailles sont fréquents; ils sont tous vifs, courts, saisissant l'imagination et presque les yeux. « Hier le maréchal et le grand-prieur vinrent nous présenter la bataille, sachant bien que j'avois congédié toutes mes troupes : ce fut au haut des vignes du côté d'A-gen. Ils étoient cinq cents chevaux et près de trois mille hommes de pied. Après avoir été cinq heures à mettre leur ordre, qui fut assez confus, ils partirent, résolus de nous jeter dans les fossés de la ville ; ce qu'ils devoient véritablement faire : car toute leur in-fanterie vint au combat. Nous les reçùmes à la mu-raille de ma vigne, qui est la plus loin, et nous retirâmes au pas, toujours escarmouchant, jusqu'à cinq cents pas de la ville, où étoit notre gros, qui pou-voit être de trois cents arquebusiers. L'on les ramena de là jusques où ils nous avoient assaillis. C'est la plus furieuse escarmouche que j'ai vue » (Mme de Gram-mont, 1er mars 1588). Les bulletins des grandes vic-toires ont une concision qui n'exclut pas une certaine ampleur. Il envoie la nouvelle de la bataille d'Ivry : « Monsieur de La Noue, Dieu nous a bénis. Ce jour-d'hui, quatorzième du présent mois, la bataille s'est donnée. Il a été bien combattu ; Dieu a montré qu'il aimoit mieux le droit que la force ; la victoire nous a été absolue : l'ennemi tout rompu, les reîtres en partie défaits, l'infanterie rendue, les bourguignons mal menés, la cornette blanche et le canon pris, la pour-suite jusqu'aux portes de Mantes » (14 mars IVe 1590). On pourrait presque dire de Henri IV comme de Ta-cite qu'il abrège tout parce qu'il voit tout.

On demandait à Aristote si une narration doit être longue ou courte : « Quand tu commandes une paire de souliers, répondit-il, dis-tu au cordonnier de la faire longue ou courte ?—Je lui demande qu'elle soit

juste. — Eh bien! une narration est comme une paire
de souliers ; elle doit être juste. » Aristote aurait été
content des narrations de Henri IV. Rien n'y est inutile;
rien d'important n'est oublié : tout frappe et atteint son
effet. Un historien, voulant raconter la mort du prince
de Condé, ne saurait mieux faire que de citer Henri IV :
« Ce pauvre prince, jeudi, ayant couru la bague,
soupa se portant bien. A minuit lui prit un vomisse-
ment très violent, qui lui dura jusqu'au matin. Tout
le vendredi il demeura au lit. Le soir il soupa, et ayant
bien dormi, il se leva le samedi matin, dîna debout,
et puis joua aux échecs. Il se leva de sa chaise, se mit
à promener par sa chambre, devisant avec l'un et
l'autre. Tout à coup il dit : « Baillez-moi ma chaise;
je sens une grande foiblesse. » Il n'y fut assis qu'il
perdit la parole, et soudain après il rendit l'âme,
assis. Les marques de poison sortirent soudain »
(Mme de Grammont, 10 mars 1588).

Et voyez comme il réserve le détail le plus effrayant,
pour nous laisser sur une idée qui prolonge l'émotion
dans l'âme quand les mots ne frappent plus l'oreille :
« M. du Maine (Mayenne) a fait un acte de quoi il ne
sera guère loué. Il a tué Sacremore, lui demandant
récompense de ses services, à coups de poignard. L'on
me mande que ne le voulant contenter, il craignit
qu'étant mal content, il ne découvrît ses secrets, qu'il
savoit tous, même l'entreprise contre la personne du
roi, de quoi il étoit chef de l'exécution. Dieu les veut
vaincre par eux-mêmes ; car c'étoit le plus utile serviteur qu'ils eussent. Il fut enterré, qu'il n'étoit pas
encore mort » (la même, 14 janvier 1588).

Le style vise toujours à la précision. La précision
veut tout indiquer ; la concision veut indiquer en peu
de mots ; de là des phrases où les deux qualités se
mêlent comme celles-ci : « Je commence à me lasser
de ma diète, et ai délibéré de commencer à l'adoucir lundi prochain, afin de, quelque heure, le jour,
pouvoir prendre l'air, et continuer de cette façon en-
viron quinze jours (Matignon, commenc. d'avril IIe
1585). — Mon cousin, je suis arrivé en ce lieu, il y
a un jour ou deux, avec un extrême désir de vous
voir ; ce qui m'a fait dépêcher La Roche, présent
porteur, vers vous, pour vous prier, si vous êtes encore à Beaucaire, comme nous avons entendu, vous
vouloir approcher à Béziers, afin d'aviser, à son retour, du lieu où nous nous verrons, soit avec ou sans
M. de Bellièvre, pour par notre vue et abouchement
confirmer et étreindre, en présence, de plus en plus,
et par un lien indissoluble, notre amitié, laquelle,
comme je vous ai promis, sera perpétuelle et inviolable » (Montmorency, vers la fin de 1585 Ire).

Souvent il trace, à un moment donné, l'état des
choses et de ses affaires ; il résume vivement, en quelques mots, avec clarté et justesse. La guerre va lui
être déclarée par Henri III et la Ligue : « Nous vi-
vons en incertitude, attendant la résolution de la guerre
ou de la paix, et toutefois bien assurés que l'un et
l'autre ne nous peuvent apporter que du mal. Le
maréchal de Matignon ne s'avance guère. Ceux d'Agen
commencent à courir. Ma femme dit qu'étiez venu à
Nérac, exprès pour l'enlever et mener prisonnière
à Pau, avec plusieurs autres propos de même.

M. et Mme de Duras triomphent, et ne croiriez les insolents propos dont ils usent. Notre patience dure tant qu'elle peut : Dieu veuille qu'elle puisse continuer! » (Ségur, 28 juin 1585). — «Pour mes nouvelles, vous les saurez par le sieur Hespérien, et que M. de Bouillon fait de mal en pis et corne la guerre partout ; que, au demeurant, toutes choses vont assez bien par deçà ; que ma femme, mon fils, ma fille et moi nous portons bien ; que l'archiduc commence à dresser son armée pour mettre aux champs » (La Force, 12 mai 1605).

Le raisonnement est ferme, net, serré. Il conseille à Henri III de mettre partout la résistance et de concentrer l'attaque sur un seul point : « Je dirai que Votre Majesté doit avoir un chef aux provinces où il n'y en a point, avec ce qu'il lui faut seulement pour conserver ce que vos serviteurs tiennent, et faire que ce qu'il y aura de plus vienne tout à vous. Car, rabattant l'autorité du chef, les membres ne sont rien. Ceux que vous envoyez aux provinces veulent tous vous acquérir quelque chose, et par là se rendre recommandables. C'est un juste désir, mais non propre à votre service à cette heure. Trois mois de défensive par vos serviteurs (et vous employez ce temps à assaillir) vous mettent non du tout hors de peine, mais vos affaires en splendeur et celles de vos ennemis en mépris, grand chemin de leur ruine... L'on dira : mais ils ont les capitales villes. Ce sont les aspics qu'ils nourrissent en leur sein, qui les tueront, si ce que dessus est fait ; mais si on leur donne loisir, ils ruineront et vous et eux » (6 juin 1589).

La justesse de l'esprit fait la décision du caractère. Les gens irrésolus sont les hommes à idées vagues et flottantes. Rien de plus délibéré que les idées et le style de Henri IV. Il n'y a pas loin, pour un gascon, de la résolution à la forfanterie : Henri IV compte si bien sur le succès qu'il l'annonce volontiers. Le cœur lui dit toujours « qu'il fera quelque chose de bon » (Gabrielle d'Estrées, 9 février IIe 1595). « Les ennemis ont pris l'île de Marans devant mon arrivée, de façon que je n'ai pu secourir le château, ce que j'y amenois de Gascogne n'étant arrivé. Vous oirrez dire bientôt que je l'aurai repris, s'il plaît à Dieu » (Mme de Grammont, 12 mars 1587). — « J'ai envoyé M. de Turenne par delà, et eusse bien désiré y pouvoir accourir moi-même, afin d'arrêter un peu ceux qui s'avancent si avant dans notre terroir... Et qu'on joue des mains en attendant que j'y arrive » (Vivans, 31 mars 1587). — « Je vais monter à cheval avec trois cents chevaux et donnerai jusqu'à la tête de leur armée. Ce sera grand cas si je n'en fais quelque chose » (Mme de Grammont, 25 février 1588). — « Les ennemis sont près de nous. M. de Nevers se veut faire battre » (Sainte-Colombe, vers la mi-décembre Ire 1588). — « Je m'en vais à Saint-Jean assembler mes troupes pour visiter Monsr de Nevers et lui faire un signalé déplaisir, non en sa personne, mais en sa charge (prendre la ville de Niort). Vous en oirrez parler bientôt » (Mme de Grammont, 22 décembre 1588). — « J'espère, devant la fin du mois, que vous oirrez parler de moi. L'on se bat à Orléans... à Poitiers.... Si le roi le vouloit, je les

mettrois bien d'accord » (La même, 1er janvier Ire
1589).—«Nous ne sommes qu'à six lieues de l'armée
du roi. Si c'étoit celle de la Ligue, elle eût déjà fait
le saut » (Saveylles, 5 mars 1589). — « La Forêt de
Saivre s'est rendûe. Les autres petits forts font les
mauvais. Je les écarterai bien avant qu'il soit quatre
jours » (Duplessis, 25 mars 1589). — « On dit que
Monsr de Mayenne tire en deçà. S'il vient à nous, nous
ferons une partie du chemin » (Le même, 1er septembre 1589).—« Nous travaillerons de telle façon que
j'espère rendre la peine desdits ennemis inutile, et
vous ferai voir, mais que je vous voie (ce que je vous
prie qui soit le plus tôt que vous pourrez), que je suis
et bon capitaine et bon pionnier » (Le Connétable,
29 novembre 1595). — « J'ai une extrême envie de
faire un tour en Anjou et Bretagne, pour ranger ce
duc de Mercœur à la raison » (Mme de Grammont,
21 septembre IIe 1597). — « Ceux du château font
les mauvais; mais j'espère, avec l'aide de Dieu, en
avoir bientôt la raison » (Le Connétable, 20 août
Ire 1600). Et quand il réussit, il se défend mal de
quelque orgueil. Il écrit à la princesse d'Orange après
la prise de Sédan : « Vous pouvez maintenant dire si
je suis véritable ou non, ou si je savois mieux l'état de
cette place que ceux qui me vouloient faire croire
que je ne la prendrois de trois ans » (2 avril Ire 1606).

Il ne croit guère à l'habileté ou au courage des autres, et il est tombé dans cette inconséquence commune aux vantards, de déprécier ses ennemis et de
nier la difficulté du succès. De là le dédain, et du
dédain la raillerie, qui en est l'expression : « Si ceux
15

de la Ligue ne font mieux que ce qu'ils ont fait jusqu'ici, je leur conseille qu'ils ne s'en mêlent point » (Meslon, 4 juillet Ire 1585). — « Avec l'aide de Dieu et la diligence, nous ruinerons nos ennemis. C'est pitié que de voir leurs troupes » (Vivans, 18 mars 1586). — « Le duc de Mayenne avait assiégé Château-Renaud ; sachant ma venue, il a levé le siége, sans sonner que la sourdine » (Duplessis, 50 avril 1589). — « Les Espagnols se joindront mardi prochain au *gros duc* (Mayenne) ; nous y verrons s'il aura du sang au bout des ongles » (Mme de Grammont, 15 juillet IIe 1590). A propos du siége de Chartres : « Ceux du dedans sont entrés en composition de me rendre la ville, si dans huit jours il ne vient armée qui me fasse lever le siége. Celui auquel ils s'en sont attendus (Mayenne) n'a pas montré grande résolution de le vouloir entreprendre ; car étant venu jusqu'à Paris, il tourna arrière aussitôt, et, pour voiler son reculement, il est allé assiéger Château-Thierry » (Élisabeth, 11 avril Ire 1591). — « Quatre jours après votre départ, et l'endemain que nous vénions d'investir Chartres, M. de Grammont y arriva avec une compagnie de chevau-légers, arquebusiers à cheval ; ce qui a un peu rassuré ceux de la ville, et les fait chanter plus haut ; mais nous avons de quoi chanter plus haut qu'eux : c'est de quoi tirer plus de trois mille coups de canon, que M. de Lubersac a ramené de Normandie, sous l'escorte de sa compagnie, non sans s'alléger du poids en route. Ce ne sera besoin de toute cette musique pour leur ouvrir l'oreille » (Briquemaut, 28 février 1591).

Vienne le tour du cardinal d'Autriche : les railleries ne le ménageront pas : « Il (sir Edmonds) vous
dira en quels termes il me laisse, attendant le cardinal qui, je crois, avoit choisi cette sainte semaine pour
nous venir voir, exprès pour nous confesser et absou-
dre de tous nos péchés : car il est plus propre à cela
qu'à nous faire fuir. Toutefois, s'il ne se présente
bien instruit, j'espère lui faire chanter l'Évangile devant l'épître, quoi qu'il ait » (Élisabeth, 7 avril II⁰
1596). — « Le cardinal d'Autriche n'ayant eu le courage de nous venir voir et nous donner l'absolution… »
(La Force, 14 avril 1596), que fit-il? Il envoya de
Rosne assiéger Calais; et Calais fut pris. Dépit de
Henri IV : « Si toutes les villes en font de même, il
ne faut plus parler de rien faire: ils n'ont pas enduré
un assaut et se sont contentés des brèches » (Le Connétable, 18 avril II⁰ 1596). L'année suivante, le cardinal surprit Amiens; mais Henri IV le reprit, et
continue à se moquer de lui : « S'il est venu en soldat, il s'en est retourné en prêtre (1). Ce fut le 15
qu'il arriva, et n'attendit le 16 pour s'en retourner.
J'ai volontiers donné six jours de temps aux assiégés
pour l'aller quérir ; car je désirerais fort qu'il voulût
revenir pour décider en un coup toutes vos querelles
et les miennes » (Elisabeth, 19 septembre 1597).
Et il écrit à Crillon : « Le cardinal nous vint
voir fort furieusement, mais il s'en est retourné

---

(1) On opposait volontiers les mots *prêtre* et *soldat; prêtre* voulait dire *mauvais soldat* : « Le lieutenant et l'enseigne sont de
pauvres prêtres, et ne sont pas de ceux qui mènent bien arquebusiers » (Gabrielle, 15 juin 1593).

fort honteusement (1). » (20 septembre 1597).

Le duc de Savoie arrive sur la scène en 1600, lorsqu'il s'exposa à la fois aux coups d'épée et aux moqueries de Henri IV : « Si dans huit jours il ne me satisfait, la première lettre que vous recevrez de moi sera datée de Chambéry » (Marie de Médicis, 24 juillet).—«Nous avons attaqué La Charbonnière qui est une très bonne place. L'on m'assure que dans deux jours elle sera réduite... Cela fait, Monsr de Savoie peut bien faire le signe de la croix sur le dos à Montmélian et à tout le duché de Savoie» (Le Connétable, 31 août).
—«Le prince de Conti, le comte de Soissons, le comte d'Auvergne, Monsr d'Epernon sont arrivés : bref, toute la France court à moi : il ne nous manque que des ennemis » (Marie de Médicis, 16 septembre IIe).
— « Le duc *sans* Savoie a vu le comte de Fuentès et est de retour à Turin avec un visage qui témoigne du mécontentement. Il ne donne nul ordre à ses affaires : ce que voyant, je lui sers de tuteur» (La même, 22 septembre). Le duc de Savoie marcha au secours de Montmélian, ce qui retarda la capitulation de la place : « C'est encore une addition aux autres sujets qu'il m'a donnés de ne l'aimer guère : si il a le courage de venir, je lui paierai toutes ses dettes en un coup» (La même, 22 octobre Ire). —«Vous saurez aussitôt le gain de la bataille que la prise de Montmélian » (La même, 2 novembre Ire). — « Tout le

---

(1) En dépit de Molière, les deux adverbes joints ne font pas toujours mauvais effet. Qui n'admire et ne sait par cœur ce mot de Bossuet : « Un trône indignement renversé et miraculeusement rétabli?»

monde a tant crié après mons^r de Savoie, qu'enfin il est venu » (La même, 11 novembre Ire).—« La neige a sauvé mons^r de Savoie et son armée » (La même, 24 novembre).

Les ennemis domestiques ne sont pas mieux traités. Sa première femme Marguerite avait tous les droits à ce titre ; elle avait même fini par lever une petite armée à Agen et par guerroyer contre son mari. Voici en quels termes édifiants son mari parle d'elle : « Il est venu un homme, de la part de la dame aux chameaux, me demander passe-port pour passer cinq cents tonneaux de vin sans payer taxe, pour sa bouche : et ainsi est écrit en une patente. C'est se déclarer ivrognesse en parchemin. De peur qu'elle ne tombât de si haut que le dos de ses bêtes, je le lui ai refusé. C'est être gargouille à toute outrance ; la reine de Tarvasset n'en fit jamais tant » (Madame de Grammont, 7 décembre 1585). Et plus tard, quand Marguerite mène en Auvergne une vie d'aventurière : « Le roi m'a parlé de la dame d'Auvergne : je crois que je lui ferai faire un mauvais saut » (La même, 18 mai 1589).

La confiance donne aussi la gaieté, et le succès l'entretient : comme Henri IV, sauf deux ou trois grandes victoires, n'est arrivé que par une suite continue de réussites habiles, la gaieté est perpétuelle ; elle ne diminue graduellement que par l'effet de l'âge ; mais elle paraît encore au déclin. Quand il est vainqueur, il ne cache pas sa joie, et n'affecte pas cet orgueil suprême de paraître maître de soi et grave, même dans les bonheurs soudains : « M. de

Larchant, ce mot sera pour vous dire la fâcheuse
nouvelle de la prise de Louviers, de laquelle je m'assure que vous ne pleurerez pas... Je baiserois les
mains à madame de Larchant; mais je crains que
vous ne soyez jaloux. On m'a dit qu'elle pleure quand
il arrive quelque bon succès en mes affaires : dites-
moi si c'est de joie ou de fâcherie. Bonjour »
(8 juin 1591). — « Ma cousine, je dirai comme fit
César : *Veni, vidi, vici,* ou comme la chanson :

> Trois jours durèrent nos amours,
> Et se finirent en trois jours,
> Tant j'étais amoureux.....

de Sédan » (Princesse d'Orange, 2 avril Ire 1606).

Il est gai et il plaisante même pendant la maladie,
même sur la mort qui a manqué le saisir : « Je ne
puis guère écrire. Certes, mon cœur, j'ai vu les cieux
ouverts; mais je n'ai été assez homme de bien pour
y entrer. Dieu se veut servir de moi encore. En deux
fois vingt-quatre heures, je fus réduit à être tourné
avec les linceuils. Je vous eusse fait pitié. Si ma crise
eût demeuré deux heures à venir, les vers auroient
fait grand'chère de moi. » Il est facile de rire du
danger, quand le danger est tout à fait passé ; mais
Henri IV n'était pas rétabli : car il finit « parce qu'il
se trouve mal » (Madame de Grammont, vers la mi-
janvier 1589). Ailleurs il plaisante sur sa goutte.
Elle commença à le prendre vers 1602 : « Je séjourne
ici huit ou dix jours, pour faire une diète que mes
médecins m'ont ordonnée, pour me délivrer d'une
fluxion qui m'est tombée sur la jambe, laquelle avec

le temps pourroit mériter le nom de goutte » (Rosny,
26 avril). Elle le mérita en effet. « M. de Fresne,
écrit-il au Connétable, m'a dit que vous aviez eu
quelque ressentiment à un pied ; de quoi il n'a pas
été beaucoup marri, comme ne l'ont été ceux de la
confrérie, et entre autres le maréchal de Laverdin qui
n'ayant jamais eu la goutte l'a eue cruellement ici »
(25 juillet 1604).

Mais comme tout ne peut aller toujours au gré de
nos désirs, les événements fâcheux, les revers acci-
dentels changent parfois cette gaieté en tristesse :
« J'ai l'âme fort traversée, et non sans cause. » —
« Envoyez-moi Licerace. Je vous manderai par lui les
extrêmes peines où je suis. Je ne sais comme je les
puis supporter » (Madame de Grammont, 8 décembre
1587 et 22 janvier 1588). — « Le diable est déchaîné.
Je suis à plaindre, et est merveille que je ne succombe
sous le faix. Si je n'étois huguenot, je me ferois Turc...
Toutes les géhennes que peut recevoir un esprit sont
sans cesse exercées sur le mien. Je dis toutes ensemble. Plaignez-moi, mon âme, et n'y portez point
votre espèce de tourment..... Mon tout, aimez-moi.
Votre bonne grâce est l'appui de mon esprit au choc
des afflictions. Ne me refusez ce soutien » (Madame
de Grammont, 8 mars 1588). Et à propos de la mort
du prince de Condé : « Je suis à cette heure la seule
butte où visent toutes les perfidies de la messe.
Ils l'ont empoisonné, les traîtres ! Si est-ce que
Dieu demeurera le maître, et moi, par sa grâce,
l'exécuteur...... Je me vois en chemin d'avoir bien
de la peine. Priez Dieu hardiment pour moi. Si j'en

échappe, il faudra bien que ce soit lui qui m'ait
gardé. Jusqu'au tombeau, dont je suis peut-être plus
près que je ne pense, je vous demeurerai fidèle esclave. » — « Mon âme, je me porte assez bien du
corps, mais fort affligé de l'esprit. Aimez-moi et me
le faites paroître : ce me sera une grande consolation
pour moi » (La même, 10 et 15 mars 1588). Mais
ne le croyez pas découragé. Quelques jours après il
écrit à M. de Ségur : « Les accidents et inconvénients
passés ont redoublé en moi le courage, le zèle et la
diligence. Chacun est bien résolu ; et si en notre armée étrangère, il y eût eu tant soit peu de conduite, d'union et de magnanimité, les affaires des
ennemis de Dieu et nôtres eussent été en très mauvais
état » (4 avril 1588). Cette armée étrangère, c'étaient
les reîtres, que Henri III avait empêchés de passer la
Loire et forcés de capituler. Presque tous les gentilshommes français qui étaient avec eux refusèrent
la capitulation ; et Henri IV écrit à madame de Grammont (ses maîtresses ont été ses plus intimes confi-
dentes) : « Bref il ne s'est rien perdu qui ne se retrouve pour de l'argent... Je ferai peut-être quelque
chose de meilleur bientôt, s'il plaît à Dieu » (14 janvier 1588). Et à M. de Ségur : « Je vous prie travailler à ce coup et remuer toutes pierres à ce que
nous soyons secourus ; vous assurant que si Dieu
nous donne des forces, je donnerai ordre qu'elles
seront si bien menées et conduites, qu'il en réussira
de bons et notables effets » (fin janvier 1588). Le
lendemain du jour où Catherine de Médicis concluait
l'union publique de Henri III avec la Ligue, et le

laissait seul aux prises avec la France presque entière,
il écrivait à ce même Ségur : « La hâte de nos ennemis est aussi grande à nous nuire que leur perfidie
et méchanceté. Vous loueriez beaucoup notre résolution, si la voyiez; nous sommes prou pour nous défendre : amenez-nous de quoi les battre » (8 juillet 1585).

La gaieté et l'ironie, se mêlant sans affectation et
sans recherche, voilà le trait particulier des saillies
de Henri IV. L'ironie est adoucie par la gaieté, et la
gaieté est aiguisée par une pointe d'ironie : « Les
ennemis sont devant Montaigu, où ils seront bien
mouillés; car il n'y a couvert à demi-lieue autour »
(Madame de Grammont, 50 novembre 1588). —
« Je suis à l'endroit des ligueurs de l'ordre de
Saint-Thomas » (Gabrielle d'Estrées, 25 juillet 1595).
— « Je vous prie me venir trouver incontinent en ce
lieu, où vous me verrez en mon char triomphant »
(de Dunes d'Entraguet, 26 mars II° 1593). — « J'ai
une querelle, écrit-il au Connétable, avec M. Dampville (son frère) pour l'amour de vous : de quoi rirez ;
mais prenez-vous garde de le faire, de peur qu'il ne me
laisse pour s'adresser à vous » (20 décembre I° 1596).
Pendant qu'il assiégeait Laon, les ennemis parvinrent
à introduire quelques vivres dans la place. Il rassure
ainsi le Connétable : « Croyez que ce qu'ils ont eu
n'est pas pour un déjeuner » (16 mars I° 1596). Le
ton est un peu léger à propos de malheureux assiégés
qui meurent de faim. Ailleurs le trait satirique sent
un peu l'ingratitude. M. de Bouillon « n'avoit dans
sa place (Sédan) que trois ou quatre cents soldats

étrangers, tant lansquenets, suisses ou autres. Ce
sont là des secours des princes d'Allemagne » (La
Force, 5 avril Ire 1606).

Les plaisanteries sont naturelles, et dites comme
elles se présentent à l'esprit. Le duc de Lévis, petit-
fils du connétable, âgé de quatre ans, était évêque de
Lodève : « Je ferai la Toussaint où je me trouverai ;
M. de Lodève est mon confesseur : jugez si j'aurai
l'absolution à bon marché » (Marie de Médicis,
24 octobre Ire 1605). Eric de Lorraine, frère de
Louise de Vaudemont, évêque de Verdun, « transporté de fureur amoureuse ou plutôt abandonné de
Dieu », dit une dépêche, avait épousé mademoiselle
de Vatan : « Je vais monter à cheval pour aller coucher à Vatan, où je verrai la femme de l'évêque de
Verdun, qui sera la première princesse ecclésiastique
que j'aie jamais vue » (La même, 28 octobre 1605).
Il était peut-être assez facile d'aiguiser la plaisanterie : mais Henri IV d'ordinaire ne vise pas à l'esprit,
et le rencontre sans effort, comme dans la conversation, sans en faire une chose de vanité et d'amour-
propre.

D'ordinaire, ai-je dit : quelquefois, il faut l'a-
vouer, l'esprit ne semble pas très naturel. C'est
quand, les idées et les mots changeant de rôle, ce
sont les mots qui évoquent les idées. On remarque
souvent que Henri IV pense à mesure qu'il écrit ;
un mot qu'il rencontre au commencement de la
phrase en fait naître la fin. S'il écrit à M. de Harambure, qui est borgne : « Le chancelier des *Quinze-
Vingts* vous baise les mains, » il ajoute aussitôt :

« Gare l'œil : car vous seriez aveugle » (29 août II°
1590). Mais cette habitude (je me garde bien de dire
ce procédé) n'est pas toujours heureuse. Il écrit à
Duplessis-Mornay : « Venez-vous en, je vous prie,
aussi *vide* de passion que vous êtes *plein* de vertu »
(vers le mois de septembre 1584). Etait-ce une façon
détournée de flatter Duplessis, en imitant les recherches de son style ? « Mon compère, je vous ai ci-devant mandé que les ennemis avoient donné leur
rendez-vous pour venir à nous au X° du mois, mais
non pas que je désirasse être si longtemps sans vous
voir : car, si ce n'est à cause des *ennemis*, il le faut
pour les *amis*, lesquels j'appelle l'état des garnisons
et de la gendarmerie, qu'il nous faut faire devant la
fin de cette année » (Le Connétable, 5 décembre 1595).
Il est clair qu'un état de gendarmerie ne fût jamais
devenu son *ami*, si le mot *ennemi* ne s'était trouvé à
côté. « Je ne vous ai encore rien dit sur la perte que
nous avons faite de feu votre frère, parce que je sais
que ce n'est qu'aigrir votre douleur, à laquelle si je
cède, je vous assure que je ne *céderai* à aucun autre
qui l'ait plus pleuré et regretté que moi, qui le regrette encore davantage... » Il s'embarrasse dans sa
phrase ; et ce n'est que justice.

En écrivant aux femmes, on est tenté de se faire
valoir, de montrer son esprit ; et le désir de briller
vous décide quelquefois à mettre de faux diamants.
Là Henri IV n'est pas toujours exempt d'affectation.
« Sera-t-il bien possible qu'avec un si doux *couteau*
j'aie coupé le *filet* de vos bizarreries ? » (Madame de
Grammont ; 21 octobre 1588). Annonçant à madame

de Grammont la défaite et la mort du comte de Randan en Auvergne : « Dieu me donnera-t-il aussi victoire sur votre cœur ? » (5 avril 1590). — « La dépêche de La Varenne vous aura fait hâter à mon avis. Jésus ! je vous verrai après-demain ! Quelle joie ! Certes mes discours sont bien coupés ; aussi *l'est mon âme* » (Gabrielle d'Estrées, 19 avril 1595). Mais il faut pardonner quelque chose à un homme si heureux. « Vous me conjurez, mes chères amours, d'emporter autant d'amour que je vous en laisse. Ah ! que vous m'avez fait plaisir ! car j'en ai tant, que croyant avoir tout emporté, je craignais qu'il ne vous en fût point demeuré. Je m'en vais là entretenir Morphée ; mais s'il me représente autre chose que de vous, je fuirai à tout jamais sa compagnie » (La même, 29 octobre 1598). — « Vous l'avez encore voulu *étreindre* (notre amitié) du noble et aimable jarretier de votre ordre » (Elisabeth, 25 octobre Ire 1596).

L'affectation n'est pas toujours la recherche. Sénèque écrit quelque part à Lucilius : « Vous vous plaignez que mes lettres ne soient pas assez soignées : mais soigne-t-on sa conversation, quand on n'y met pas d'afféterie ? Si j'étais assis près de vous, si nous nous promenions ensemble, ma conversation serait négligée et facile : je veux que mes lettres lui ressemblent, et qu'elles ne sentent ni la recherche ni le travail (1). » Cependant ses lettres sont remplies d'effets de mots, de traits, d'antithèses, « de défauts sé-

(1) Lettre LXXV.

duisants ». Il confond ici la négligence avec le naturel. Il était de ceux qui parlent sans peine un langage prétentieux, et qui auraient besoin d'effort pour
revenir à la simplicité. On ne rencontre pas toujours
du premier coup l'expression naturelle ; et le premier
mouvement de l'esprit n'est pas toujours le bon. «Je
fabrique à force de temps, » nous dit le plus naturel
des écrivains, Lafontaine. « Pascal, dit M. Cousin,
est l'écrivain peut-être du dix-septième siècle qui a le
plus travaillé son style, mais seulement pour lui faire
dire ce qu'il avait dans l'esprit et dans l'âme. »
Henri IV n'est affecté quelquefois que par négligence :
il ne prend pas le soin de choisir avant d'écrire, ou
de revoir après avoir écrit.

Quand il réfléchit et pèse ses paroles, son goût est
irréprochable, même quand l'affectation est dans les
idées. Rien de plus piquant que la lettre à Élisabeth
(vers 1594) où il se tient avec une si heureuse justesse
sur les limites de l'amabilité et de l'ironie. La reine
d'Angleterre avait envoyé son portrait à Mme Catherine, sœur du roi ; Henri IV l'intercepte : « Madame,
je ne sais si je me dois excuser envers vous, et vous
demander pardon comme d'un péché commis contre
votre volonté, d'avoir retenu le beau portrait que l'on
m'a voulu faire croire que vous envoyiez à ma sœur
ou vous remercier comme d'une faveur particulière
qui m'était destinée en votre cœur. Si j'ai fait faute, je
me promets que vous en êtes la principale cause ; car
la représentation d'une si *grande beauté* est une trop
forte tentation à qui en aime et révère le sujet, pour
préférer le plaisir d'autrui au sien : ce que aussi

j'eusse d'autant moins pu permettre, que nul ne pouvant égaler l'affection avec laquelle je vous honore et sers en mon âme, nul aussi ne pouvoit mériter cette grâce comme moi. Mais je laisserai ces excuses, pour la persuasion que je me suis faite en la contemplation de ce que l'art s'est voulu efforcer de rendre admirable à ceux qui n'ont eu l'heur d'en voir le naturel (en quoi je confesse avoir aussi commis le péché d'envie contre le peintre qui l'a portrait), que le portrait, comme ayant quelque esprit divinement infus, a consenti à mon désir de n'en permettre la possession à un autre, et m'assure que vous n'en dédirez son opinion. Sur cette espérance, Madame, je vous remercie bien humblement d'une si singulière faveur qu'il vous a plu me départir, que je tiendrai pour un gage bien cher, et objet continuel de l'amitié que je me persuade que vous me faites l'honneur de me porter, et qui m'excitera d'autant plus à tâcher par tous les moyens qu'il me sera possible, de la pouvoir mériter. »

On a besoin d'un peu d'imagination pour se figurer qu'un portrait vous a parlé; mais Henri IV n'en manquait pas. Son style s'embellit sans cesse des images les plus variées. Ne disons pas trop de mal des métaphores : elles montrent l'objet; l'expression sèche et technique ne fait que l'indiquer. Quand elles sont justes, elles jettent sur l'idée plus de clarté. Les peuples primitifs ne comprennent qu'à l'aide de métaphores; elles ne sont donc pas nuisibles au sens; et, sans être primitif, doit-on se plaindre de ce qui, en parlant aux yeux, éclaire l'intelligence? Souvent elles sont

très naturelles : que de fois l'idée se présente du premier abord à l'esprit, toute parée de vêtements ? Dans
une correspondance familière, les images familières
entrent de plein droit : « Dieu nous a fait bien reconnaître que c'est lui qui y peut tout : le premier échau-
tillon de son ouvrage, qu'il a fait ces jours passés, nous
fait bien espérer de toute la pièce » (Mlle de Bourbon,
1er janvier IIe 1589). Le comte de Clermont est indo-
cile : Henri IV prie M. de Chananeilles d'user de son
crédit auprès de la comtesse; il sait « qu'elle peut
beaucoup pour le résoudre, et tirer la bride à bien »
(10 décembre 1595). — « Ne vous embarquez au
jubilé » (Henriette d'Entragues, 15 octobre VIe 1601).
Il conseille à M. de Batz d'être sur ses gardes « pour
ce que ne peut faillir qu'il n'ait bientôt du bruit aux
oreilles » (vers les premiers jours de 1577, Ire). A
propos de la paix conclue à Lyon avec le duc de Savoie : « Vous aurez su nouvelles de la paix de Lyon,
cette rhubarbe au cœur savoyard : mais, grâce à Dieu,
la main qui tient le gobelet est ferme, et le faudra
vider tout entier » (St-Julien, vers la fin de janvier
1601). — « Rien ne nous presse ; il y a de la besogne
taillée ailleurs, qu'il faut voir coudre premièrement »
(Mme de Laval, fin de mars 1588). — « Dans peu
nous aurons à découdre » (De Launey d'Entragues,
25 octobre 1588). — «Quant aux fortifications, je pense
qu'il faudra perdre la basse-cour pour sauver la maison, à plus forte raison le village » (St-Geniès, avril
1585). — « Fervaques, à cheval ; car je veux voir à
ce coup-ci de quel poil sont les oisons de Normandie »
(vers le 10 mars 1590). Nous sommes dans la basse-

cour : passons à la cuisine : « Je travaille plus qu'il n'est croyable à préparer des sauces à nos ennemis, que je m'assure qu'ils ne s'en lècheront point les lippes » (St-Geniès, fin de juillet 1585).

Voici deux métaphores réunies dans la même phrase, l'une noble, et l'autre basse : Nous ne pouvons « arrêter le cours trop violent de la bonne fortune de notre ennemi, si nous ne lui taillons de la besogne dedans les entrailles » (Le Connétable, 14 mars 1re 1597).

On trouve, ce qui est assez curieux, une image, pour ainsi dire, *matérielle :* « Je vous prie, mon cousin, d'écrire auxdites villes qui se sont ainsi alarmées sans propos, de bonnes lettres pour modérer les *cerveaux* qui sont ou montrent être plus violents qu'ils ne devroient être » (Matignon, 24 août 1585). Dans *cerveau fêlé, cerveau creux, cerveau* garde son sens propre, et c'est sur l'épithète que porte la métaphore. Mais « modérer un cerveau violent, » c'est mettre la métaphore sur *cerveau.* Je n'ose, il est vrai, ajouter qu'elle soit bonne.

Voici une métaphore bien continuée et fort simple : « Le bruit de ma mort, allant à Hajetmau, a couru à Paris » (Mme de Grammont, 14 janvier 1588). Celle-ci est gracieuse : « Je vous écris, mes chères amours, *des pieds* de votre peinture » (Gabrielle d'Estrées, vers la fin de 1594 IIe). Et elle est fort juste, s'il est question du portrait de Gabrielle, qui est à Versailles, et qui la représente *en pied.*

On rencontre assez souvent des images belles et poétiques : « La reprise de Castillon a étonné nos

ennemis, abattu leur gloire, et jeté leurs trophées par
terre avec peu de coût » (Vivans, juillet 1580). —
« Ils sont tous après à faire boire cette injure au roi »
(Saint-Geniès, vers le 25 juin 1588). — « Et ceux de
la ville de Périgueux, au lieu d'avoir craint et révéré
la face de la justice, l'auront désormais en plus de
mépris » (Matignon, vers la fin de 1584 II°). — « (Je
suis) bien aise qu'ayez si bien profité de votre voyage,
d'avoir si vivement pénétré au travers de la nue. J'espère que la chaleur du soleil la dissipera avant que
l'été se passe » (Mme de Soissons, 15 mars III° 1587).

Remontons des effets à la cause. Henri IV était capable d'enthousiasme. Il aimait la gloire, surtout celle
qui alors avait le plus de prestige, la gloire militaire.
Ecoutez le jeune général, inaugurant une guerre longue et difficile, mais déjà fier de son titre et de là re-
nommée future : « Les Espagnols envoient les bisou-
gnes (conscrits) aux garnisons pour les dresser : mais
moi, à ce commencement, j'ai affaire des meilleurs
hommes pour les promener par la Guyenne » (Saint-
Geniès, fin juillet 1585). Quand Élisabeth lui envoie
quelques secours : « A ce coup, Madame, vous avez
humainement rendu la vie à nos Églises ; à ce coup,
vous m'avez aussi mis en la main (et croyez que je le
ferai valoir) de quoi mettre à la raison vos ennemis
et les miens. Vous aurez ouï, Madame, le grand bruit
de leurs armées. Jusqu'ici ils n'ont osé se prendre à
une bonne place ; et puis dire avec vérité qu'en tous
les endroits où ils ont combattu, ils ont été battus.
Dieu sans doute est protecteur des justes causes » (vers
la mi-février II° 1586).

Il emprunte de l'argent à M. de Launey d'Entragues :
voyez quelles garanties il lui offre : « Sans doute vous
n'aurez manqué, ainsi que vous l'avez annoncé à
Mornay, de vendre vos bois de Milezac et Cuze, et
ils auront produit quelques mille pistoles. Si ce est,
ne faites faute de m'en apporter tout ce que vous
pourrez : car de ma vie je ne fus en pareille disconvenue. Et je ne sais quand, ni d'où, si jamais je
pourrai vous les rendre ; mais je vous promets force
honneur et gloire ; et argent n'est pas pâture pour
des gentilshommes comme vous et moi » (25 octobre
1588).

Son courage, qui allait à la témérité, était la joie
du danger et le plaisir de s'en tirer. Il dit lui-même
que la bataille est une fête, et les apprêts de la bataille
excitent son ardeur et sa gaieté : « C'est à cette heure
qu'il se faut évertuer » (Saveylles, 5 mars 1589). —
« C'est à ce coup qu'il faut que tout le monde marche.
Le roi se veut servir de nous et nous a baillé le pont
de Cé, passage sur la rivière de Loire, afin de faire la
guerre à messieurs de la Ligue. Je m'assure que vous
ne seriez pas bien aise de demeurer à la maison, tandis que nous serons aux mains avec ces messieurs-là »
(La Chèze, 8 avril 1589). Il éprouve bien quelque
dépit si ses offres pacifiques sont rejetées : « M. de
Ségur, j'ai fait tout ce que j'ai pu, suivant l'avis
que m'avez donné, pour essayer de retenir ou prolonger la paix ; et plus je me suis soumis à tout ce qui
pouvoit y aider et servir, et plus je me suis mis à la
raison, plus on s'en est éloigné, et au même temps
on a fait avancer l'armée et les forces contre moi,

pour donner plus de moyen et autorité aux étrangers contre les enfants de la maison » (octobre 1587). Mais les regrets de sa raison s'effaçaient devant les désirs de sa bravoure. « Les églises de mons' de Montmorency m'ont fort pressé de les assister de mes troupes, et pour m'y convier, m'ont assuré que l'ennemi est résolu de donner plutôt une bataille que quitter le siége. Mon devoir et ce mot de bataille m'ont fait résoudre à y aller » (Mme de Grammont, 22 janvier 1588). Même dans son âge mûr il aime à «refaire le roi de Navarre, » et ses sens s'émeuvent d'activité guerrière : « Ceux d'Auviller sont venus ce matin, tous braves et francs Picards, bien portants et bien voulants, qui nous seront de bonne aide et dont je vous remercie grandement. Ils sont à cette heure mis à la pioche, où ils font rage, se mêlant volontiers aux soldats. Tâchez de m'en rabattre de pareils le plus que possible par delà Montdidier. Secouez un peu cette noblesse pour qu'elle en fasse à votre exemple. Les ennemis nous arrivent grand train, la bataille avec. Hâtez-vous pour y être » (Tartigny, 20 août II° 1597).

On sait qu'alors la noblesse faisait la guerre à ses dépens, c'est-à-dire à volonté; souvent un gentilhomme allait se reposer au moment le plus laborieux; et l'honneur n'était pas une pâture qui les rendît infatigables. Henri IV est souvent obligé de réveiller quelque paresseux ou de hâter quelque retardataire. Un grand nombre de lettres sont des invitations à la bataille. Elles sont les plus animées, les plus chaudes, les plus entraînantes : il y dépense toute sa verve.

Tantôt c'est un appel fait au courage, à la passion du péril : « Mon cousin, c'est à ce coup qu'il se faut apprêter pour aller recueillir nos reîtres. Je vous prie avertir tous les compagnons qui sont par delà : ils ont assez joui du repos de leurs maisons pour être sans excuse. J'aurai trop de regret si vous n'êtes de cette partie » (Miossens, vers le mois de juin 1587 III$_e$). — « Faget, puisque les ennemis ont attaqué Maillezais, j'ai résolu de le secourir avec ma cavalerie. Pour ce, venez-vous-en avec vos armes, et amenez aussi Bonnyères, afin d'être de la partie » (Sainte-Colombe, vers le 20 mars Ire 1587). — « Harambure, pendez-vous de ne vous être trouvé près de moi en un combat que nous avons eu contre les ennemis où nous avons fait rage... Et me venez trouver au plus tôt, et vous hâtez, car j'ai besoin de vous » (15 juin 1595). Tantôt il invoque l'amitié : « Je te renonce si tu ne viens ; mais je dis bientôt ; car il ne se présenta oncques de plus belles occasions. Adieu, Faget ; si vous ne venez, je vous pendrai » (vers la mi-décembre Ire 1588). — « Brave Crillon, ce serait trop de n'avoir été au siège d'Amiens, et faillir à celui de Nantes. Le sieur de Pilles, qui a vu le premier, vous témoignera ce qui s'y est fait et comme je vous ai désiré : que si vous manquez au second, il n'y a plus d'amis » (28 janvier Ire 1598). — « Messieurs les colonels, mes amis, c'est à ce coup qu'il faut que vous me fassiez paraître que vous m'aimez ; car les ennemis se résolvent de venir à nous. Je m'assure que vous auriez trop de regret qu'une si belle occasion se passât sans vous, et de m'avoir abandonné à ce besoin. C'est pourquoi je vous en fais ce mot de

ma main, pour vous prier, sur tant que vous m'aimez
et le bien de la France, que vous avanciez à ce coup,
étant assurés que vous me ferez en cela un signalé service, et que je m'efforcerai de reconnaître en toutes
occasions qui se présenteront. J'ai tant de confiance
en votre affection, outre ce qu'il y va de l'honneur,
que je ne pense être besoin de vous en dire davantage. » (Galaty et Baltasar, 27 novembre 1re 1595).
Ailleurs il mêle en quelques lignes l'entrain, l'affection, l'enthousiasme : « Mon faucheur, mets des ailes
à ta meilleure bête ; j'ai dit à Montespan de crever la
sienne. Pourquoi? tu le sauras de moi à Nérac.
Hâte, cours, viens, vole : c'est l'ordre de ton maître,
et la prière de ton ami » (Batz, 12 mars 1586).

Il savait communiquer son ardeur à ces combat-
tants volontaires, et l'héroïsme était ordinaire dans
son armée : « Canisy leur est tombé sus de telle furie
qu'il les a couchés tous à plat. C'eût été un triomphe
complet s'il ne l'avait payé d'une seconde balafre en
la bouche ; ce qui n'empêche pas son brave langage ;
mais bien disait-il à La Noue de ne le plaindre point,
puisqu'il lui en restait assez pour crier *Vive le roi*
quand nous serons dedans Paris » (Mme de Grammont, 5 avril 1590).

Ces billets faisaient parfois des cures merveilleuses.
M. de Lubersac était blessé. Henri IV lui écrit avec
cette chaleureuse estime qui est la plus belle forme
de l'amitié, ces mots où se reflète dans sa grandeur
toute la beauté du courage militaire : « J'ai entendu
par Boisse des nouvelles de votre blessure, qui m'est
un extrême deuil dans ces nécessités. Un bras comme

le vôtre n'est de trop dans la balance du bon droit ; hâtez donc de l'y venir mettre et de m'envoyer le plus de vos bons parents que vous pourrez. D'Ambrujac m'est venu joindre avec tous les siens, châteaux en croupe s'il eût pu. Je m'assure que vous ne serez des derniers à vous mettre de la partie ; il n'y manquera pas d'honneur à acquérir, et je sais votre façon de besogner en telle affaire. Adieu donc, et ne tardez ; voici l'heure de faire merveille » (vers le 10 avril 1587). M. de Lubersac rejoignit l'armée le lendemain même : quelques paroles l'avaient guéri.

Le beau, sous toutes ses formes, lui plaisait et l'attirait. Sans avoir poussé fort avant son instruction littéraire, ni achevé, dans son adolescence, la traduction des commentaires de César, il avait gardé des lettres antiques ce *spiritus* dont parle Horace ; et au besoin il retrouvait, dans son âge mûr, quelque vers latin à citer. Plutarque était alors, grâce à la traduction d'Amyot, l'éducateur universel des nobles esprits. Il le lisait sans cesse ; il en parle en style de maître dans une lettre admirable : « Vive Dieu ! Vous ne m'auriez rien su mander qui me fût plus agréable que la nouvelle du plaisir de lectures qui vous a pris. Plutarque me sourit toujours d'une fraîche nouveauté ; l'aimer, c'est m'aimer ; car il a été l'instituteur de mon bas-âge. Ma bonne mère, à qui je dois tout, et qui avoit une affection si grande de veiller à mes bons déportements, et ne vouloir pas, ce disoit-elle, faire de son fils un illustre ignorant, me mit ce livre entre les mains, encore que je ne fusse à peine plus un enfant de mamelle. Il m'a été comme

ma conscience, et m'a dicté à l'oreille beaucoup de
bonnes honnêtetés et maximes excellentes pour ma
conduite et pour le gouvernement de mes affaires »
(Marie de Médicis, 3 septembre 1601).

Sans doute cette lecture profita à son habileté politique ; et il est heureux qu'elle ait remplacé entre
ses mains le *Prince* de Machiavel. Elle lui donna, ce
semble, l'habitude de résumer ses observations en
maximes, en principes qui devenaient ses guides. Il
est rare qu'il ne relève les détails particuliers par
quelque vérité générale, acquise par l'expérience at-
tentive. Quelquefois la maxime n'a pas été rigoureusement appliquée par lui-même : « S'il faut être ménager, ce n'est pas à l'endroit de ceux qui font bien »
(Bellièvre, vers le milieu de 1582). Mais d'autres ont
imprimé, ce semble, une direction à sa conduite.
« Il faut continuer et persévérer qui veut être sauvé »
(Duplessis, 4 mai 1596). — « En extrêmes nécessités
il faut user d'extrêmes remèdes » (Le Connétable,
17 août 1596). — « Comme toutes choses ont leur
temps, c'est la maîtrise de choisir et rencontrer l'opportunité de les bien exécuter » (Elisabeth, 18 septembre 1602). « Ce n'est faute d'user de confiance
avec les gens d'honneur, quand bien ils seroient
égarés » (De Houdetot, vers la mi-juin 1586). Mais
Plutarque, en racontant l'histoire des grands hommes, ne parlait pas seulement à sa sagacité, mais à
son âme : on n'use pas d'un pareil langage envers un
livre qui n'est qu'utile.

Il lut sans doute aussi les *Essais* de Montaigne,
avec qui il était lié, et y aiguisa la finesse de son es-

prit. Faut-il en chercher une preuve dans cette phrase :
« Plutarque me sourit toujours d'une fraîche nouveauté, » qui semble prise de cette phrase de Montaigne : « Les lieux et les livres que je revois me rient
toujours d'une fraîche nouveauté ? » Peut-être était-
ce alors une locution en usage, toute gracieuse et
élégante qu'elle soit ; cependant il est douteux que
Montaigne se servît de phrases toutes faites (1).

Il avait sans doute lu les mémoires de Montluc,
puisqu'il les appelait « le bréviaire du soldat. »

On sait qu'il se faisait lire l'Astrée par Bassompierre, et qu'il donna à François de Sales l'idée, le
plan même de l'Introduction à la vie dévote.

Cet homme de guerre et d'affaires avait encore
des yeux pour regarder la nature. Mais il n'aimait
pas la solitude ; il voulait des hommes et du mouvement au milieu des arbres, et que la vie humaine
animât le paysage. Il est surprenant que ni ses belles
Pyrénées, rude école de son enfance, ni les splendeurs des Alpes savoisiennes ne sollicitent en lui cet
incurable amour des montagnards pour les montagnes. Il vante cependant, quand il est dans la val-
lée de Chambéry « la beauté du pays et la plaisance
qu'il y a en la demeure » (Marie de Médicis, 22 octobre Ire 1600). Mais il préfère évidemment la campagne fraîche et peuplée des environs de Paris et les
« délicieux *déserts* de Fontainebleau » (Gabrielle,
12 septembre IIe 1598). Surtout il n'aime pas le

(1) On regrette de ne pas trouver dans la correspondance de
Henri IV des lettres à Montaigne et à d'Aubigné, quoiqu'ils nous
apprennent qu'il leur en a adressé.

Limousin. Il écrit à Marie de Médicis en revenant de
Limoges : « Le cœur commence à relever à tout le
monde de sentir le visage tourné vers la douce France.
Ce malheureux pays et les importunités nous l'avoient
tout abattu » (24 octobre II° 1605). Nous sommes
loin du temps où il traitait les habitants de l'Ile de
France de « peuples bizarres » (Saint-Geniès, 11
août 1589). Il ne dédaigne pas d'aller en mer, et de
« courre une bordée par le doux temps » (Marie de
Médicis, 5 septembre 1604) ; mais il aime mieux les
rivières, les îles, la vie, et la petite navigation parmi
les maisons et les bois : « J'arrivis hier soir de Maran,
où j'étois allé pour pourvoir à la garde d'icelui. Ah !
que je vous y souhaitai ! c'est le lieu le plus selon
votre humeur que j'aie jamais vu. Pour ce seul respect, je suis prêt à l'échanger. C'est une île renfer-
mée de marais bocageux, où de cent en cent pas il y
a des canaux pour aller chercher le bois par bateau.
L'eau claire, peu courante ; les canaux de toute lar-
geur ; les bateaux de toute grandeur. Parmi ces déserts mille jardins où l'on ne va que par bateau. L'île
a deux lieues de tour, ainsi environnée ; passe une
rivière par le pied du château, au milieu du bourg,
qui est aussi logeable que Pau. Peu de maisons qui
n'entre de sa porte dans son petit bateau. Cette rivière s'étend en deux bras qui portent non-seulement
grands bateaux : mais les navires de cinquante tonneaux y viennent. Il n'y a que deux lieues jusqu'à la mer. Certes, c'est un canal, non une rivière. Contre mont vont les grands bateaux jusques à
Niort, où il y a douze lieues ; infinis moulins et mé-

téries insulées; tant de sortes d'oiseaux qui chantent; de toute sorte de ceux de mer. Je vous en envoie des plumes. De poissons, c'est une monstruosité que la quantité, la grandeur et le prix ; une grande carpe, trois sols , et cinq un brochet. C'est un lieu de grand trafic, et tout par bateaux. La terre très pleine de blés et très beaux. L'on y peut être plaisamment en paix, et sûrement en guerre. L'on s'y peut réjouir avec ce que l'on aime, et *plaindre une absence* (1). Ah ! qu'il y fait bon chanter ! » (Mme de Grammont, 17 juin 1586).

(1)   Jusqu'au sombre plaisir d'un cœur mélancolique.
                                        (La Fontaine.)

CHAPITRE V.

DU MÉRITE LITTÉRAIRE DE HENRI IV.

La correspondance de Henri IV n'est pas toujours une simple façon de causer et un commerce particulier comme celles de Mme de Sévigné et de Voltaire. Les idées et les sentiments les plus divers s'y succèdent et s'y réunissent : la politique, la diplomatie, l'administration, la guerre, la religion même se mêlent au récit des événements, des plaisirs du jour, à l'amitié, à la galanterie, quelquefois sur la même page.

Son corps supportait les labeurs les plus durs sans que ses mouvements perdissent de leur ardeur. Son esprit était infatigable comme son corps.

Il dépense, surtout pendant la longue période qui précède la souveraineté paisible, une activité incessante, une attention toujours rapide qui se porte sur les petites choses comme sur les grandes. A côté des affaires importantes, que de détails presque minutieux, étudiés, observés, poursuivis avec une vigueur constante, qui, ce semble, veut tout faire et craint de compromettre tout ce qu'elle ne fait pas. Il était « présent à tout » (D'Aubigné). Pendant la guerre, il songe à tout, aux allées et venues de tous les petits corps, aux vivres, aux munitions, à la conduite particulière de chaque gentilhomme. Son parti est disséminé dans la moitié méridionale de la France ;

chaque officier est indépendant ; les soldats se débandent souvent et partent sans congé. Il suffit à tout, et exerce à la fois les fonctions de général et de chef de parti, le service de l'intendance et de la discipline. Tantôt il vient de faire prendre Sasay ; et il a « toujours été depuis, et sept ou huit jours auparavant, assailli de tant d'affaires pour la reddition de Chisay, La Foy-Montjaut, Dampierre, Arsay, et pour cette ville, qu'il n'a point couché en son lit depuis quinze jours, pour le soin, la fatigue et le tracas que l'artillerie apporte » (Montpellier, 21 mai 1587). Tantôt il s'en va « dormir cette nuit plus qu'il n'a fait depuis huit jours ; » ailleurs « il y a deux fois vingt-quatre heures qu'il n'a clos l'œil. » (Mme de Grammont, 29 janvier III⁰ 1590 ; Gabrielle, 15 juin 1595). — « Qui aime, disait-il, le repos sous la cuirasse, il ne lui appartient pas de se mêler à l'école de la guerre » (Saint-Geniès, janvier III⁰ 1580). Une blessure ne l'arrêtait pas : « Si j'eusse été bien (1) blessé, je n'eusse failli de le vous écrire ; mais ce n'étoit qu'un coup d'éperon, encore qu'il fût bien grand et en lieu fâcheux ; » et le lendemain : « Je garde le lit aujourd'hui pour m'achever de guérir de mon coup d'éperon, et être plus propre à courir çà et là demain pour faire boucher la rivière ; à quoi je ne m'épargnerai nullement » (Le Connétable, 25 et 26 février 1596). Dans une lettre au duc de Nevers, qui commandait une petite armée, après avoir retracé les manœuvres de la sienne et les espérances de succès,

---

(1) On a transcrit ainsi dans les *Lettres missives* : « Si j'eusse été *hier* blessé ; » ce qui fait un non-sens.

il ajoute: «Je vous enverrai des moulins à bras d'ici, et ce qui manquera et que je pourrai recouvrer ici, mandez-le moi. Si vous n'avez à faire de la compagnie du sieur de Vic, elle servira à faire escorter les vivres de l'armée. Je fais faire des munitions, et, quoique je sois au lit, je n'oublie rien de ce que je pense qu'il vous fasse besoin. Je vous prie de faire en sorte que l'on travaille fort au fort et que l'on se diligente. Mandez-moi à toute heure des nouvelles, et ne craignez point de m'écrire en ce que vous jugerez que je pourrai faire de la Normandie, Beauce, et ce que nous aurons de la Picardie, Isle-de-France, et ce qui est avec vous. J'espère de faire plus de huit cents bons chevaux » (15 octobre III° 1592). Trois ans plus tard, il dit encore : « Vous me trouverez bien maigri : car je travaille nuit et jour ; mais, Dieu merci, ce n'est pas inutilement » (Le Connétable, 24 novembre II° 1595). Toutes les lettres à MM. de Dampville, de Matignon, de Saint-Geniès, de Meslon, de Scorbiac, de Vivans, avant 1589 ; au duc de Nevers, au Connétable, à Sully, dans les années suivantes, témoignent par les mille détails qu'elles contiennent, d'une prodigieuse activité.

Les secrétaires ne faisaient rien, n'écrivaient rien sans son ordre, son avis ou son approbation ; si le ministre est absent, c'est le roi qui fait rédiger les dépêches : « J'eusse bien désiré, écrit-il à Révol, que pour cette dépêche-là et une *infinité* d'autres qui me sont survenues, vous eussiez été près de moi, où vous m'avez fait besoin » (30 janvier IV° 1591). En 1596, Villeroy fut absent trois semaines à la fin

de juillet et au commencement d'août. Le roi lui écrit
souvent, et encore n'avons-nous pas toutes les lettres;
car, un jour où il envoie trois lettres successives,
pleines de détails d'administration, il dit dans la
troisième : « Je vous ai tant écrit depuis deux jours
que je n'ai autres choses à vous mander pour cette
heure ». (25 juillet) ; et nous n'avons pas de lettres à
Villeroy de la veille ni de l'avant-veille. Il vante « ses
diligences accoutumées » ; il presse souvent ses serviteurs d'agir promptement. Ses lettres sont datées
de toutes heures de jour et de nuit; quelquefois,
même en temps de paix, de cinq heures du matin.

Souvent il était empêché par la maladie, et souf-
frait de la fièvre ou de maux d'estomac, de la goutte
ou de la gravelle. Ses lettres nous apprennent que
les attaques étaient fréquentes. Comme elles indiquent
aussi les ordonnances des médecins, elles pourraient
servir à un historien de la médecine. Il paraît que
l'on purgeait déjà beaucoup ; et Henri IV, en qualité de roi et de malade bien soigné, fut sans doute
plus purgé que tout autre. Du reste il avait foi aux
médecins. Il dit de son médecin avec plus d'espoir
que d'ironie : « M. de La Rivière m'a promis de me
guérir de ce mal présent et de tous mes maux passés »
(Duplessis-Mornay, 5 avril Ire 1597). Il écrit à
M. Des Cars, à propos du cardinal de Bourbon le jeune,
malade : « Assistez-le comme vous avez fait jusqu'à
cette heure; vous ne me sauriez faire service plus agréable. Dites-lui de ma part qu'il croie les médecins et
fasse ce qu'ils lui ordonnent; ce sera un témoignage
que je l'aime » (16 novembre Ire 1595). Cependant il

avait, à part lui, son remède ; et peut-être n'était-ce
pas le moins efficace : c'était de fatiguer et de faire
sortir la maladie par l'exercice : « Je me suis promené tout aujourd'hui ; mon estomac est un peu remis ; demain je cours un chevreuil, qui m'achèvera
de guérir » (Marie de Médicis, 15 mars 1601). —
« Je vis avec un extrême régime ; s'il m'amende tout
aujourd'hui, demain, au lieu de prendre médecine,
je courrai un cerf » (Le Connétable, 26 octobre 1605).
Il fallait à cette nature béarnaise un air vif et sec
comme celui des montagnes : « Vous ne sauriez croire
comme ici il fait beau et froid, et comme, Dieu
merci, je m'y trouve bien » (Le Connétable, 5 février 1601).

Mais, même de son lit, il a l'œil à tout, et dirige
à la fois les détails et l'ensemble. Quelquefois il est
harassé ; et, s'il n'a pas toujours *le loisir de se mou-
cher*, il trouve un moment pour s'en plaindre :
« Vous me pensiez soulagé pour être retiré en nos
garnisons : vraiment, s'il se refaisait encore une assemblée, je deviendrais fou. — C'est merveille de quoi
je vis au travail que j'ai. — Dieu me donne la paix !
que je puisse jouir de quelques années de repos.
Certes je vieillis fort. — Vous auriez pitié de moi
si me voyiez ; car je suis accablé d'affaires que j'en
succombe sous le faix » (Mme de Grammont, 22 décembre 1588, 9 septembre 1589, 14 mai IIe 1590,
vers la fin de 1590, IIIe). Six ans plus tard : « Je ne
doute point qu'il n'y ait bien du mal delà ; vu que de
deçà il y en a tant que je ne sais quel remède y apporter ; et sy je ne m'y épargne nullement, croyez-le.

Faites cependant que chacun se contienne en son
devoir, et assurez tout le monde que je n'ai rien tant
à cœur que de rendre un chacun content et me voir
au repos. Je me plains seulement de n'être assisté de
ceux de qui je le devrois » (Duplessis-Mornay ,
2 juin 1596).

Et pourtant, malgré ses plaintes, à côté des affaires
utiles, il ne néglige pas ses plaisirs et ses amuse-
ments. S'il apprend que M. de La Salle a de beaux
levriers, il lui écrit de les lui envoyer, parce qu'il
n'a que des levrières et qu'il est en peine de retrouver des levriers (20 novembre 1576). Si on lui dit
qu'à Bordeaux il y a des canaris, il écrit au maréchal de Matignon de lui en procurer, parce qu'il
trouve leur chant « récréatif » (27 mars 1585). Au
milieu d'ordres de haute importance concernant les
réformés, l'argent de l'armée, la répression des désordres en Champagne, les opérations de son conseil,
il dit au Connétable , entre deux phrases de haute
politique : « Faites maigrir votre levrier ; car il ne
put hier courre » (15 avril II° 1597). Dans une lettre
à La Force sur le rétablissement de la religion catholique en Béarn : « Je vous dirai que j'ai fait un tour
à Paris, de quinze jours, où j'ai bien passé mon
temps ; car j'y étais allé pour voir les dames et mes
bâtiments, et sans gens de conseil ni d'affaires. Mes
hôtes ont été Gondy et Zamet, et n'ai jamais couché
deux fois en même lieu ; » et il recommence à parler
de l'édit (17 juillet 1599). Pendant la campagne de
Savoie : « J'écris à Mme la marquise de Verneuil de
s'y rendre (aux eaux de Pougues) , et je l'y irai voir ;

j'use de telle diligence en toutes mes affaires que cela ne me fait aucunement perdre le temps, et ne laisse de pourvoir tellement à mes affaires que, si le duc de Savoie ne fait ce qu'il a accordé, que nous le lui ferons faire. Ici il fait un extrême chaud, et m'y ennuierois sans les comédiens italiens qui y sont, lesquels sont les meilleurs du monde » (Le Connétable, 31 juillet Ire 1600).

Surtout il n'oublie pas ce qui peut plaire à ses maîtresses. Il offre à Mme de Grammont deux petits sangliers privés et deux faons de biche pour ses ménageries qui la suivaient partout, même à la messe (8 décembre 1587). Il remarque parmi ses chevaux de coche un cheval pareil à ceux de Mme de Grammont, et le lui offre (25 juin IIe 1586); et ailleurs : « Je suis sur le point de vous recouvrer un cheval qui va l'entrepas, le plus beau que vous vîtes jamais et le meilleur, force panache d'aigrette; Bonnyères est allé à Poitiers pour acheter des cordes de luc (luth) pour vous » (25 mai 1586). A Gabrielle d'Estrées : « Je vous envoie un bouquet d'oranger que l'on me vient d'envoyer » (16 juin 1595). — « J'ai trouvé, il n'y a qu'une heure, un moyen de faire achever votre vaisselle ; voilà comme je suis soigneux de vous » (25 juin 1595). Il lui amène une assez bonne bande de violons « pour vous réjouir et votre sujet qui chérira vous extrêmement » (18 décembre 1594).

Il trouve aussi le temps de joüer à la prime, à la paume, au reversi, et surtout de chasser. Je ne parle pas de la seconde partie du règne, où il jouit d'un

17

repos laborieusement gagné, et où le jeu remplaça le travail de tête, et la chasse les fatigues de la guerre. Mais, au milieu même des tracas et des batailles, il se livrait à la chasse avec ardeur. C'était sa passion favorite ; il y fatiguait bêtes et gens, et quand son cheval tombait d'épuisement, il continuait la chasse à pied. Un jour, en 1592, n'ayant pas de chasseurs près de lui, il invite Vitry, alors ligueur, mais veneur excellent, à venir courre un cerf, et le tutoie même par amour de la chasse : « La présente reçue, ne fais faute me venir trouver pour courir le cerf, parce que la plupart de mes gens sont malades » (8 avril). On était en pleine guerre ; Vitry dut obtenir la permission du duc de Guise pour se rendre à l'invitation.

Cette vie si diversement occupée reparaît dans ses lettres. Nous devenons les témoins assidus et quotidiens de ses actions et de ses pensées. S'il est en guerre, nous apprenons les raisons de telle opération, de telle manœuvre, pourquoi il agit, pourquoi il n'agit pas, ce qu'il espère, ce qu'il craint, comment il se prépare à une bataille : « J'ai fait donner cette nuit dans Poissy, où il y avoit deux régiments de l'ennemi logés, dont celui de Tremblecourt étoit l'un. Le baron de Biron menoit les troupes. Ce passage incommodera fort les ennemis » (Souvré, 18 février ll° 1590). — « Borgne, si les ennemis n'ont point passé, vous m'aurez demain matin ou le baron (Biron). Cependant tenez-moi averti ; cependant conservez-vous tous ; car j'espère que nous nous battrons bientôt. M. de Turenne arrive demain ; je renforcerai notre troupe. Recommandez-moi aux compagnons » (Harambure, 29 août II° 1590). — «Mon cousin, durant la grande pluie qu'il faisoit ce soir, j'étois à voir la retraite des ennemis. Ils sont allés coucher ce soir à Marle ; mais je vous puis bien assurer que ceux qui faisoient la retraite ne sont arrivés qu'à une heure de nuit, et qu'il y a bien eu des lances mouillées. Ils vont demain coucher à Guise, qui est cause que nous avons résolu de partir demain du matin et nous trouver au rendez-vous, qui est à trois lieues d'ici, à Crécy-sur-Cerre, à dix heures du matin, et là, avec tous les gens de guerre et arque-busiers à cheval, essayer de donner quelque es-trette aux ennemis et faire quelque effet. Les valets et les bagages iront au quartier que l'on fera au ren-dez-vous ; et pour ce, je vous prie, si votre santé le vous peut permettre, de vous trouver au dit Crécy, de bonne heure. Je fais raccoutrer les ponts de Liesse, de sorte que demain, à l'heure que vous voudrez passer, vous les trouverez prêts » (Nevers, 28 novem-bre 1590). — « Mon compère, Harambure vous dira comme nous fîmes hier le retranchement et la revue de notre armée, et les avis que nous avons eus que les ennemis se préparent pour nous venir voir, de sorte que nous sommes bien éveillés. Il y en a qui ont ouï tirer cent coups de canon cette nuit du côté de Cambrai : qui nous fait croire que le cardinal d'Autriche est arrivé. Toutefois, nous n'en avons point d'autre avis, et ne changerons point de place pour cela » (Le Con-nétable, 22 février 1596). Nous savons si un combat a été prémédité ou forcé, par quelle occasion il s'est engagé ; nous voyons la part qu'a prise le hasard, grand agisseur, dont les généraux d'ordinaire dévoilent hautement les mauvais offices, et taisent discrètement les faveurs : « Notre combat a été plus forcé que prémédité ; car encore que je fusse parti en espérance et intention de me battre, toutefois je ne m'attendois pas à le faire avec tant de désavantage ; mais il a fallu en prendre le hasard ou choisir une retraite qui eût été honteuse et peut-être plus périlleuse que notre combat, et eût autant enflé l'orgueil de ces Castillans que leur fuite les a éloignés de leur dessein : car nous fûmes si surpris que je n'eus pas seulement le loisir de prendre mes armes, et ai combattu à la tête de ma noblesse qui m'a suivi, avec une cuirasse, comme fit du commencement mon cousin le maréchal de Biron qui a reçu un coup d'épée à la tête, dont j'espère qu'il sera bientôt guéri » (Le Connétable, 8 juin II° 1595).

On se figure Henri IV, après avoir été « armé et à cheval depuis une heure devant jour jusqu'à cinq heures du soir, » racontant à l'un de ses lieutenants ou à l'un de ses parents les travaux de sa journée ; ou, s'il est tellement las qu'il « s'endorme à table, » le lendemain, de bonne heure, dictant une lettre à un secrétaire, tout en s'habillant, tout en mettant le pied à l'étrier.

D'autres fois il raconte une chasse, la vitesse du cerf, le nombre de ses andouillers, la poursuite des chiens, celle des cavaliers, la mort de l'animal ; quelquefois même il était absent et n'a pas vu la chasse qu'il met sous nos yeux. Molière aurait pu tirer de ces divers récits toute la description de chasse des *Fâcheux*.

Il avait un goût particulier pour l'architecture et les bâtiments. Faire construire était pour lui un plaisir ; et il y met de l'amour-propre : « Ma femme, j'arrivai hier soir ici d'assez bonne heure pour voir tout, mais fort las. Cette maison pleure de quoi vous la verrez en hiver ; mais il n'y a remède ; mes ouvriers n'ont fait la diligence que je pensois » (Marie de Médicis, 24 janvier 1601). — « D'Escures m'a dit des nouvelles de vos bâtiments : quand vous verrez les miens, vous trouverez qu'ils ne vont pas mal et qu'ils s'avancent fort » (D'Épernon, 7 juin 1605). C'est une occupation, même au loin, et un regret, même pendant les voyages et les guerres. Tout en assiégeant La Fère : « Bonjour, mon compère, écrit-il au Connétable ; mandez-moi, avec des nouvelles de mes affaires, de celles de mes bâtiments » (8 mars II° 1596). Tout en combattant en Savoie : « Mon compère, celui qui vous rendra la présente est un marbreur que j'ai fait venir exprès de Paris pour visiter les lieux où il y aura des marbres beaux et faciles à transporter à Paris (pour l'enrichissement de mes maisons des Tuileries et Saint-Germain-en-Laye et Fontainebleau), en mes provinces de Languedoc, Provence et Dauphiné. De Chambéry » (5 octobre II° 1600). — « Je pars présentement pour m'en aller coucher à Amboise et demain à Tours, où je ne séjournerai que fort peu, pour me dépêcher de mon voyage de Poitiers, afin de retourner au plus tôt que je pourrai, pour voir mes bâtiments » (Le même, 10 mai 1602). Mais cet amour va un peu trop loin, lorsqu'il établit l'impôt des procureurs et celui du

marc d'or pour payer ses bâtiments ; lorsque, la cour
des aides refusant de vérifier l'édit de création des
procureurs, il commande l'expédition d'un pouvoir
au prince de Conti pour aller en leur compagnie le
faire vérifier en sa présence, priant le chancelier de
le sceller, sous prétexte que cet édit « se peut tolérer, »
ne pouvant souffrir une telle résistance, qu'il ne regarde pas comme fondée sur le bien de son service,
mais plutôt sur quelque dessein particulier ; et cela,
afin de « se servir promptement des deniers qu'il en
doit toucher, pour ses bâtiments, desquels il désire
l'avancement avec autant et plus de passion que le
jour où il les a commencés » (Bellièvre, 7 septembre
IIᵉ 1601), ou lorsqu'il se plaint au chancelier que,
malgré tous ses commandements, l'affaire du marc
d'or soit encore au même état, voulant recevoir le
contentement qu'il s'en est promis, et craignant que
ses bâtiments de Fontainebleau qui sont assignés sur
cela ne demeurent : car il aurait occasion de se fâcher
de voir tant de longueurs en une chose qu'il affectionne ; et il en écrit à Maupeou, qui a été commis
pour cette affaire, afin qu'il use de plus de diligence ;
autrement il s'en prendra à lui (19 mars 1605).
Henri IV est comme tous les propriétaires ambitieux ;
il s'endette : mais les rois chargent le peuple de les
sauver de la banqueroute.

Autour d'un bel édifice il faut un beau jardin. Les
jardins partagent avec les bâtiments l'affection de
Henri IV : « Mon cœur, je suis arrivé ici à nuit fermante avec un extrême mal de tête, qui m'a passé
depuis qu'il a eu neigé. Demain je verrai tous me

artisans, mes bâtiments et mes jardins » (Marie de
Médicis, 27 novembre 1601). — « Je me plains de
vous, mon compère, de ce qu'ayant vu mes bâtiments
et jardins de Paris et de St-Germain, vous ne m'en
avez rien mandé, non plus en quel état vous avez
trouvé votre maison de Chantilly, vos promenoirs,
vos jardins, votre forêt et vos cerfs. Je n'ai pas fait
comme vous ; car je m'en suis enquis fort particulièrement à M. le Grand, et à quoi vous passez le
temps tout du long du jour. Encore que nous soyons
accablés d'affaires, si ne faut-il s'y laisser succomber,
et quelquefois récréer notre esprit à nous enquérir
du ménage » (Le Connétable, 5 décembre 1595).

De Paris, il fait embellir les jardins de Pau, et
s'informe d'eux avec une constante sollicitude. M. de
La Force doit l'informer non-seulement de l'état du
Béarn et des affaires d'Espagne, mais aussi de ses
jardins : « Je vous prie encore un coup de ne manquer
à m'avertir de tout ce que vous apprendrez m'importer, soit dedans ou dehors mon royaume, et m'écrire
des nouvelles de mes jardins de Pau » (15 avril Ire
1602). — « Mandez-moi des nouvelles que vous apprendrez de la frontière et de celles de mes jardins,
et s'ils sont beaux et bien entretenus » (9 mai 1601).
Il leur fait même des emprunts pour ses jardins de
Paris et des autres châteaux : « Je vous prie m'envoyer
une douzaine de petits arbres de milicotons et autres
de pavies de Béarn, et les faire mettre dans une boîte
de fer blanc qui soit d'un pied de long avec de la terre,
et me les envoyer par un laquais à Paris. Mandez-
moi des nouvelles de mes jardins, en quel état ils

sont, des nouvelles des voisins » (6 mars II° 1596).

Une lettre de Henri IV court, comme son esprit, d'un fait à un autre, à travers les sentiments et les idées les plus différents : « Monsieur de Saint-Geniès, j'ai reçu deux lettres de vous. Par la première vous cuidiez que ces compagnies de gendarmes vinssent exprès pour prendre garnison près mon pays; à cette heure je crois que vous êtes éclairci comme ils ne songent à rien moins. Quant à ce que me mandez pour les poudres, de vous avertir un mois devant, soyez toujours averti que, dès qu'il y en aura un millier de faite, je vous l'enverrai quérir, en me le mandant. Si on revient, faites-lui mettre la main sur le collet ; c'est un méchant garnement. Je vous prie, tancez notre grande amie (Mme de Grammont) de la façon dont elle vit avec moi ; elle a certes grand tort. Mandez-moi... (celle du Pales vous dira ce que c'est). Si Bazas est prise, voilà les desseins de nos ennemis changés. Ils sont foibles et malades, et encore bien loin. Adieu » (vers la fin de janvier I° 1586). Et nous entrons dans les détails les plus familiers : « Canisy m'a dit que vous aviez de beaux chiens ; résolvez-vous, je vous prie, de m'en donner quatre » (Matignon, novembre III° 1584). — « Mon compère, il y a un de mes griffons qui vous a suivi ou quelqu'un des vôtres. C'est le petit moucheté à deux nez. Je vous prie de le faire chercher, et, s'il se trouve, me le renvoyer, et vous tenir prêt ; car je ne faudrai à vous mander sitôt que j'aurai avis certain des ennemis » (12 février 1596). — « Mon compère, je vous fais ce mot exprès pour vous dire que hier matin le s° de

Vitry perdit deux des meilleurs chiens de son vau-
trait, comme ils sortoient du camp; qui fait qu'il
renvoie ce laquais exprès pour les aller requérir et les
ramener » (16 avril IIe 1596). — « Monsieur de Caumont, ce mot par Perryèque, l'un de mes sommeliers
de panneterie, est pour vous prier de m'envoyer par
les premiers une douzaine d'oies salées de Béarn, les
plus grasses que vous pourrez recouvrer; de sorte
qu'elles fassent honneur au pays » (5 mai 1598). —
« Ici on mange les meilleurs melons du monde. J'y
arrivai hier de bonne heure, et il y fait très beau » (le
Connétable, 21 août 1599). — « Envoyez-moi des
bons melons, des muscats, des figues et des persè-
gues : car ici nous n'avons aucun fruit » (31 août
1600). — « Mon compère, j'ai aujourd'hui achevé
de prendre les eaux de Pougues, de quoi je me trouve
merveilleusement bien, Dieu merci. Demain je me
purgerai, et mardi me reposerai, pour partir mercredi et me rendre à Fontainebleau le lendemain ; car
ma femme y veut prendre les eaux de Spa, et croit
qu'elle y sera plus commodément pour s'y promener,
à cause de la galerie qui est auprès de sa chambre...
Ici il fait très beau, et y avons mangé de bons melons,
qui viennent de Châlons en Champagne » (25 juillet
1604). Il écrit à la reine de France : « Je suis bien
aise d'entendre que vous prenez des pillules ; Frontenac vous manquera pour les bien mettre dans un
œuf » (8 janvier 1606). Petites choses sans doute ;
peu importe que Henri IV ait aimé les oies salées et
les melons ; l'histoire n'a rien à y gagner : mais on a
le plaisir d'être aux côtés d'un homme, de voir ses

goûts, ses habitudes de tous les jours, et ces petits incidents de faits et de pensées dont se compose la réalité de la vie ordinaire, et qui seuls peuvent la représenter. La correspondance d'un homme obscur, qui n'aurait pas d'autre intérêt, serait encore intéressante : que dirons-nous de celle de Henri IV?

Quel que soit le sujet, ce sont toujours des lettres : grand mérite pour la correspondance d'un roi : rien n'y sent le monarque; il prie plutôt qu'il ne commande. Il charge M. de Vivans de lui reconquérir une partie de ses domaines, et lui dit : « Je vous commande autant que j'ai de puissance sur vous, que vous tâchiez, par quelque voie que ce soit, de m'y remettre, vous assurant que c'est la volonté du roi; et vous m'obligerez infiniment à vous faire plaisir toute ma vie » (vers le 10 mai 1578); prenant le ton de l'égalité, demandant un service au lieu de donner un ordre, ne se dispensant ni de donner des raisons, ni d'être reconnaissant, en paroles. S'il veut acheter pour sa maîtresse la maison de M. de Schomberg, qui est à vendre; il pense que M. de Schomberg « seroit aussi aise de la lui vendre qu'à un autre » (28 octobre 1596). Il écrit à tous d'un air libre et amical. Au chancelier, par exemple : « Monsieur de Bellièvre, je suis assuré qu'il ne tiendra point à vous que je ne reçoive le secours que je demande. Vous en connoissez l'importance, et avez faute de pouvoir demander, plutôt que de bonne volonté. Je le sais bien; mais nos soldats ne peuvent vivre de cela, ni moi par conséquent les retenir et demeurer en cette frontière sans eux. Secourez-moi donc par effet, et nous ras-

semblons après au plus tôt pour sortir de cette misère ;
car elle n'est plus supportable. La charge m'en est
trop pesante, et me coûte plus cher qu'à personne »
(26 juin 1596). Ailleurs il lui dit gaiement, en dépê-
chant M. de Bellegarde à Marie de Médicis, sa fiancée : « Hâtez son partement si vous voulez que je sois
marié dans cette année » (25 août Ire 1600). Ces tours
familiers se rencontrent partout : « J'ai pris Le Blanc
en Berry et dix ou douze autres forts. Cela s'appelle
cent mille écus de revenu » (Mme de Grammont,
28 mars 1589). Les locutions populaires et pro-
verbiales ne manquent pas : « Il n'y faudra pas venir
sans mitaines » (Le Connétable, 24 novembre IIe 1595).
— « Des contes qui lèveront la *payle* (1). » Aussi ces
lettres ressemblent-elles d'ordinaire, pour le style, le
tour, le ton, sinon toujours pour les idées, aux lettres
d'un simple particulier ; comme celle-ci que je cite
tout entière et qu'on dirait écrite à un ami par un
ami qui ne posséderait ni couronne, ni royaume, ni
armée : « Mon compère, ayant su que vous êtes à
Paris, je vous ai dépêché ce laquais pour vous dire
comme je suis venu faire un tour jusqu'ici, d'où je
pars demain matin pour aller coucher à Orléans, et
le lendemain à Blois, Dieu aidant, où je vous prie de
vous rendre aussitôt, et où nous mangerons les meilleurs melons et fruits du monde, et y passerons aussi
bien notre temps. Mais souvenez-vous aussi d'amener
avec vous, soit par amour, ou par force, le levrier ;

(1) Pièce de drap qu'on donnait aux vainqueurs des joûtes et
exercices dans les villes.

car il est de trop bonne compagnie pour le laisser là,
et avec lui Saint-Victor avec ses chiens; car autrement, durant notre absence, il ruineroit toutes nos
garennes d'alentour de Paris et prendroit toutes nos
perdrix. Je vous prie, mon compère, de hâter votre
venue, assuré que vous serez le bienvenu et vu de
moi, qui vous aime comme vous le sauriez souhaiter.
Bonjour; ce mercredi matin, 29 juillet, au bois
Malhesherbes » (1599).

. Aussi toutes ses lettres ont-elles de l'intérêt, même
par les détails. Les plus courts billets ont une vivacité
propre, un tour particulier : Henri IV sait animer
même quatre lignes et les marquer d'un caractère
personnel : « Borgne, prenez quarante ou cinquante
maîtres, et allez donner jusque dans les portes de
Paris. Il faut en savoir des nouvelles; car l'on tient
que l'armée des ennemis revient là. Ce porteur est
brave et gentilhomme d'honneur ; il sait tout le pays.
Bonsoir, Borgne ; menez trente arquebusiers » (Harambure, 1er novembre 1589). — « Je n'oublierai
point à vous avertir s'il faut venir à la bataille. J'écris
à ma chère maîtresse ; portez-lui mes lettres. Je me
porte très bien, Dieu merci. Il fait trop chaud pour
faire plus longue lettre. Bonjour » (Rosny, vers le
15 août IIe 1591), — « La Gode, nous allons aujour-
d'hui loger à deux lieues des ennemis ; la bataille ne
se peut plus éviter. C'est pourquoi je vous prie de
vous en venir en toute diligence droit au Pont-de-
l'Arche, et là où je serai, vous hâtant le plus que
vous pourrez. Peut-être vous écris-je la veille de la
bataille. Bonjour » (Souvré, 26 avril IIe 1592).

Il bannit la solennité, les cérémonies, les formalités ; et écrit à Henri III : « Je loue Dieu de votre bonne santé et le prie vous la continuer longuement. Je crois que le plaisir qu'aurez reçu à Paris ce carême-prenant vous aura plus fait de bien que toutes ces médecines » (mars Ire 1584). Et à Catherine de Médicis : « Je vous supplierai très humblement, Madame, considérer en ce temps de carême ce que vous a dit un abbé (l'abbé Del Ben) de la part de Votre, etc. » (mars IIe 1584). Il dit à Élisabeth, du ton d'un soldat hardi qui excite son capitaine : « Madame, voulez-vous que notre ennemi nous laisse en paix ? Taillons-lui en même temps tant de besogne en ses pays qu'il ne puisse entendre ailleurs. C'est chose qui nous est aussi facile qu'utile. Partant voulez-le et le commandez ; je vous y promets que je vous y seconderai fidèlement et vivement » (26 octobre Ire 1596).

Il se débarrasse des formalités de l'étiquette et des exagérations d'une politesse naissante. Par là ses lettres se distinguent des correspondances contemporaines, surchargées de compliments, de protestations, de longues et révérencieuses salutations. « Je ne m'entends pas, dit Montaigne, en lettres cérémonieuses, qui n'ont d'autre substance que d'une belle enfilure de paroles courtoises : je n'ai ni la faculté ni le goût de ces longues offres d'affection et de service. C'est bien loin de l'usage présent ; car il ne fut jamais si abjecte et servile prostitution de présentations ; la vie, l'âme, adoration, serf : tous ces mots y courent si vulgairement que, quand ils veulent faire sentir une plus expresse volonté et plus respectueuse, ils n'ont plus de manière pour l'exprimer. Je hais à mort de sentir le flatteur. J'honore le plus ceux que j'honore le moins : et où mon âme marche d'une grande allégresse, j'oublie les pas de la contenance... A présenter tels compliments verbeux des lois cérémonieuses de notre civilité, je ne connois personne si sottement stérile que moi » (XXXIX). Le conseiller Pibrac écrivait à Marguerite de Valois : « Notre façon d'écrire aujourd'hui est pleine d'excès et de toute extrémité ; nul n'use plus simplement de ces mots : *aimer* et *servir*. On y ajoute toujours *extrêmement, infiniment, passionnément, éperduement*, et choses semblables, jusqu'à donner de la divinité aux choses qui sont moins qu'humaines » (Mém. de Marguerite de Valois par Guessard, p. 257). Veut-on savoir comment un mari qui aimait sa femme, devenu veuf, annonçait son malheur à un ami ? Le duc de Bar aimait, dit-on, la duchesse de Bar (la sœur de Henri IV); elle meurt, et il écrit cette lettre au Connétable : « Monsieur, je sais combien le malheur que je pleure et qui me fait envoyer le s^r baron de Meuvy vous sera douloureux comme à moi insupportable ; c'est pourquoi je vous adresse plus librement mes plaintes, et pour la perte que vous avez faite d'une très affectionnée amie qui vous aimoit et honoroit beaucoup et pour la part qu'il vous a plu me donner en vos bonnes grâces. Je porte de cet accident un tel déplaisir que je ne puis ni écrire mes peines ni vous témoigner assez l'état et estime que je fais de votre amitié ni ma volonté de vous servir pour en mériter la continuation : ce que je réserverai aux occasions, et les recher-

cherai toujours pour vous faire connoître que je suis
et veux demeurer toute ma vie,

       Monsieur,

     Votre très affectionné ami et serviteur,

         HENRI DE LORRAINE (1). »

Voilà un chagrin qui se perd dans les « compliments
verbeux des lois cérémonieuses de la civilité. » Il se
plaint même de sa propre violence qui l'empêche d'allonger « ces longues offres d'affection et de service. »
Si c'était un inférieur qui s'adressât à un supérieur,
on comprendrait cet excès de politesse même dans
l'excès de la douleur : mais le duc de Bar, héritier
présomptif d'un État souverain, était au moins l'égal
du connétable de Montmorency.

Henri IV, avec plus d'art et moins de froideur,
remplace la politesse par l'affabilité. Ces grandes formules sont destinées à représenter l'affection et le dévouement ; mais, en dépit et à cause de leur longueur
et de leur exagération, elles sont sèches, monotones,
peu persuasives : c'est un usage auquel on obéit ; de
même qu'un coup de chapeau, un baissement de corps
est un signe de convention qui veut dire : Je vous estime ; mais un signe n'est pas une preuve. Henri IV
change toute cette banale civilité en mots aimables,
en paroles affectueuses, jetés sans autre formalité dans
le corps de la lettre; et tel gentilhomme qui recevait
une lettre terminée par un amical : Bonsoir, cousin, et pleine d'expressions chaleureuses et vives,
ne regrettait pas cette formule : « Je ne vous en dirai

(1) Cette lettre est inédite.

davantage, si ce n'est pour vous prier de croire et vous assurer que je suis et désire demeurer toute ma vie votre très affectionné et plus parfait ami, » ou la phrase traditionnelle : « Sur ce, je prie Dieu qu'il vous ait en sa sainte et digne garde. »

Henri IV est à peu près en France le premier qui ait senti et trouvé le vrai style épistolaire. Presque toutes les lettres, avant lui et à son époque, sont *écrites* et *composées*. Celles que ses secrétaires écrivent en son nom sont du style des discours, des ouvrages politiques et historiques. Une lettre de Duplessis-Mornay est un petit morceau de style et vise à la grande éloquence. Celles du cardinal d'Ossat n'ont d'épistolaire que le titre ; ce sont et ce devaient être des rapports et des comptes-rendus. Celles de La Noue pèchent par un défaut qui fait honneur à l'homme, mais tort à l'écrivain : par une trop sobre simplicité. Les faits à peine énoncés, les raisons données, il signe et cachète. Une fois ou deux la noblesse de son caractère perce comme malgré lui : « J'ai envoyé déclarer aux Wallons, que voyant leurs longues oppressions sur le peuple des Flandres, que je me suis résolu de leur assister, déclaration qui se doit faire entre les gens d'honneur, n'ayant accoutumé de faire la guerre par trahisons, mais par voies légitimes. — Si les ennemis étoient comme oiseaux qui se chassent avec des épouvantails et avec du bruit, j'essaierois à leur faire peur ; mais je les estime hommes qui ne se surmontent que par raison et valeur. » Un jour même il a quelque gaieté belliqueuse : « J'espère que la fête sera bientôt belle, et n'y aura pas à rire pour tous. » Le dévouement

parle avec modestie et fierté dans ces deux passages :
« Je ne pourrois faire grand service ici, où pourtant
je me suis employé de toute mon affection, et suis
bien marri que je n'aie pu faire davantage. Et comme
mon but a toujours été de servir à la piété et justice
sans regarder à profit ni honneur apparent ; aussi ne
m'étonnai-je de chose qui survienne en mon particulier ; et quand les affaires publiques se porteront bien,
je serai content ; et quand elles iront mal, j'en serai très
déplaisant. — Certes, Messieurs, il m'est difficile de
supporter telles et si grièves injures, moi qui ai servi
fidèlement comme pour ma patrie ; et, Dieu m'en est
témoin, il y a vingt ans que je combats contre la tyrannie (1). » Mais d'ordinaire il dédaigne de laisser
voir ses sentiments : Henri IV, au contraire, les montre ; de là le charme littéraire de ses lettres. Il faut,
pour plaire aux lecteurs, publier et éventer, pour ainsi
dire, ce qu'on a dans l'âme, ce qui, gardé et enfermé,
prendrait force en se réservant.

En quittant les lettrés, ceux qui écrivent et publient
des livres, nous trouvons Henri III, à qui on ne peut
refuser l'affabilité. Ses lettres (presque toutes inédites)
sont courtes, sobres, bien dites : mais rien qui le fasse
aimer ; on sent l'égoïsme. Une des plus affectueuses
est celle-ci qu'il écrit au brave Crillon : « Mon Crillon, je suis très offensé de ce qui vous est arrivé ainsi
que me l'avez écrit et mandé. Je désire de vous voir
afin d'aviser à tout ce qu'il sera requis. Vous savez
assez combien je suis content de vous et des services

(1) *Correspondance de La Noue.* Durand, 1854. P. 67, 110, 124.

18

que vous m'avez faits où vous êtes. J'espère fort et
crois que vous ferez l'honneur de la maison aux noces
de M. d'Épernon qui seront, comme je pense, bientôt.
A Dieu, que je le supplie qu'il vous conserve.

HENRY. » (1)

Cette lettre est aimable sans doute, et ce terme *mon
Crillon* est affectueux. Henri IV cependant a plus de
chaleur, et sait louer sans faire de compliments. Quand
il écrit au brave Crillon, il ne lui dit pas : « Vous savez combien je suis content de vous et de vos services;»
mais : « Pendez-vous de n'avoir été ici près de moi
lundi dernier à la plus belle occasion qui se soit jamais vue et qui peut-être se verra jamais : croyez que
je vous y ai bien désiré » (20 septembre 1597). Il ne
lui dit pas : « J'espère fort et crois que vous ferez
l'honneur de la maison; » mais : « J'ai maintenant
une des belles armées que l'on saurait imaginer : il n'y
manque rien que le brave Crillon » (*Ibid.*). Et il faut
considérer, dans cette comparaison, que le brave
Crillon était très aimé de Henri III, et qu'il aimait
trop d'Épernon pour être l'ami intime de Henri IV.

Au commencement de la lettre de Henri III, nous
voyons que Crillon a reçu quelque déplaisir : « Je
suis très offensé de ce qui vous est arrivé... Je désire
de vous voir afin d'aviser à tout ce qu'il sera requis.»
Sans rappeler la lettre à Duplessis-Mornay sur l'affaire de Saint-Phal, où il s'agissait d'un affront, voici
comment, en pareil cas, Henri IV écrivait : « Mon-

---

(1) Cette lettre est inédite. Elle est dans les archives de M. le
duc de Crillon.

sieur de Noé, je pensois que vous me tinssiez de vos
meilleurs amis pour m'employer à tout ce qui vous
toucheroit... Étant en mon pays souverain, je vous
offre tout ce qui dépend de moi comme prince étranger, ma personne, de tous mes amis et serviteurs,
dont vous disposerez aussi librement que des vôtres »
(vers la fin de mars 1re 1580).

Parlons des lettres que les femmes ont écrites,
puisque le talent épistolaire est un peu un privilége
féminin. Nous ne sortirons pas du voisinage de
Henri IV. Sa grand'mère Marguerite d'Angoulême,
la sœur de François Ier et la protectrice de Marot, a
laissé des lettres (1); mais elles ne réfléchissent qu'im-
parfaitement son noble caractère, et ne montrent que
la politesse alliée à la douceur. Celles de Jeanne d'Albret seraient sans doute intéressantes, d'un style
ferme et élevé, puisqu'elle avait, dit d'Aubigné « une
âme entière aux choses viriles, » et quelquefois touchantes, à en juger par la belle lettre qu'elle écrit à
son fils cinq mois avant la Saint-Barthélemy, trois
mois avant sa mort ; mais personne encore ne les a
recueillies. Marguerite de Valois, première femme de
Henri IV, avait un style clair, simple, spirituel et si
français qu'il annonce quelquefois celui de Voltaire ;
on trouve dans ses lettres (2) une plume facile, un
esprit agréable : mais les sujets sont peu variés et les
sentiments peu apparents. Gabrielle d'Estrées avait
moins d'esprit que Marguerite de Valois, à qui elle
manqua succéder : mais elle avait de la douceur et

(1) Publiées par M. Génin en 1841.
(2) Publiées par M. Guessard à la suite de ses Mémoires.

de la grâce. Quand Louise de Budos, duchesse de
Montmorency, seconde femme du Connétable, mourut, dans la fleur d'une beauté éblouissante, de la
mort terrible qui allait emporter Gabrielle d'Estrées
elle-même, celle-ci écrivit au Connétable : « Monsieur,
étant si étroitement liée à l'honneur de votre alliance(1),
ne doutez point aussi, je vous supplie, que je ne participe de même à tout ce qui peut vous apporter du
contentement ou du déplaisir. J'ai ressenti le dernier
avec plus de violence que n'a fait nulle de celles qui
vous ont voué des services, et voudrois vous en pouvoir rendre preuve en cet accident par la perte de la
moitié de ma vie. Mais, jugeant bien que ces plaintes
apporteroient de nouveaux ressentiments à votre mal
au lieu de le diminuer selon mon désir, je m'en tairai
pour vous supplier, Monsieur, de croire que rien au
monde ne vous peut être plus assuré que mon très humble service. Je me promets l'heur de vous voir bientôt
en cette maison, et en attendant je vous baise les mains
en toute humilité, et vous supplie de me croire, Monsieur, Votre très humble et affectionnée à vous faire
service (2). » Ces paroles sont froides par l'excès des
assurances et des protestations, et elles tombent dans
les exagérations ridicules, quand Gabrielle exprime
la prétention d'être plus affligée que « nulle de celles
qui lui ont voué des services, » et ce désir extrava-
gant « de lui en rendre preuve par la perte de la

(1) Une fille de Gabrielle était fiancée au fils du connétable de
Montmorency.
(2) Cette lettre est inédite. Elle est dans le fonds Béthune,
vol. 9063, f. 10.

moitié de sa vie. » Rien de plus sec que de pareilles
hyperboles, et, pour trop faire parade de dévouement, ce style épistolaire ne montre qu'indifférence.
La lettre finit par la série ordinaire des compliments
banals. Henri IV écrivit avec moins d'affectation
cérémonieuse, mais avec plus d'affection chaleureuse : « Mon compère, j'ai su par le sieur Du
Laurens la perte que vous avez faite, laquelle ne
vous peut être que fort sensible, pour n'être commune et avoir perdu une personne qui vous étoit si
chère et qui vous le devoit être pour plusieurs occasions (raisons). Mais il se faut du tout conformer à
la volonté de Dieu, et votre âge et longue expérience à souffrir toutes sortes d'afflictions vous doit
servir à vous y résoudre. Je fusse allé moi-même vous
consoler, et en cette si pressante et cuisante affliction,
vous rendre des témoignages certains de mon amitié
et du ressentiment que j'ai de votre douleur, si demain je ne faisois mes pâques et touchois les malades
en ce lieu, où de toutes parts il y en est tant arrivé que
le nombre est de plus de quinze cents : ce qui fait
que je vous dépêche le sieur de Praslin exprès, auquel
j'ai recommandé d'être ici demain de retour de bonne
heure, pour, si vos amis jugent que ma présence soit
nécessaire près de vous, mettre aussitôt le pied en
l'étrier et vous aller moi-même consoler. Mais, mon
compère, le ressentiment que j'ai de votre ennui
m'ôte le pouvoir de vous le représenter : sy qu'il vaut
mieux que je laisse faire cet office audit sieur de
Praslin, et finisse par prier Dieu vous consoler et
avoir en sa garde » (28 septembre 11e 1598). Cepen-

dant je préfère à cette lettre ce simple billet de Madame Catherine, sœur de Henri IV : « *Mon père,* ce n'est pas mon dessein de vous consoler par ces paroles de votre juste douleur, mais bien de vous témoigner que je la ressens et joins mes larmes aux vôtres pour la plaindre. Dieu vous veuille donner la consolation qui vous est nécessaire en ce fort ennui, et me donne le moyen de vous faire voir combien je vous aime et désire vous servir ! (1) » Catherine de Navarre ressemblait à son frère, non-seulement de figure, mais par la vivacité d'esprit, avec une âme plus sensible et plus tendrement aimante : ses lettres, parmi les correspondances du XVI⁰ siècle, tiendraient le premier rang après celles de Henri IV, si on les publiait.

Nous avons comparé Henri IV avec ses contemporains. Allons au-delà, au grand siècle littéraire, et au siècle brillant qui l'a suivi, à Mme de Sévigné et à Voltaire. Quelque éclatant que soit un pareil voisinage, Henri IV n'y sera pas effacé. Moins aimable que Mme de Sévigné, moins spirituel que Voltaire, il a une allure plus délibérée, plus soudaine, des mouvements plus hardis. C'est un homme d'action qui est vivant et agissant dans ses lettres. Par elles il gouverne, comme par son épée ou par ses ministres, non pas en invoquant son autorité, en s'enveloppant d'une dignité souveraine, manteau qui couvre l'homme en voulant le grandir; mais au nom de l'amitié, de la patrie, au nom de tous les sentiments qu'il témoigne pour éveiller ceux des autres. Il ne

(1) Ce billet est inédit.

fait pas la peinture de la cour et des mœurs; il n'ad-
ministre pas la république des lettres : mais les destinées nationales servent de fond à sa correspondance; c'est un homme qui fait de l'histoire et qui
refait la France. L'importance des faits prête une
certaine grandeur à ce recueil de lettres, en dépit de
la gaieté et des saillies ; et la gaieté et les saillies op-
posent aux faits un contraste heureux et piquant.
Quand les ligueurs enferment à Péronne le cardinal
de Bourbon, il écrit à Mme de Fontevrant : « Je suis
bien aise que vous ayez connu la captivité où l'on détient notre prochain. Le bonhomme est bien enjo-
beliné; mais j'espère que nous le déjobelinerons »
(15 mars IIᵉ 1587). Au plus fort de la révolte catholique : « Le légat, l'ambassadeur d'Espagne, le duc
de Mayenne , tous les chefs des ennemis sont assemblés à Paris. Les oreilles me devraient bien corner ;
car ils parlent bien de moi » (Mme de Grammont,
29 janvier IIIᵉ 1590). S'il manque de périr, il écrit à
sa sœur: « Je vous ai vu bien près d'être mon hé-
ritière. » Plus les événements sont graves et solennels,
plus il y a plaisir à entendre le réparateur de la France,
l'inaugurateur d'une grande politique, penser, sentir, parler naturellement, comme un simple mortel,
comme un mortel spirituel et aimable.

Moins donc il y a d'apprêt , de solennité, de réserve, plus ces lettres ont de valeur : peu d'art, mais
une riche nature : voilà leur caractère. Sans doute,
dans les belles œuvres, l'art doit se joindre à la nature. Henri IV n'aurait pu élever un monument littéraire : mais, dans une lettre, la nature ne doit-elle

pas venir seule? Il a donc excellé en ce genre, qui no peut déplaire aux Français, et qui répond à l'humeur causeuse, enjouée et vive qu'ils ont eue si longtemps.

Chacun des deux derniers siècles nous a laissé une admirable correspondance : ce serait une bonne fortune si le siècle qui précède avait la sienne. Nos trois époques littéraires auraient en ce genre leurs trois représentants. Celui du XVIe siècle, fût-il inférieur en quelques parties, paraîtrait peut-être l'égal de Mme de Sévigné et de Voltaire, s'il avait une originalité plus vive, une plus grande variété de sentiments et d'idées; il serait d'ailleurs équitable de tenir compte de son rang chronologique, et d'élever son rang littéraire parce qu'il serait le premier en date. Notre littérature s'ouvrirait pour lui donner une place ; elle l'accueillerait avec joie comme un écrivain qui lui manquait et qui lui fait honneur. Elle l'accueillera, je pense; et c'est M. Villemain qu'elle devra remercier.

Je ne crois pas que désormais notre histoire littéraire puisse passer sous silence les lettres de Henri IV. Elles n'ont pas sans doute été utiles; leur mauvaise fortune les a fait paraître par portions détachées, ou confondues, ou peu nombreuses. Tantôt elles se perdaient au milieu de lettres de ses secrétaires, dans de longs mémoires ou de vastes recueils, comme les *Économies royales* et les Mémoires de Duplessis-Mornay. Il fallait les chercher, les distinguer, les séparer; et aujourd'hui même elles n'ont pu encore échapper au pêle-mêle. Tantôt quelques-unes se réunissaient en de petits recueils manuscrits ou imprimés, et éveillaient la curiosité sans pouvoir la satisfaire. Les cercles de beaux esprits, sous Louis XIII et Louis XIV, en connaissaient fort peu (1) ; et si même ils les avaient connues toutes, on peut douter qu'ils les eussent beaucoup admirées : mais on aime à penser que Pascal, Molière, Lafontaine, les auraient lues avec intérêt ; Voltaire eût été heureux d'en connaître davantage.

Si je voulais prétendre que Henri IV est un bon écrivain, je pourrais m'abriter derrière de grandes autorités. En le lisant, n'est-on pas *ravi de trouver un homme ?* « C'est aux paroles, dit Montaigne, à servir et à suivre. Je veux que les choses surmontent et qu'elles remplissent de façon l'imagination de celui qui écoute, qu'il n'ait aucune souvenance des mots. Le parler que j'aime, c'est un parler simple et naïf, tel sur le papier qu'à la bouche ; un parler succulent et nerveux, court et serré, non tant délicat et peigné comme véhément et brusque :

Hæc demum sapiet dictio quæ feriet ;

plutôt difficile qu'ennuyeux ; éloigné d'affectation, déréglé, décousu et hardi ; chaque lopin y fasse son corps ; non pédantesque, mais plutôt soldatesque. »
Henri IV se rapproche, ce semble, de cet idéal de Montaigne. Fénelon y trouverait le « je ne sais quoi de court, de naïf (1), de hardi, de vif et de passionné. »

---

(1) On trouve la copie de quelques lettres à Gabrielle d'Estrées dans les manuscrits de Conrart, à l'Arsenal.

(2) Je n'ai pas besoin de rappeler qu'au seizième et au dix-septième siècle, le mot *naïf* est synonyme de *naturel*.

Henri IV cependant est-il un bon écrivain ? Il n'est pas assez maître de la langue ; il ne l'améliore ni ne l'assouplit : malgré le tour vif et dégagé, elle est quelquefois pénible, embarrassée et bégaie encore ; incertaine et flottante, elle n'atteint pas toujours la précision et la justesse ; elle emploie trop de mots ou trop peu, et la surabondance accompagne la disette. C'était la faute du temps : Henri IV parlait vivement ; mais il parlait comme tout le monde.

De cette imperfection naît une qualité : Henri IV est un témoin de la langue.

Si jamais un témoin de la langue doit être le bienvenu , c'est quand la littérature emprunte de tous côtés, quand les auteurs jettent dans leur style les mots des patois provinciaux, des vocabulaires techniques, des langues étrangères, et l'affublent de costumes bariolés. Le peuple fait la langue, et les littérateurs la perfectionnent : mais ceux-ci quelquefois désirent trop l'enrichir ; ils l'encombrent et la surchargent d'un butin recueilli partout. « Avant Descartes, dit M. Cousin, il n'y a guère que des styles d'emprunt, parmi lesquels se distingue celui de Montaigne, piquant mélange de grec, de latin, d'italien, de gascon, que le plus heureux génie tourmente et anime en vain sans pouvoir l'élever à la dignité d'une langue (1). » On sait que Montaigne appelait à son aide le latin et le grec, ajoutant : « Et que le gascon y arrive, si le français n'y peut aller. » On imitait avec plus d'ardeur que de choix et de mesure ; on croyait *illustrer* notre langue : le latin lui don-

(1) Des *Pensées* de Pascal.

nait un peu de lourdeur, le grec la hérissait de mots savants et pédantesques ; l'italien et l'espagnol lui donnaient une subtilité puérile, le goût du faux esprit, du *bouffon* et de l'*enflé*. On prenait le pillage pour la richesse. « Pourvu, dit Montaigne, qu'ils se gorgiasent en la nouvelleté, il ne leur chaud de l'efficace ; pour saisir un nouveau mot, quittent l'ordinaire, souvent plus fort et plus nerveux. » Chose singulière! ceux mêmes qui protestent contre ces importations immodérées, ne peuvent se détacher de la manie d'importer. Rabelais se moque de ceux qui latinisent; Henri Estienne ne veut ni de l'espagnol ni de l'italien : mais tous deux hellénisent. Pasquier prétend que le français est suffisant; mais il le trouve vulgaire. Un poëte recommande de ne pas écorcher le latin; et ce poëte, c'est Ronsard, qui parle latin en français.

Le peuple ne se livre pas à cette intempérance d'imitation; il ne suit ni caprices ni modes; son langage se développe naturellement et par ses propres forces, selon les besoins, à mesure que les idées se multiplient et s'éclaircissent. Il y a donc à cette époque deux langues : la langue des lettrés et des courtisans, et celle de la nation. Quelques esprits justes et nets les ont conciliées en tempérant l'une et en fécondant l'autre; ils ont, par la recherche de l'exactitude, fortifié la leur qui devait être la langue française. Mais Calvin, Amyot, les auteurs de la satire Ménippée sont des lettrés; et comme leur gloire est d'avoir uni si bien les deux langues qu'elles se confondent dans leurs écrits, il est bon de rencontrer quelque part la langue ordinaire, afin de mieux mesurer les services qu'ils ont rendus.

La langue savante paraît dans les monuments littéraires de l'époque ; mais c'est presque une découverte que de trouver la langue commune, dont le progrès lent et modéré a placé Malherbe si près de Ronsard, et Descartes si près de Montaigne. L'usage résiste à la force, et ne cède qu'à la raison habile et prudente. Il faut donc s'adresser à lui, et lui demander ce qu'il approuvait, ce qu'il admettait, au moment où le grand siècle, en ramenant la langue des lettrés à celle du peuple, en élevant sans effort la langue du peuple à celle des lettrés, va fonder la langue de tous, c'est à dire la bonne langue.

Le premier venu, un bourgeois, un ouvrier, un paysan pris au hasard peut-il être un témoin de la langue ? Il ne donnera que celle de sa ville, de sa province, de ses idées bornées et limitées, de sa classe, c'est-à-dire d'une partie de la nation. La fortune si diverse de Henri IV l'a mêlé à toutes les classes, a éveillé en lui toutes les idées, et l'a promené dans toute la France. Il apprend à parler parmi les petits montagnards, près des frontières de France ; il va étudier à Paris, au collége de Navarre, et fait un court séjour à la cour ; à quinze ans il est dans les rangs de l'armée réformée, en Limousin et en Saintonge ; à dix-huit ans il revient au Louvre et y demeure quatre ans, assistant au langage poli de l'époque, mais résistant à l'afféterie par la vigueur du bon sens naturel ; il devient chef des Réformés, allant à La Rochelle, en Guyenne, quelquefois en

Béarn, souvent ramené par la guerre sur les bords de la Loire; après 1589, il ne quitte plus le nord de la France.; à partir de 1594, il demeure à Paris. Il vit avec les paysans des Pyrénées, les bourgeois de La Rochelle, les soldats, les courtisans, les gentilshommes de province, les rois et les princes ; tour à tour paysan, écolier et habitant du Louvre, prince de Navarre et premier prince du sang, roi de Navarre et roi de France, bon compagnon et diplomate, chef de parti, général, administrateur suprême du royaume. Il est aux prises avec les intrigues de cour, la politique italienne, l'austère rigidité des calvinistes, les mœurs faciles du Louvre, les idées féodales des grands seigneurs, les idées bourgeoises des parlements, les idées démocratiques des réformés et de la Ligue, et il s'élève aux idées plus nouvelles d'équité, de tolérance et d'ordre sans tyrannie. Montluc parle aussi la langue du peuple ; mais il reste exclusivement gascon, foncièrement militaire, et c'est encore un représentant du moyen âge. Malgré le naturel vigoureux de ses récits, il a peu d'idées et peu de sentiments.

Henri IV, au contraire, par les diversités de sa nature, répondait à la multiplicité infinie des caractères contemporains. A une époque où chacun ne voulait dépendre que de lui-même, et se créait une destinée personnelle, où personne ne se soumettait, où tout le monde voulait se distinguer, où partout le particulier dominait et nulle part le général, partout la division et nulle part la communauté, où l'enthousiasme remplaçait la subordination, où les

accords n'étaient que des ligues temporaires ; à une
époque qui connut toutes les calamités et tous les
plaisirs, toutes les vertus et tous les vices, tous les
genres d'héroïsme et toutes les passions ; savante et
militaire, croyante et sceptique, grossière et subtile,
Henri IV pensa et sentit tout ce que pensaient et sen-
taient les Français.

Jamais roi ne fut plus homme ; je veux dire qu'il
laissa croître tous les instincts et tous les sentiments
que la nature met en chacun de nous, mais que d'ordinaire les circonstances, l'éducation, les intérêts, la
raison font pousser diversement, étouffant les uns,
développant les autres : actif et ami du plaisir ; prudent et hardi ; vif et persévérant ; franc et dissimulé ;
expansif et rusé ; impérieux et familier ; prompt à la
colère et facile au pardon ; affectueux et ingrat ;
généreux et intéressé : *humani nihil alienum.*

On prétend que le caractère gascon est l'exagération
du caractère français. Je ne sais ; et, cela fût-il vrai,
peut-être faudrait-il ne pas trop le redire : les Gascons
y verraient un éloge ; et l'éloge ne doit pas être pro-
digué aux vantards. Mais Henri IV avait la promptitude, la netteté des idées, la gaieté, la raillerie,
toutes qualités qui passent pour françaises. Ces qualités ont conformé son style, naturellement et à son
insu, au génie de notre langue.

Tout se réunissait pour lui faire comprendre ce
génie. Il avait appris un peu de latin, et goûté à la
vraie source du français. Il lisait et relisait le Plutarque d'Amyot, dont Montaigne a dit : « Nous autres
ignorants étions perdus si ce livre ne nous eût rele-

vés du bourbier; sa merci, nous osons à cette heure
et parler et écrire; les dames en régentent les maîtres
d'école; c'est notre bréviaire. » Et Vaugelas : « Quelle
obligation ne lui a point notre langue, n'y ayant jamais eu personne qui en ait mieux su le génie et le
caractère que lui, ni qui ait usé de mots ni de phrases
si naturellement françaises, sans aucun mélange des
façons de parler des provinces qui corrompent tous
les jours la pureté du vrai langage! » Il avait pour
secrétaires et pour ministres Duplessis-Mornay, qui
était de cette école d'argumentateurs dont le chef est
Calvin, le rigide prosateur; Villeroy, qui trouvait
le style des affaires, le langage administratif; le
cardinal d'Ossat, dont la parole était judicieuse, claire
et mesurée. Il aima et protégea le génie réformateur
de Malherbe. En dépit de ces exemples utiles, on
rencontre dans ses lettres quelques tournures gas-
connes ; mais elles ne semblent pas malaisées à reconnaître. Tout le reste est français.

Il ne cherche pas les formes nouvelles, et si, par
hasard, il en prend une, ce n'est qu'avec restriction
et en nous avertissant : « Tenez pour constant, écrit-il
quelque part, *puisqu'ainsi parle le siècle...*» (Gabrielle d'Estrées, 9 février II° 1593). Il n'a pas besoin de ces emprunts à la langue littéraire; et l'expression, contente du langage que parlent tous les
Français, est ordinairement simple, et souvent énergique, concise, à la fois juste et colorée; les tournures sont souvent hardies, claires, franches, et suivent, pour ainsi dire, le mouvement même de l'âme.
L'Académie n'aura plus guère qu'à choisir et régler.

Quelquefois même Henri IV devance les réformes
du langage. Il se débarrasse volontiers de la forme
périodique qui régnait partout, même dans les lettres
intimes, et use de phrases plus courtes et plus vives.
Les conjonctions sont souvent supprimées; quelques-
unes des tournures qu'aimeront les bons auteurs paraissent déjà; et, sauf quelques suppressions de pronoms, nous nous croirions au milieu du grand siècle.

Cependant une qualité est absente : c'est la délica-
tesse. Il est chevaleresque de dire à sa fiancée-qu'on
va donner des coups d'épée en son honneur; mais il
n'est pas fort aimable d'ajouter : « Je crois que vous
m'exempteriez bien de vous donner cette preuve
d'affection; mais en ce qui est des actes de soldat, je
n'en demande pas conseil aux femmes » (Marie de
Médicis, 24 août 1re 1600). Il n'est pas bienséant de
lui décrire ses indispositions, avec des détails au
moins inutiles, et en tout cas peu agréables. Il n'est
pas nécessaire de lui parler du mal de mer qu'elle a
pu éprouver; et la galanterie n'est pas fort discrète,
à regretter de ne pas s'être trouvée là « pour l'aider à
consoler de sa peine » (2 novembre 1re 1600). Il ne
faut pas appeler certaines choses par leur nom, et
dire à une femme enceinte : « Gardez-bien ce que
vous avez dans le ventre » (Mlle d'Entragues, 8 octobre 1601). — « Gardez-vous pour l'amour de moi
et de ce que vous avez dans le ventre » (Marie de
Médicis, 26 octobre 1605). — « (Je) fais tout que je
puis pour hâter mes affaires, et ne craignez point : je
serai une de vos sages-femmes » (La même, 6 septembre 1601). Le mot est quelquefois relevé par

ceux qui l'environnent : « Comme vous désirez la
conservation de ma santé, j'en fais ainsi de vous et
vous recommande la vôtre, afin qu'à votre arrivée
nous puissions faire un bel enfant qui fasse rire nos
amis et pleurer nos ennemis » (Princesse de Toscane,
24 juillet 1600); on le passerait peut-être s'il écrivait à
sa femme ; mais il écrit à sa fiancée. Voici une expression un peu sensuelle, mais qui reste agréable parce
qu'elle est mesurée : « Dormez bien, mes belles amours,
afin d'être grasse et fraîche à votre arrivée. Pour moi
j'en fais provision. » Mais la mesure n'y est pas toujours ; je pourrais citer une dizaine de phrases, si je
ne craignais de tomber dans le même défaut que
Henri IV. Quand il écrit à sa royale fiancée : « S'il
était bienséant de dire qu'on est amoureux de sa
femme, je vous dirois que je le suis extrêmement de
vous; mais j'aime mieux vous le témoigner en lieu
où il n'y aura témoin que vous et moi » (Marie de
Médicis, 5 septembre 1600); il a une singulière
façon de joindre l'exemple au précepte. Et quand
plus tard il écrit : « Ceux qui font courre le bruit
que nous sommes mal ensemble le désireroient peut-
être ; mais nous les éloignerons bien de leur compte.
J'ai vu aussi ce que me mandez de cette dame jaune
et maigre; ce n'est plus marchandise pour ma bou-
tique; car je ne me fournis que de blanc et gras »
(19 octobre II° 1605); ce français-là est encore bien
gaulois : il lui manque le bon ton et le bon goût. Le
langage de la société polie n'est pas créé; et ce sera
le travail des Précieuses.

Viennent donc l'hôtel de Rambouillet, et Balzac, et

l'Académie, et ce travail judicieux d'où sortira la
double apparition du Discours sur la Méthode et du
Cid. Nous pourrons du moins, grâce à Henri IV, découvrir ce que la langue nationale avait déjà pris,
pour ses besoins, des richesses de la langue littéraire,
avant qu'un choix studieux ne vînt fixer et établir; ce
qu'elle avait fait par elle-même, naturellement. Nous
chercherons dans ces lettres, non seulement les idées
du prince et du roi, les sentiments de l'homme, non
seulement les heureux mouvements de son style, mais
encore l'état de notre langue à son époque décisive;
étudiant dans chaque phrase, dans chaque tournure,
la trace du progrès universel des esprits; et nous sou-
venant que l'écrivain qui nous offre cette étude est
l'homme même qui, en maintenant l'unité de la nation, a préparé l'unité de la langue.

APPENDICE.

Nous sommes entre le siècle qui a développé la langue et celui qui l'a fixée. Le français est encore un peu désordonné, mais déjà prêt à se donner des lois. Il y a des formes qui plus tard ont péri ou vieilli, et d'autres qui annoncent la perfection prochaine. En cherchant ce que la langue a abandonné ou changé, nous jugerons du travail qu'elle a fait sur elle-même.

Ce qui nuisait alors à son affermissement, c'était, outre l'invasion des mots étrangers, l'indépendance des dialectes intérieurs, se ressemblant et pourtant très distincts; aucun n'avait une domination durable; et chacun, selon les temps, usurpait à son tour une supériorité passagère. Après la victoire de Henri IV, les seigneurs gascons et béarnais qui grossissaient son armée, le suivent au Louvre : voilà la langue *engasconnée*. Le soin de la dégasconner fut, comme on sait, un des labeurs de Malherbe. Quels abus eut-il à corriger? Le style de Henri IV peut nous l'apprendre. Ces gascons jetaient un grand désordre dans les régimes des verbes; ils

changeaient beaucoup d'actifs en neutres, et Vaugelas
en donne cette raison : « Les Espagnols, leurs voisins,
donnent des datifs à la plupart des verbes auxquels
les autres langues donnent l'accusatif » (art. *Croire*).
Henri IV disait : « Vous me mandez que vous m'aimez mille fois plus que moi *à* vous : vous en avez
menti, et le vous soutiendrai avec les armes que vous
avez choisies (Gabrielle d'Estrées, 8 mai 1598).— Sa
négociation qui ne regarde qu'*au* bien du service du
roi » (Bellièvre, fin de mai 1582).— « Nos dames ont
bien couru fortune, et ont bien ressenti *des* incommo-
dités de la guerre » (Gabrielle, 10 février 1593). —
« Peut-être y pourraient-ils *entreprendre* » (Le Connétable, 2 mars 1596). — « Si d'aventure il voulait y
entreprendre » (Saint-Geniès, 15 décembre 1585).
« *Favoriser*, dit Vaugelas, ne régit plus maintenant
que l'accusatif. » C'est peut-être le parler gascon qui a
prolongé l'incertitude : « Si le ciel favorise *à* mes vœux »
(Marie de Médicis, 24 mai 1re 1600).

Ces mêmes Gascons, comme par compensation,
avaient « accoutumé de faire actifs plusieurs verbes neutres » (Vaugelas, art. *Exceller*). Nous trouvons dans
Henri IV : « Je n'ai ici que quatre compagnies.....
C'est pourquoi je vous prie de *mander la vôtre* de venir
ici » (Le Connétable, 24 novembre IIe 1595). — « Nous
croyons la trêve, et qu'elle se doit conclure ce jour
d'hui » (Gabrielle, 25 juillet 1593). — « Seulement,
ai-je *consenti notre entrevue*, espérant qu'elle ne
pourra que profiter » (Saint-Geniès, commencement
d'août 1580). — « Je vous prie, Madame, *surseoir* les
résolutions et entreprises jusqu'à ce que vous l'ayez

ouï » (Elisabeth, 7 avril II° 1596). —« Pour affaires qui importent mon service (1) » (Courson, 25 février 1601).

Vaugelas blâme cette locution qu'il dit très commune : Sortez ce cheval. « On accuse, ajoute-t-il, les Gascons d'en être les auteurs... jusque là qu'ils disent même : Entrez ce cheval. » Sur ce point, les Gascons, ce semble, n'étaient pas calomniés. Henri IV écrivait : « Je ne laisse pour tout cela... d'accompagner (faire accompagner) le sieur de Poigny *de* Constant » (Bellièvre, novembre V° 1584). Est-ce aux Gascons qu'il faut s'en prendre si nous avons une certaine tendance, remarquée ailleurs par Vaugelas, à employer les neutres comme des actifs ?

On trouve des réfléchis changés en neutres, puis ces neutres en actifs : « Je vous prie, Messieurs, de bien aviser à ce fait et à ce qui en peut *ensuivre* » (MM. de la cour du parlement séant en la ville d'Agen, 25 octobre 1582). — « *Hâtez ;* passez par dessus tous empêchements » (Ségur, 29 avril 1586). *Hâter* devient actif : « Il me hâte plus que les autres » (Mme de Grammont, 8 décembre 1587).

Enfin Henri IV abuse quelquefois de l'imparfait du subjonctif. Cela peut-être revient encore aux Gascons qui affectionnent ce temps si redouté des bouches parisiennes : « Si je me croyois, toute cette

---

(1) On a eu tort, je crois, de corriger, dans le recueil des *Lettres missives :* « Pour affaires qui importent *à* mon service. » Cet *à* n'est pas dans l'autographe. On a cru sans doute que Henri IV l'avait passé par négligence. Mais *importer,* en ce sens, se retrouve ailleurs comme actif.

feuille serait remplie de bons contes. Mais la crainte
que j'*ai* que ceux de Saint-Sever y *participassent* me
fait finir » (Mme de Grammont, 7 décembre, 1585).
— « Il *sera* donc assez temps, mon compère, que les
compagnies de l'Isle-de-France se *trouvassent*, avant
le douzième du mois qui vient, auprès de Compiègne »
(Le Connétable, 29 novembre 1595).

Le mot *bisongnes* (conscrits) et l'expression l'*avoir
belle escapade* (l'échapper belle) venaient des Espagnols, les voisins des Béarnais.

Quelques latinismes, que la langue n'a pas conservés, prouvent que les emprunts des littérateurs
commençaient à entrer dans la langue commune. Le
français vient du latin ; mais il s'en est formé de
deux façons. Il a été d'abord une vaste décomposition
du latin, mélangée de celte et de tudesque, qui pro-
duisit une langue nouvelle, comme les débris des
plantes desséchées engraissent la terre pour une jeune
et fraîche végétation. Puis, au XVI° siècle, en ce
temps de résurrection des ouvrages latins, une foule
de mots tirés par les savants des ouvrages de la Rome
d'Auguste, se mêlèrent à tous ces mots formés de la
basse latinité par la lente élaboration du parler populaire. Ils entrèrent tout d'une pièce, sans changer
que leur terminaison. Beaucoup restèrent, parce
qu'ils étaient les ancêtres de mots déjà usités ; ils
furent reçus dans la famille de leurs descendants :
mais d'autres, moins heureux, ou gardant un air un
peu étranger, furent renvoyés en leur lieu, ou contraints de changer et de restreindre leur sens : *dépol-
luer*, la *mutation* de règne, « des métairies *insulées* »

(Mme de Grammont, 17 juin 1586). — « Ce malheureux pays et les *importunités* nous l'avaient tout abattu (le cœur) (Marie de Médicis, 24 octobre II⁰ 1605). — N'y demeurez qu'un jour (auprès de votre père); car sa *contagion* est dangereuse (Mlle d'Entragues, vers la fin de 1604). — Toutes telles façons ne servent que d'altérer les cœurs et les *volontés* des sujets (Dampville, vers le 20 septembre 1578). — Je ne lui en écris point ; ne lui en parlez que comme *discourant* (Mme de Grammont, 30 novembre 1588). — Faire écrire les lettres et dépêches sûres, propres et nécessaires, afin que chose quelconque ne *demeure* (Ségur, Clervant et Quitry, 28 octobre I⁰ 1586). — Je ne me dépouillerai pas, combien que je sois tout sang et poudre, sans vous bailler de bonnes nouvelles *et* de votre mari qui est tout sain et sauf » (Mme de Batz, 31 mai 1580). Cette imitation un peu crue se retrouve dans quelques tournures : « Leurs moyens seront beaucoup plus foibles que leur attente (Henri III, vers la mi-mars 1585). — Je ne le vous veux recommander communément, *comme* son affection à mon service n'étant nullement commune (Le Connétable, 17 avril II⁰ 1597). — Je m'en vais à Tartas où je serai deux ou trois jours pour recevoir *mes* hommages (Matignon, 1er octobre 1585). — Je trouve fort bonne l'*élection* que le roi a faite de M. de Ruffec ; et *ce que* vous êtes si proche y ajoute quelque chose davantage pour mon contentement » (Matignon, vers la fin de septembre I⁰ 1585).

On aimait l'emploi des relatifs comme conjonctions entre deux phrases : « J'ai vu ce que vous m'avez écrit de celui qui a reçu la patente; *dont* j'ai été bien aise » (St-Geniès, 10 avril 1587).

Nous trouvons même un hellénisme : « Mon avis est qu'ils prennent le chemin d'Amiens, Abbeville et Le Crotoy. Deux jours nous en feront *sages* » (Nevers, 1er janvier 1592).

Passons à ce qui n'est que français.

Certains substantifs prenaient des genres qu'ils n'ont pu garder, ou prenaient tantôt l'un, tantôt l'autre :

Affaire, *masc.* (passim) (1).

Déplaisir. «C'est avec une extrême déplaisir, » etc. (Marie de Médicis, 22 octobre Ire 1600).

Exemple. « L'exemple pernicieuse des grands a été suivie » (Madame Catherine, 28 septembre 1597).

Fois. « Différer à un autre fois » (Saint-Geniès, vers le 10 juillet 1579).

OEuvre, *masc.* (passim).

Paris (ville). « Je suis devant Paris, où Dieu m'assistera. La prenant, je pourrai commencer à sentir les effets de la couronne » (Mme de Grammont, 14 mai IIe 1590). Cf. Montaigne : « Je ne veux pas oublier ceci, que je ne me mutine jamais tant contre la France que je ne regarde Paris de bon œil. Elle a mon cœur dès mon enfance » (III, 9).

Des choses qui défient l'arithmétique se comptaient : « Les sieurs de Semalens et Farinières font *plusieurs* désordres » (Dampville, vers le 20 septembre 1578).

Ils remplace quelquefois *elles* par une vieille habi-

_____

(1) *Affaire* est toujours féminin dans Amyot.

tude de langage qu'on retrouve aujourd'hui chez les
paysans et les ouvriers, et qui durait encore chez les
femmes de haute classe du temps de Vaugelas : « Toutes
les femmes et de la cour et de la ville disent à Paris
en parlant de femmes : *Ils* y ont été, *ils* y sont, j'irai
avec *eux*, au lieu de dire *avec elles* » (Rem. 546. Du
solécisme). Henri IV : « Monglat vient d'arriver. Il me
hâte plus que les autres, et avec des raisons qui sont fort
à craindre et qui ne se doivent écrire. *Ils* vous seront
dites » (Mme de Grammont, 8 décembre 1587). —
« Vous mandez au Pin et à votre fils que vous envoyez
des nouvelles d'Espagne. *Ils* sont allées avec les mémoires. Ou les laquais les jettent, ou vous oubliez de
les envoyer » (Saint-Geniès, 4 mai 1586).

Un pour *le* : « Il y a ici auprès *un* plus beau courre
du monde » (Le Connétable , 16 octobre IIe 1598).

Les temps des verbes se formaient d'une façon ir-
régulière, arbitraire ou variable : j'*arrivis*. L'infinitif
favorir se rencontre pour *favoriser ; courre,* qui ne
s'est maintenu que dans le langage de chasse : « Faire
courre le bruit » (Le Connétable, 16 mars Ire 1596).
On disait à la fois *je lairrai* et *je laisserai* ; mais bientôt la forme grammaticale l'emportera sur l'ancienne.

L'emploi des auxiliaires n'est pas rigoureusement
réglé. *Être* remplace *avoir* par l'attraction du réflé-
chi : « Je suis bien marri que je ne me suis pu trouver
sur le port à votre arrivée » (Marie de Médicis, 2 novembre Ire 1600).

Les modes des verbes sont mis les uns pour les
autres. Le subjonctif pour l'indicatif : « J'ai la tête
tellement rompue d'affaires, que, quand j'ai com-

mandé une dépêche, je pense qu'elle *soit* faite » (Saint-
Geniès ; 4 mai 1586). Pour le futur : « Je vous puis
dire que vous *soyez* le très bien venu » (Nevers, 25 août
II° 1590). L'indicatif à son tour remplace le subjonctif : « Je trouve bon que vous *faites* le voyage
dont M. de Saint-Geniès m'écrit » (De Chaus, vers le
mois de mai II° 1583). Quelquefois les modes s'entraî-
nent mutuellement : « Je serai très aise que ma recommandation et ma prière aient lieu en votre endroit, et qu'il connoisse que pour l'amour de moi il
l'obtienne » (Souvré, 24 décembre 1595). — « Quant
au voyage duquel vous parlez, si vous *eussiez* été ici,
il y a quinze jours que vous me l'eussiez conseillé »
(Saint-Geniès, 4 mai 1586).

Le participe *recouvert* sert au verbe *recouvrer*, par
une usurpation qui s'est prolongée jusqu'à ce que
Vaugelas opposât ses arrêts. *Le* tient la place du participe passé d'un verbe mis à un autre temps : « Je
ne vous le recommande point ni ma fille, pour ce
que je m'assure qu'ils *le* vous sont assez » (Mme de
Montglat, 17 septembre II° 1603). Le participe passé
pris substantivement, reste encore participe : « Je ne
puis maintenant vous faire réponse sur le contenu *en*
vos lettres » (Saint-Geniès, vers le 10 janvier 1579).

L'adverbe se met quelquefois au comparatif sans
nécessité, et *mieux* signifie *bien* : « Par les raisons que
vous pouvez mieux juger » (Le Connétable, 14 mars I°
1597). — « Comme vous pouvez trop mieux juger » (Le
même, 27 mars 1596). *Trop* prend quelquefois le sens
de *beaucoup* qu'il a souvent à cette époque : « Le service du roi se fera trop mieux » (Matignon, vers le 12

décembre 1595). *Si* pour *aussi* : « Afin de parvenir
à une paix générale, laquelle ne fut jamais si utile,
voire nécessaire, qu'elle est à présent » (Matignon,
novembre II° 1584). *Plus* contenu dans le mot *meilleur* sert à l'adjectif suivant : « Vous n'aurez jamais
un meilleur maître et parfait ami que Henry » (Saint-
Geniès, vers le 10 janvier 1586).

Ce sont les prépositions dont l'usage est le moins
réglé ; elles sont mises perpétuellement les unes pour
les autres. Elles se prêtent de bonne grâce à toute
sorte de sens et expriment les rapports les plus divers. Les paysans d'aujourd'hui abusent encore de
la préposition *à* dans certaines locutions : « Un fruit
mangé *aux* vers ; » et il est singulier de rencontrer
dans leur bouche une construction grecque. *De* est
aussi d'un usage immodéré ; quelquefois *à* et *de*
prennent la place l'un de l'autre : « Je ne veux pas
oublier *à* vous remercier (Dampville, 6 septembre
1576). — Croyez, ma chère maîtresse, qu'en ce qui
dépendra de l'obéissance *de* vos commandements,
vous me trouverez sans reproche » (Gabrielle, 19
avril 1595). Quelquefois même il y a compromis :
« Continuez *à* m'en écrire et *d*'en avoir soin » (Madame de Montglat, 22 mars I° 1605).

A, *contre* : « L'échange qu'ils m'ont proposé de la
dite ville à une autre» (Henri III, vers la mi-novembre
I° 1580). *Dans* : «Vous avez grand tort de demeurer au doute qu'êtes (Madame de Grammont,
1° mars 1588). — Je lui permets de prendre des
Béarnois et d'en mettre à son régiment (Saint-Geniès,
fin de février I° 1580).— Je tiens trop cher mon dit

pays pour le laisser dégarni au besoin (Le même,
fin de juillet 1585). — Les dissimulations dont on a
usé à l'exécution de l'édit » (Marguerite de Valois,
10 avril II*e* 1580). *En :* « Chose à quoi je ne vous puis
obéir » (Henri III, février 1580). *Jusqu'à :* « Je vous
prie vous vouloir approcher à Béziers » (Montmorency,
vers la fin de 1585 I*re*). *Selon :* « Pour y recevoir, à
la coutume, la part de la donation » (Matignon, vers
le commencement d'août III*e* 1585). *Sur :* « Ils admonestent tous bons catholiques de prendre exemple à
une si chrétienne entreprise » (Mme de Grammont,
17 mars 1588). *A l'endroit où est :* « J'irai coucher à
Montmélian, et lundi à Conflans ou *à* mon armée »
(Marie de Médicis, 11 novembre I*re* 1600).

Auprès, *près :* « Auprès Montargis » (Mme de Grammont, 8 décembre 1587). Dans, *à :* « Dans la fin du
mois » (*passim*).

De, *au sujet de, quant à, sur, en fait de :* « Il y a
ici un homme qui porte des lettres à ma sœur du roi
d'Écosse. Il me presse plus que jamais du mariage
(Mme de Grammont, 50 novembre 1588). — Tous
les jours je vous mande de mes nouvelles. De celles
d'Ostende, il n'y a rien de nouveau (Marie de Médicis, 51 août 1601). — Je vous prie de croire le dit
de La Valade de l'assurance et continuation de mon
amitié et de la confiance que j'ai en vous de toutes
choses (Matignon, 6 avril 1585). — Vous ne m'avez
rien mandé de nouvelles particulières » (Anonyme,
1575) *Avec :* « En deux heures j'ai pris le cerf des
chiens de la meute » (Le Connétable, 20 novembre I*re*
1596). *Dès :* « J'ai combattu à la tête de ma noblesse

qui m'a suivi, avec une cuirasse, comme fit du commencement mon cousin le maréchal de Biron » (1)
(Le Connétable, 8 juin II° 1595). *D'auprès de :* « Demain que monsieur d'Aiguillon sera de retour des
archiducs » (Marie de Médicis, 7 septembre 1604).
Par : « Mes faits sont des miracles ; aussi sont-ils conduits du grand Maître » (Mme de Grammont, 8 janvier 1590). *Pour :* « Les préparatifs que fait le duc
de Savoie de venir secourir Montmélian » (Marie de
Médicis, 22 octobre I° 1600).

Entre, *selon :* « Ce qu'a été ordonné pour le regard
de la religion au dit pays a été rédigé entre les lois et
coutumes d'icelui » (Henri III, vers le 10 juillet 1579).

Envers, *auprès de :* « Espérant, Monseigneur, que
la très humble prière que j'en fais à votre Majesté
aura quelque poids envers elle » (Henri III, vers le
mois de février 1585 I°).

Pour, *à :* « Vos compagnies de gens d'armes et de
gens de pied, qui sont maintenant éparses çà et là,
sont destinées pour tenir la main forte à la justice »
(Matignon, vers la fin de 1584 III°).

Les adverbes font l'office de prépositions : « Il est
dedans le château. — Je n'avois, comme vous le
cuidiez, défiance de vous dessus ces choses. »

Il y a aussi quelque confusion dans les conjonctions. *Car* pour *mais :* « Cet homme de Normandie
est venu ici, et me vient de dire qu'entre ci et quinze
jours nous devons avoir la plus grande brouillerie
du monde, qui sera causée par vos père, mère ou

---

(1) Cette locution s'est conservée dans quelques provinces.

frère, et sera tramée à Paris ; que vous et moi tiendrons tout pour rompu ; que demain il me dira le moyen de l'empêcher ; *car* M. le cardinal de Joyeuse entre, qui rompt notre propos. Bonsoir, le cœur à moi » (Mlle d'Entragues, 6 octobre III° 1599).

Les tournures, les constructions sont quelquefois vicieuses : « Et d'autant que j'affectionne lesdits écoliers parce qu'ils veulent et sont prêts de servir au ministère, je vous prie, etc. (Saint-Geniès, vers 1585). — Vous savez combien je vous ai toujours aimé et confié de vous (Ségur, 29 avril 1586). — J'ai assez montré la force de mon amour aux propositions que j'ai faites pour que, du côté des vôtres, ils n'y apportent plus de difficultés (pour que de leur côté les vôtres n'y apportent) (Mlle d'Entragues, 6 octobre III° 1599). — Ils m'ont envoyé demander *tout plein* (1) de leurs capitaines italiens et espagnols (Mme Catherine, 7 juin II° 1595). — Il a connoissance de *tout plein* d'abus qui se commettent au fait de mon domaine (Courson, 25 février 1601). — Faites-le partir incontinent sans amener pas un cheval et le moins de goujats qu'il pourra » (Meslon, vers le 16 novembre 1580).

Mais le plus grand défaut de la langue n'était pas l'incorrection, contre laquelle quelques règles suffisent ; c'était le manque de précision, de justesse, par conséquent de clarté.

Quand la langue n'est pas fixée, les écrivains sont enclins à deux défauts opposés : ils mettent tan-

---

(1) Locution très usitée.

tôt plus de mots, tantôt moins qu'il n'en faut. Ils jugent difficilement de la clarté des expressions : rien n'étant assuré, l'incertitude est inévitable. Ici, craignant de n'être pas assez clairs, ils mettent deux mots pour un, ce qui ne fait qu'embarrasser ; là, se croyant plus clairs qu'ils ne sont, ils n'en mettent qu'un pour deux ou trois. De même ceux qui ignorent l'orthographe prodiguent les lettres à certains mots avec une libéralité grotesque, et refusent à d'autres le nécessaire. « La rivière de Loire, ce lieu de La Rochelle, la capitale ville; un chacun, dans mardi, dans à ce soir, dans demain ; je vous le manderai *à* ce soir ; croyez mon conseil comme *de* celui qui est des meilleurs et des plus parfaits (Dampville, fin de mars 1579). Vous me faites plaisir de me mander souvent des nouvelles de mon fils et d'en avoir bien *du* soin (Mme de Monglat, 29 août 1602).—La place est en trop bon état, M. de Terride y ayant mis cinq cents arquebusiers *dedans* (Saint-Geniès, commencement d'août 1580); mon compère viendra à Meaux s'y reposer (Villeroy, 8 août 1596); incontinent après, je m'*en* remets aux champs avec mon armée (Mme de Grammont, 24 septembre II° 1597); pour le moins vous découvrirez ce qui se passe en ces quartiers-là et en quels termes ils *en* sont (De Chaus, vers le mois de mai II° 1585); depuis quinze jours *en ça*, les forces de France et d'Espagne se sont affrontées (Mme de Grammont, 24 septembre II° 1597); je n'ai ici que quatre compagnies de cavalerie dont *les* deux me demandent congé (Le Connétable, 24 novembre II° 1595); tous mes bons serviteurs entre lesquels, outre *ce* qu'il tient des premiers rangs... (Marie de Médicis, 25 août 1600) ; prenez-*vous* garde de le faire (Le Connétable, 20 novembre Ire 1596) ; j'espère qu'il fera quelque chose de bon ; pour le moins *que* j'y ai apporté tout ce que j'ai pu et d'affection et d'instruction (Matignon, novembre Ire 1584); souvenez-vous que si nous n'avons de quoi les payer, *que* nous ruinons tout (Le Connétable, 2 mars 1596). » Ce redoublement du *que* est très fréquent chez tous les écrivains du temps. — « Il me semble *être* nécessaire (Saint-Geniès, 19 février 1587); le duc de Montbason auquel j'ai donné charge de traiter avec M. de Boisdauphin pour le faire *être* mon serviteur (Duplessis, 22 mars 1585); je fais nouvelles levées pour *rendre* mon armée *composée* de vingt mille hommes de pied et deux mille cinq cents chevaux (Marie de Médicis, 5 septembre 1600); j'ai bien voulu vous en *tenir averti* (Dampville, vers le 7 mai 1578 IIe) ; je vous prie en cela de m'*être aidant* » (Bellièvre, vers le mois de mai 1582).

Voici des pléonasmes : « La pluie seule m'a empêché de *pouvoir* donner un coup d'éperon jusques à vous (Le Connétable, 17 novembre 1596). — Quant est pour le regard des affaires de ceux de la religion... (Duplessis, 11 octobre IIe 1596).—Ce qui sera cause de retarder près d'un mois le voyage (Dampville, vers le 7 juin IIe 1578).—Remettant cela à M. le chancelier, à M. le garde des sceaux, à vous et autres de mon conseil *ce que vous en ferez* » (Rosny, 27 mars IIIe 1605).

Ailleurs, au contraire, il faudrait ajouter un ou plusieurs mots. Les pronoms personnels sont souvent supprimés; mais ils ne sont pas les seuls :

Aucun. « Vraiment ma venue était nécessaire en ce pays si elle le fut jamais en lieu » (Gabrielle, 16 avril 1595).

Celui, celle. « L'on lui a retenu votre lettre et de ma sœur » (Mme de Grammont, 17 juin 1586). — « Je vous offre ma personne et de tous mes amis » (Noé, vers la fin de mars 1580 Ire).

Comme. « Je vous écris de Blois, où il y a cinq mois que l'on me condamnait hérétique et indigne de succéder à la couronne » (Mme de Grammont, 18 mai 1589),

En. « M'assurant que vous aurez agréable ce qu'avons arrêté pour ce regard, et ne ferez difficulté sur la somme que je demande, comme je vous supplie très humblement, Monseigneur, et croire que tant plus, etc. » (Henri III, vers la mi-novembre 1581 Ire).

Être. « Ce n'est pas que je sois fâché que vous soyez en lieu où vous aimez » (Le Connétable, 12 juin Ire 1596).

Que. « (Ma mère) me mit ce livre entre les mains encore que je fusse à peine plus un enfant de mamelle » (Marie de Médicis, 5 septembre 1601).

Vers. « Il passera la part (l'endroit) où sera M. de Turenne » (Matignon, vers le 20 mars Ire 1588).

Voici des ellipses : « Nous y avons perdu quelques gens, et quatre de mes gardes blessés (Miossens, 20 août Ire 1585). — J'ai plus ajouté de foi à ses paroles que je n'eusse su faire de nul autre (Marie de Médicis, 14 juillet Ire 1600). — Faites mes affectionnées recommandations au grand duc et à ma nièce la grande duchesse, *que* je leur baise les mains, et à

vous un million de fois (*Ibid.*). — Tenez-vous prêt
pour me venir trouver dans trois jours... afin que
vous puissiez me réjouir et moi vous (Le Connétable,
16 octobre II° 1598). — Si vous désirez autant me
voir que moi vous » (Marie de Médicis, 24 août
I°° 1600.) Le participe présent se construit à la manière latine, comme s'il pouvait se décliner : « Vous
pensez avoir occasion de vous douloir de moi, ce que
vous ne pourriez faire qu'à tort, vous aimant et vous
estimant comme un des plus fidèles et utiles serviteurs que j'aie (Saint-Geniès, 4 mai 1586). — Je sais
que les honnêtes gens vous croiront, et, leur mon-
trant cette lettre, y ajouteront foi » (Duplessis-Mornay, 7 novembre I°° 1589). Le pronom remplace
quelquefois le mot qui est dans la tête de l'écrivain,
mais qui n'est pas dans la phrase précédente : « Forget, Viçoze m'a dit qu'un des vôtres veut faire des
gens de pied : je vous envoie sa commission, et vous
prie l'accommoder de tout ce que vous pourrez, afin
qu'il *la* fasse belle et forte. Je l'ai vouée au régiment
de Vignerolles: Adieu » (vers la fin d'octobre II° 1585).

Il fallait surtout restreindre le sens d'une foule de
mots, sens vague, flottant, incertain et variable, qui
se prêtait trop aisément aux emplois qu'on en voulait
faire. Notre langue avait à acquérir cette précieuse
vertu, d'assigner à chaque mot un sens unique, in-
contestable, inaltérable, n'embarrassant jamais l'intelligence du lecteur ou de l'auditeur, et forçant celui qui parle ou écrit à affermir dans son esprit une
pensée dont les mots se refusent à traduire l'incertitude. Cette qualité a fait du français le langage le

plus exact, l'instrument le plus juste dont se serve l'âme humaine pour s'épandre et se communiquer. Il prend le caractère même de l'idée. Dans Tacite, la pensée est toujours claire, nette, saisissante; l'obscurité vient des mots. Chez nous, les mots ne sont obscurs que si la pensée elle-même est obscure, et les ténèbres du style ne sont que les ténèbres de l'esprit. On ne saurait écrire en bon français sans savoir avec précision ce que l'on pense, et c'est surtout à notre langue que s'applique cette parole : « On ne sait bien ce que l'on veut dire qu'après l'avoir dit. » Elle aide la pensée, elle lui prête sa clarté, clarté qui en décèle les obscurités et les erreurs, mais qui en illumine les beautés. En grec, en latin, que de mots ont sept ou huit sens divers, et font le désespoir et les querelles éternelles des traducteurs! S'il y avait entre ces divers sens une franche différence, l'idée même indiquerait le sens dont elle se sert; mais ils se déduisent les uns des autres, gardant un air de parenté, et séparés seulement par des nuances. En français, quelques mots ont deux ou trois sens, mais en général fort distincts; ce sont comme des mots différents qui sonnent de même. Cette qualité, le français l'a conquise au dix-septième siècle; il l'a gardée au dix-huitième; espérons que de notre temps il ne la perdra pas.

Mais au seizième siècle, il ne l'a pas encore, et le même mot avait des sens voisins et divers.

Assistance, *présence*: «Ma cousine, je suis très marri de ce que vous n'êtes par deçà pour vous trouver au baptême de mon petit-fils, qui se doit faire dimanche; car je me persuade que vous ne m'eussiez dénié cette assistance» (Duchesse de Nevers, 11 décembre V° 1598).

Aviser, *reconnaître* : «J'espère vous voir dans dix jours et donner ordre à ce que nous aviserons être nécessaire» (Saint-Geniès, fin juillet 1585). *Songer à :* «Avisez de faire fort travailler aux poudres et en diligence» (Le même, fin de l'année 1585 II°). *Avertir :* « Je vous avise que j'ai reçu des nouvelles de la cour» (*Ibid*). *Décider :* « Cet homme qui vint à Pau, de Soulle, s'en alla, n'ayant eu autre réponse que celle que nous avisâmes ensemble (Le même, 4 mai 1586). — Je pars présentement pour m'en aller à Marans, où nous aviserons du lieu de l'entrevue» (Le même, 25 février 1587).

Confidence, *confiance :* « Moyennant que vous me rendiez la même confidence et amitié que je vous veux toujours porter. »

Crue (sens trop étendu). « Que j'aie une crue de vingt hommes seulement à ma vieille garde» (Bellièvre, vers le mois de mai 1582).

Cuider, *croire, manquer, chercher*, etc. (*passim*).

Disposition, *santé :* «L'avis que j'ai eu de la disposition du roi depuis la présente écrite me fait maintenant changer de style, étant les chirurgiens en grand'doute de sa guérison» (Souvré, 1er août 1589).

Élection, élire (sens général de *choix, choisir*). «L'élection que le roi a faite de M. de Ruffec (Matignon, vers la fin de septembre 1re 1585). — J'ai élu mes bons, et mon faucheur en est» (Batz, 11 mars 1586).

Endroit, état (sens vague). « Je vous prie me les envoyer et en quelque autre endroit ferai autant pour vous (La Salle, 20 novembre 1576). — Nous avons eu avis des préparatifs qui se font, des états qu'on a dressés pour la guerre » (Marguerite de Valois, 10 avril IIe 1580).

Faire raison (obscur). « Je ne me suis plaint de vous à personne, pour ce qu'il n'eût su m'en faire raison » (Matignon, vers le 10 avril 1585).

Gâter, *blesser* : « Canisy a été gâté à Castillon ; il a eu une arquebusade qui lui rompt les mâchoires » (Mme de Grammont, fin d'août 1586).

Joindre, *réunir* : « Si nous sommes joints, ils ne peuvent rien mettre sur la queue que nous ne taillons en pièces » (Nevers, 24 novembre Ire 1590).

Mandement, *convocation* (en général) : « Je vous prie de vous tenir prêt pour me venir trouver au premier mandement que je vous en ferai » (Le Connétable, 16 mars Ire 1596).

Occasion, *raison* : « Je ne vous prierai point de m'aimer : vous l'avez fait que vous n'en aviez pas tant d'occasion » (Mme de Grammont, 22 décembre 1588). *Moyen* : « Pour le regard du pastel, il me semble être nécessaire qu'il demeure à haut prix, afin d'empêcher que par le bon marché qu'ils trouveraient de le passer par là, ils fraudassent les impositions qui sont mises sur la rivière de Garonne, qui est la seule occasion de leur faire prendre ce chemin » (Saint-Geniès, 19 février 1587).

Parlement, *conversation* : « Vraiment j'achèterais

bien cher trois heures de parlement avec vous »
(Mme de Grammont, 22 décembre 1588).

Quitter, *renoncer à :* « J'ai mandé au s^r de Castelnau de quitter les contributions qu'il prend sur le
pays de Soulle » (Saint-Geniès, fin février Ire 1586).

Reconnaître, *récompenser, indemniser :* « Il fit une
infinité de dépêches, instructions, commissions et
voyages après la paix de soixante-dix-sept, dont il
n'a aussi jamais été reconnu » (Bellièvre, vers le milieu
de 1582).

Requis, *important :* « Ce que j'ai prié ma dite sœur
de trouver bon, lui ayant fait connaître combien il
était requis pour le bien de mon service » (Le Connétable, 15 mars IIe 1596).

Résoudre, *décider :* « Vous aurez entendu par les
lettres que j'ai écrites à madame la comtesse comme
j'ai trouvé mons^r de Montmorency très résolu au
parti » (Saint-Geniès, fin de juillet 1585). *Donner une
solution :* « La Varenne m'a dit que vous désiriez que
je vous résolusse touchant Nargonne pour la tour
de Bouc » (Rosny, 25 mars Ire 1605). *Examiner :*
« Je vous ai écrit ces jours passés par ce porteur
exprès, et mandé que je voulais que l'arrêt que je
vous ai envoyé, vous le fissiez résoudre en mon conseil » (Rosny, 50 mai Ire 1605). *Instruire :* « Je l'ai choisi
pour mon ambassadeur vers vous et lui afin d'être
résolu de vos dernières volontés au sujet de sa dépêche » (Mme de Montmorency, 28 juillet 1595).

Les tournures sont quelquefois, comme les mots,
indécises et arbitraires : « Je remettrai donc sur lui
à les vous faire entendre » (Marie de Médicis, 25

août II° 1600). — « Je remettrai à votre prudence et dextérité à conduire le tout et le mener à bonne fin » (St-Geniès, 19 février 1587). — « Joannini est venu me faire une plainte de vous : je la remets à vous la dire » (Marie de Médicis, 25 octobre 1601). Ou vagues : « Mon compère, le s^r Virginio Ursin m'a écrit qu'il est encore là et qu'il perd l'espérance d'être dépêché dedans le temps qu'il faut qu'il parte. Je vous prie y mettre la main et *vous en faire croire* : car vous savez combien cela importe » (Le Connétable, 27 mars 1597). Ou obscures : « Pour tout ce dont je vous ai bien voulu choisir (pour toutes les raisons qui ont déterminé le choix que j'ai fait de vous) » (Batz, vers la fin de 1576). — « M'en avertissant (si vous m'en avertissez), je partirai incontinent » (Matignon, 24 août 1585). — « Je vous prie me tenir en bonne volonté et affection envers eux (les maintenir dans l'affection qu'ils ont pour moi) » (Duplessis, 14 janvier 1582). Ou amphibologiques : « C'est merveille *de quoi* je vis au travail que j'ai » (Mme de Grammont, 9 septembre 1589). Ou embarrassées : « Je vous prie de bailler à mon dit Navailles lettres et instructions, *dont je vous prie bien fort lui aider* à me gagner ceux-là et leurs amis » (Mme de Batz, 51 mai 1580).

Il s'ensuivait que pour donner au style de la fermeté, on lui donnait de la lourdeur : *autant bien, aussitôt comme, autant comme, pour ce que, autant que, par ci-devant.* Quelquefois même l'expression était trop forte pour l'idée :

Faire évanouir, *réparer* : « A cause de la prise

d'Alet..: pour faire évanouir la faute de ceux qui l'ont faite » (Matignon, 24 août 1585).

Fixe, *constant* : « J'ai demeuré toujours fixe en l'amour et service que je vous ai voué » (Mme de Grammont, 1ᵉʳ mars 1588).

Hors de, *sans* : « Fidélité hors de tache » (*Ibid.*).

Recharge (faire une), *insister* (passim).

Remettre, *pacifier* : « Vous avez pris la peine d'y aller pour remettre ledit lieu » (Matignon, vers la fin de 1584 IIIᵉ).

Sauver (se), *partir* : « Il ne se sauve pas de laquais qu'ils ne soient dévalisés (Mme de Grammont, 14 janvier 1588).

Il arrivait enfin, faute de précision dans les termes, qu'ils s'employaient les uns pour les autres :

Avis, *nouvelle* : « Je ne faudrai à vous mander, sitôt que j'aurai avis certain des ennemis » (Le Connétable, 12 février 1596).

Défauts, *obstacles* : « Nous espérons en Dieu et tâcherons de surmonter tous les défauts par patience (Marguerite de Valois, 10 avril IIᵉ 1580).

Donner, *mettre* : « Tous les obstacles et empêchements qu'on donne à la paix en ce pays » (Dampville, vers le 7 mai 1578 Iʳᵉ).

En main, *entre les mains* : « Pour vous recommander la place qu'avez en main » (Batz, vers les premiers jours de 1577 Iʳᵉ).

Être, *faire* : « Je viens de recevoir une lettre de vous par Joannini, qui m'a apporté beaucoup de contentement, comme seront toutes celles que je recevrai (Marie de Médicis, 24 juillet 1600).

Infini, *innombrable* : « Le désir extrême que j'ai de vous voir me fait passer par-dessus infinies occasions qui naissent à tout moment » (Gabrielle, 17 février II° 1595).

Ranger, *mettre :* « Pour ranger ce duc de Mercœur à la raison » (Mme de Grammont, 21 septembre II° 1597).

Recueillir, *accueillir :* « Mandez-moi comme l'on vous aura recueillie à Mantes » (Gabrielle, 9 février II° 1595).

Reluire, *briller :* « Les beautés et perfections qui reluisent en vous » (Marie de Médicis, 24 mai I° 1600).

Rompre, *briser :* « Un coup d'arquebusade qui lui rompt les mâchoires » (Mme de Grammont, fin d'août 1586).

Tâter, *goûter :* « J'irai tâter de ton vin » (Ste-Colombe, fin d'octobre 1579).

Usités, *habitués :* « La patience à laquelle nous sommes usités de tout temps » (Marguerite de Valois, 10 avril II° 1580).

On voit par ces exemples ce qu'avaient à faire Malherbe, Balzac et l'Académie, non-seulement pour débarrasser la langue des invasions étrangères, mais pour la régler, si j'ose dire, à l'intérieur. Dirai-je cependant que, parmi les mots et les tournures qu'on a dû sacrifier, quelques-uns n'étaient pas sans valeur, et qu'on se prend parfois, comme Fénelon, à regretter le vieux langage ? Ce regret n'est pas un vain désir de résurrections artificielles ; c'est un simple souvenir. On fait bien d'émonder les arbres, puisque émondés ils se fortifient et s'élèvent ; mais on peut regarder à terre les pousses que le ciseau a retranchées, toutes fraîches de jeunesse et de vie.

Je ne parle pas des mots qui ont disparu ou changé sans autre raison que le mouvement même de la langue : *Verborum vetus interit usus.* Presque tous d'ailleurs n'étaient pas irréprochables. Quelques-uns trop lourds : *responsion* (caution) ; peu harmonieux : *bons heurs* (pluriel de *bonheur*), ou amphibologiques : *anhuy* (aujourd'hui) et *à nuit* (cette nuit) ; d'autres trop longs gagnaient à être raccourcis : *entretenement, manquement, dégoûtement, partement, ensemblement, à vau-de-route, devers, adonc, icelui.* Le verbe *se douloir* était trop difficile à conjuguer. *Ramentevoir,* quoi qu'en dise La Bruyère, est bien long et bien lourd à côté de *rappeler.* Le mot latin dont il se forme n'a fait en français que *mental*, qui n'est pas de la langue du peuple, tandis que *rappeler* appartient à une nombreuse famille de mots populaires. Je dirai même que *ramentevoir* est trop sonore. Le son, en général, n'est pas étranger au sens du mot ; il en est comme le signe extérieur ; et peut-être serait-il aisé de prouver qu'en français les mots qui ne représentent rien d'éclatant ont un son tempéré et ne forcent point à ouvrir la bouche. Admirable langue qui tend toujours à la justesse, à la stricte affinité des choses et des mots (1). Si même l'usage a tué des mots qui étaient d'une bonne santé, pourquoi lui chercher chicane, si les mots nouveaux ne valent pas beaucoup moins ? Qu'il

---

(1) En allemand, *fleur* se dit *blum*, qu'on prononce *bloum*, et *arbre* se dit *baum*, qu'on prononce *baoum*, comme s'il s'agissait de coups de canon.

fasse à sa guise, puisqu'il est le maître. Il n'y a qu'à
répéter la conclusion philosophiquement mélancolique d'Horace .

Mortalia facta peribunt,
Nedum sermonum stet honos et gratia vivax.

Peut-être pourrait-on réclamer pour deux mots :
promenoir et *mémoratif*. *Promenade* qui a remplacé
le premier, a deux sens, ce qui est un défaut ; il indique à la fois l'action de se promener, et le lieu où
l'on se promène. *Promenoir* était un mot excellent pour
désigner les grandes allées d'un parc royal ; il a un
beau son et sent la majesté. *Mémoratif*, au contraire,
a quelque chose de rébarbatif ; mais il était bien nécessaire. Le français n'a plus , depuis sa disparition,
de mot qui traduise le latin *memor* et s'oppose à l'adjectif *oublieux*. « Les services apparaissent, desquels
je suis bien mémoratif » (Rosny, 25 mai 1re 1605).
Mémoratif est trop laid pour exciter de vifs regrets ;
mais il aurait pu se transformer, ou du moins, en
mourant, se pourvoir d'un successeur.

Les tournures suivantes faisaient-elles un si grand
tort à la langue ? *A ce que* pour *afin que*, était plus
bref dans la prononciation et sonnait moins haut sans
être moins clair ; le danger d'amphibologie n'était
pas très effrayant : « Je vous prie venir incontinent,
à ce que j'aie ce contentement de vous voir » (Le Connétable, 5 décembre 1595). *Mais que*, pour *lorsque*,
avait de la vivacité : « Pour mon rhume, il diminue
fort, et ne m'en ressentirai plus mais que je vous voie »
(Marie de Médicis, 27 janvier 1601). Avec le verbe

tâcher, *à* exprime beaucoup mieux la peine, l'effort
que *de ;* il fait presque image : « Soudain je m'ache-
minai en ce lieu de La Rochelle, pour tâcher à les
secourir » (Mme de Grammont, 21 mars 1588). Dans
cette phrase : « Si le roi use de diligence, nous verrons bientôt les clochers Notre-Dame de Paris ; »
grâce à la suppression de la préposition *de* qui alan-
guit parce qu'elle est inutile, il y a comme une image :
on voit se dresser les clochers qui s'appellent, comme
dirait Lhomond, Notre-Dame de Paris. Cette locution *entendre dire* a un mot de trop ; le français pourrait dire comme disent les autres langues, et comme
il disait autrefois : « J'ai entendu que mon procureur
général et Séguier, mon avocat, empêchent que l'édit
ne soit vérifié » (Le Connétable, 29 février II° 1596).
L'absence du mot *quelque* ne nuit pas à cette phrase :
« Travaillez à recouvrer de l'argent, s'il est possible
en façon du monde » (La Marsilière, 5 novembre
1581). Les verbes sous-entendus donnent au style de
la vivacité : « Un de nos amis se fût trouvé masqué
sur la carrière, et en vue sa maîtresse (anonyme, 1575).
— Monsieur de Saint-Geniès, j'avais donné ordre à
ce que vous m'avez mandé concernant les affaires de
mon comté de Bigorre, et toutes commissions et dépêches faites à l'un des deux ; de plus, Rousseau prêt
à partir pour y aller et s'y conduire suivant votre avis ;
quand j'ai reçu la lettre que m'avez écrite, qui m'a
fait changer d'avis et révoquer tout » (Saint-Geniès,
fin juillet 1577). *Où* remplaçait souvent *lequel*, qui
est lourd ; il y était autorisé par l'exemple du latin ;
il abrégeait et allégeait la phrase : « Ah ! les violentes

épreuves par où l'on sonde ma cervelle » (Mme de Grammont, 8 mars 1588). — « Une lettre par où il mandait » (La même, 15 mars 1588).— « Il est maintenant à Agen avec toute l'artillerie, faisant semblant d'aller vers Sainte-Bazeille, où j'espère si bien pourvoir qu'il n'y gagnera la seconde fois pas plus qu'il n'a fait la première » (Saint-Geniès, commencement d'août 1580). La liberté plus grande des tournures n'était pas toujours défavorable. Elle permettait d'accourcir la phrase : « Je serai très aise que vous traitiez avec eux *que* deux compagnies entreront en garnison à Beauvais, et les trois autres viendront près de moi » (Le Connétable, 17 mars 1596). Il était légitime de dire : « J'aimerais mieux mourir que de manquer à rien *que* je vous aie promis » (Mme de Grammont, 14 juillet 1589) ; s'il est vrai que *rien* veut dire *quelque chose*. La conjonction *que* se prêtait à divers emplois et donnait de la brièveté : « J'ai pris Damasan sans perdre qu'un homme » (Mme de Grammont, 20 février 1588).— « Je lis tous les soirs votre lettre : si je l'aime, que dois-je faire celle d'où elle vient? » (La même, 21 octobre 1588.) — « Vous auriez pitié de moi, si me voyiez ; car je suis accablé d'affaires, que j'en succombe sous le faix » (La même, vers la fin de 1590 III°). — « Ils m'arrêtent encore demain, que je devais partir » (Gabrielle, 4 février 1595). Aujourd'hui on remplacerait ces *que* par des mots bien lourds : *si ce n'est que, combien, au point que, jour où*. Les verbes prenaient volontiers la forme impersonnelle : « Assurez-vous que je reconnaîtrai vos services à votre contentement, et qu'il vous regrettera

toute votre vie de ce que vous n'aurez pas été plus tôt
mon serviteur (Duplessis de Cosmes, 17 avril 1595).
— Il est bien réussi de la résolution que j'ai prise sur
ce fait » (Le Connétable, 2 septembre 1605). Pourquoi ne peut-on plus changer les infinitifs en substantifs ? L'inconvénient eût-il été bien grave ? L'article
suffisait bien pour ôter toute équivoque; et ces infinitifs ont souvent une grâce qui aurait dû les sauver :
« Dieu bénisse mon retour comme il a fait le venir !
(Mme de Grammont, 29 janvier II° 1590.) — Ah !
que je fus affligé hier soir, quand je ne trouvai plus
le sujet qui me faisait trouver le veiller si doux! »
(Gabrielle, 15 avril Ire 1593.) Mettez à la place les
substantifs : *l'arrivée, la veillée,* le sens n'est plus le
même. Les mots *ajournement, délai, retard,* pourraient-ils remplacer l'infinitif *différer* dans cette
phrase : « Le différer accroît les défiances » (Bellièvre, vers le commencement d'août 1581 Ire.)

Un mérite qu'a le style de Henri IV, et qui restera
dans les écrivains du grand siècle, c'est qu'il préfère
les mots les plus ordinaires, les plus simples, et ceux
qui appartiennent au vieux fonds de la langue.

Se servir du terme le plus ordinaire, quand ce
terme n'est là que pour concourir au sens général,
et n'a rien de remarquable à exprimer : voilà un
principe excellent. Ne blâme-t-on pas un peintre qui
s'amuse à achever soigneusement les plus petits détails, même ceux qui n'ont aucune importance ? Les
écrivains qui veulent faire briller chaque mot de chaque phrase fatiguent l'attention par des appels perpé-
tuels : ils deviennent monotones ; et quand ils veu-

lent faire ressortir les endroits dignes de lumière, ils
ne peuvent mettre de l'éclat sur de l'éclat. Mais celui
qui ne fait valoir que ce qui a de la valeur, éveille à
volonté l'attention, et le lecteur n'est frappé que de ce
qui doit le frapper. Il est difficile de trouver des mots
plus simples que *être, avoir, faire* : mais ils sont
excellents dès qu'ils expriment suffisamment l'idée.
Quelquefois il y a abus : « Je pense que vous aurez *eu*
maître Hervé que je vous ai envoyé (Saint-Geniès, fin
juillet 1585). — Si j'ai *fait* de bonne heure, je m'en
retournerai demain même » (Marie de Médicis, 25
octobre 1601). Mais ailleurs ils sont les meilleurs
parce qu'ils sont les plus simples : ils sont forts sans
attirer les yeux. Henri IV se contente souvent du verbe
être avec une préposition, et l'on trouve beaucoup
d'exemples de ce genre dans Molière : « Le diable est
déchaîné ; Dieu *sera sur* tout ; par conséquent mes
affaires iront bien. — Le Turc a pris de force Agria :
de quoi toute la chrétienté doit être bien fâchée ; car
il n'y a plus rien qui lui résiste jusques à Vienne,
qui n'*est* pas pour lui durer beaucoup (Le Connétable,
15 novembre 1596). — Voilà comme je me transforme en toutes vos volontés : n'*est*-ce pas *pour* être
aimé ? Aussi crois-je que vous le faites » (Gabrielle,
12 juillet IIIe 1593). Le verbe *faire* « ce beau verbe
si français, » dit M. Ampère, n'est pas moins utile :
Faire compte, faire service, faire un rendez-vous
(tenir compte, rendre service, se donner un rendez-
vous) ; *faire des gens de pied, faire des erreurs*
(lever des gens de pied, commettre des erreurs). « Mes
troupes, lesquelles j'estime être assez fortes pour

faire un grand échec à Laverdin » (Mme de Grammont, 21 mars 1588). *Faire pour quelqu'un* est
meilleur que *s'intéresser à quelqu'un*, terme un peu
abstrait et peu expressif, tiré trop directement du
latin, sans se déduire très logiquement du mot *inte-
resse* : « Je suis bien aise que vous ayez fait pour mes
sujets de Riom (1) » (Matignon, commencement de
mai 1583). On trouve aussi *aimer*, *affectionner* une
affaire, *favoriser* quelqu'un, tous mots qui valent
mieux que *s'intéresser*. « Mon compère, affectionnez
cette affaire autant que vous savez que je l'aime »
(29 février II° 1596). Le mot *faiseur*, qui est de façon
française, tient lieu du mot *fabricant* qui est de fa-
brication latine : « Je vous mènerai un faiseur d'artifices à feu » (Saint-Geniès, fin juillet 1585). Où l'on
mettrait aujourd'hui *capitaliste*, *banquier*, on met-
tait une jolie expression : *un faiseur d'argent* :
« Béringhem est arrivé avec son faiseur d'argent »
(Marie de Médicis, 19 octobre II° 1605). Voici d'autres mots très simples et excellents que, de notre
temps, on aurait soin de changer : « Mme de la
Châtre vous *dira* tout ce pays-là (Marie de Médicis,
26 octobre 1606). — La maladie commence à *prendre* parmi nos troupes (Mme de Grammont, 25 mai
1586). — J'ai *entendu* à l'échange qu'ils m'ont proposé (Henri III, vers la mi-novembre 1581 I°). — Je
regarderai à pourvoir par autres moyens à la con-

---

(1) On a eu tort de corriger ainsi, dans les *Lettres missives* : « Je
suis bien aise de ce que vous avez fait... » Cette expression se
retrouve ailleurs : « Je vous prie aussi faire pour Dupin » (5 avril
1589).

servation de nos autres biens (Saint-Geniès, 15 décembre 1585). — Le vent qui *tire* est tellement notre
ennemi, que je ne puis envoyer en Angleterre ni avoir
des nouvelles de Hollande. — Le pauvre Saint-Luc s'est
dénoué une jambe (Le Connétable, 17 mars 1596).
— Ma femme se porte bien, et mon fils, Dieu merci.
Il est crû et *rempli* de moitié (Mlle d'Entragues, 6
octobre 1601). — Croyez ma fidélité être *blanche* »
(Mme de Grammont, 17 juin 1586).

La puissance des mots simples paraît dans les
verbes : le simple, d'ordinaire, est plus fort que le
composé. *Traîner* est plus fort qu'*entraîner*, et « tirer
de prison » est plus fort que « retirer de prison. »
« M. le cardinal de Joyeuse entre, qui *rompt* notre
propos» (Mlle d'Entragues, 6 octobre III° 1599). —
« Les rencontres et accidents qu'une offense précipitée et non réparée *tire* après soi » (Le pape, 15 décembre 1601). Notre langue est si profondément
analytique que la composition efface l'image ; et l'a-
bus des composés est une cause d'amollissement
de la langue aux dix-huitième et dix-neuvième siècles.
Il faut excepter pourtant le verbe *s'en aller* dans cette
locution : « Il *s'en va faire...* » qu'on disait à la
place de : « Il *va faire.* » Chose singulière ! nous
avons rétabli le simple dans le seul verbe peut-être
où le composé contenait l'image. Lorsque Henri IV
écrit à Mme de Grammont : «Le pauvre Harambure
est borgne et Florimont *s'en va mourir* » (1ᵉʳ janvier
1589) ; qui voudrait substituer le simple et mettre :
« Florimont *va mourir* ? » Ce serait effacer d'un trait
tout un sentiment, cette idée de départ, de séparation

irrémédiable, ce je ne sais quoi de triste et de mélancolique qui rappelle le vers célèbre :

Mais où sont les neiges d'antan ?

Nos vieux mots sont meilleurs que tous ceux dont
l'origine est plus nouvelle. *Enthousiasme* a beau s'é-
tablir dans notre langue ; il est trop grec, et quoiqu'il s'efforce de fonder une famille autour de lui,
enthousiasmer, *enthousiaste*, il a toujours l'air d'un
étranger naturalisé. Le mot *applaudissement* est de
la langue de tous ; il a fait oublier son origine latine :
« Vous êtes attendue ici avec le plus grand applaudissement du monde » (Marie de Médicis, 30 janvier
1604). Aussi fait-il image. *Promptitudes* est plus
expressif que *bizarreries* : « Ç'a été la crainte que j'ai
toujours eue de votre manque d'amour qui m'a rendu
plus facile à y rapporter vos promptitudes » (Mlle d'Entragues, 19 octobre 1604). *Allusion* est trop latin ;
attaque est plus clair et plus vif : « Vous ne trouverez mauvais qu'à cœur ouvert je vous en dise les
moyens, puisque, quelques attaques que je vous aie
données assez découvertement, vous avez fait semblant
de les point entendre ; ainsi l'ai-je jugé par les ré-
ponses » (Gabrielle, vers la fin de 1594 1re).
Veut-on des mots bien simples et qui sont admirables, car ils sont les plus courts et les plus justes,
c'est-à-dire les plus forts, et ils offrent une image
vive et présente : « Votre soupçon *tournait* ; et vous
pensiez que ce fût moi » (Mme de Grammont,
1er mars 1588). Il recommande à Sully de rembour-
ser à Canisy les avances qu'il lui a faites, quoique

non enregistrées dans les formes ordinaires, et il ajoute : « Le temps auquel elles ont été faites sert d'excuse, et les services *apparaissent* » (25 mai Ire 1605). — « Les marques de poison *sortirent* soudain » (Mme de Grammont, 1er mars 1588). — « Si les ennemis ne nous pressent après cette assemblée, je veux *dérober* un mois » (La même, 21 octobre 1588). — « Il s'*est moqué* de sa parole » (Marie de Médicis, 10 août Ire 1600). — « La force que vos yeux eurent sur moi vous *sauva* la moitié de mes plaintes » (Gabrielle, vers la fin de 1594 Ire).

Bien des phrases ont déjà l'accent fermé, précis et simple. En voici que je tire à dessein, ne pouvant tout citer, des lettres de jeunesse, quand Henri IV a moins lu et moins appris, et qu'il est plus éloigné de Malherbe : « Le fait de Marsillargues a troublé beaucoup de gens. Ce n'est pas pour parvenir au bien de la paix, laquelle beaucoup désirent par paroles ; mais les effets sont contraires » (Dampville, vers le 7 mai 1578). — « Mon cousin, la paix a été accordée ; je m'assure qu'en êtes bien aise. Je vous prie la faire effectuer en votre gouvernement, et préférer le repos public et l'amitié de vos plus chers parents et amis à quelque haine particulière. Ne faites donc point plaisir à vos ennemis en offensant vos amis » (Le même, fin de mars 1579). — « Mon cousin, la perte que nous avons faite de feu Monseigneur est commune à plusieurs ; mais ce m'est un contentement particulier d'avoir su de vos nouvelles par le s^r de Rochefort. Croyez que je n'ai ni ne veux avoir rien de si cher et si recommandé que la conjonction de nos volontés. La mienne vous est acquise, et je tiens la vôtre assurée. Je trouverais la saison et ingrate et fâcheuse si elle me privait pour longtemps de l'aise que je me propose en vous voyant. Il faut que je remédie à quelques affaires par deçà ; mais après, et selon ce qu'il plaira au roi me commander, j'espère m'approcher de chez vous, et vous témoigner de vive voix et par effets combien je suis, etc. » (Montpensier, vers le 27 septembre 1582). Ne sent-on pas que la bonne langue n'est pas loin ?

TABLEAU

DES LETTRES RÉDIGÉES PAR HENRI IV LUI-MÊME,

ET DONT LE TEXTE EST AUTHENTIQUE.

DATE.	ADRESSE.	PROVENANCE.	
		Voir *Lettres Missives*, vol. I, *pages*	
1572, 19 novembre.	Montpensier (Louis de).	Orig. autog. [1]	46
1575.	Anonyme.	Orig. autog.? [2]	80
1576. janvier.	De Miossens.	Orig. autog.	81
6 février.	D'Assy.	Original.	83
29 avril.	De Gironde.	Imprimé.	91
16 juin, 1re.	Dampville. [3]	Orig. autog.	92
16 juin, 2e.	MM. les maire, échevins et pairs de La Rochelle.	Copie.	93
26 juin.	*Idem.*	*id.*	94
Entre 29 j.-4 juil.	De Batz.	Imprimé.	96
6 septembre.	Dampville.	*P.-script.* autog.	104
20 novembre.	De la Salle.	Orig. autog.?	111
Fin de l'année.	De Batz.	Imprimé.	118
1577, prem. jours, 1re.	*Idem.*	Orig. autog.	121
Prem. jours, 2e.	*Idem.*	Orig. autog.?	123
Fin de juillet.	Saint-Geniès.	Orig. autog.	144
1578, avril.	MM. du concile de religion de Bergerac.	*P.-script.* dicté.	172
Vers le 7 mai.	Dampville.	Orig. autog.	173
Vers le 10 mai.	De Vivans.	Copie sur orig.	174
16 mai, 1re.	Les consuls de Bergerac.	*P.-script.* dicté.	175
21 mai.	Dampville.	Original.	176
Juill. prem. jours.	Lestelle.	Orig. autog.?	180

---

(1) Marqué par erreur comme simple original dans les *Lettres missives*.
(2) Le point d'interrogation indique que nous n'avons pu contrôler l'écriture.

DATE.	ADRESSE.	PROVENANCE.	page
1578, 6 juillet, 2ᵉ.	Forget.	*P.-script.* dicté.	183
6 juillet, 3ᵉ.	Bellièvre.	Orig. autog.?	184
Vers le 20 sept.	Dampville.	Orig. autog.	198
Vers le 20 août.	Madame d'Uzès.	*id.* -	192
Entre 17 et 28 oct.	De Batz.	Orig. autog.?	202
Vers la fin d'oct.	Madame d'Uzès.	Orig. autog.	205
1579, fin de mars.	Dampville.	*id.*	219
29 juillet.	Catherine de Médicis.	*P.-script.* autog.	236
Fin d'octobre.	Du Faget de Sᵗ-Colombe.	Orig. autog.	253
1580, janvier, 2ᵉ.	Henri III.	Orig. autog.?	264
Janvier, 3ᵉ.	Saint-Geniès.	Orig. autog.?	265
1ᵉʳ février.	Vérac.	Imprimé.	271
Février.	Henri III.	Orig. autog.	273
Fin de févr., 1ʳᵉ.	Saint-Geniès.	*id.*	274
— 3ᵉ.	*Idem.*	Copie.	274
— 4ᵉ.	*Idem.*	Orig. autog.	275
8 mars.	Henri III.	Orig. autog.?	277
Fin de mars, 1ʳᵉ.	De Noé.	Orig. autog.	281
— 3ᵉ.	Saint-Geniès.	*id.*¹	282
— 4ᵉ.	De Meslon.	Orig. autog.?	282
Avril, commenc.	Henri III.	Orig. autog.?	283
10 avril, 2ᵉ.	Marguerite, R. de Navar.	Orig. autog.	285
30 avril.	Le capitaine Castéra.	Orig. autog.?	299
31 mai.	Madame de Batz.	Imprimé.	302
Vers le 10 juin.	De Meslon.	Orig. autog.?	305
15 juin.	*Idem.*	Orig. autog.?	307
Fin de juillet.	De Béthune et de Meslon.	Orig. autog.	311
Juillet.	Vivans.	Copie.	312
Août, commenc.	Saint-Geniès.	Orig. autog.	313
Vers le 16 nov.	De Meslon.	Orig. autog.?	328
Vers l'année.	Saint-Geniès.	Orig. autog.	345
1581, 3 janvier.	M. de Brocas ou celui qui commandera en son absence à Cours.	Original.	346
1ᵉʳ février.	De Bèze.	Cop. *post-scrip.*	354
Février.	Duc de Montpensier.	Orig. autog.	360
12 mars.	*Idem.*	*id.*	360
Vers la mi-mars.	Catherine de Médicis.	Orig. autog.?	363

(1) Marqué comme original dans les *Lettres missives.*

(1) Le prince Dauphin devint duc de Montpensier par la mort de son père, le 23 septembre 1582.

DATE.	ADRESSE.	PROVENANCE.	page
1583, fin de sept., 2ᵉ.	Matignon.	Orig. autog.	581
Vers le 29 oct.	Bellièvre.	Orig. autog.?	585
Vers le 30 oct.	*Idem.*	Orig. autog.?	586
Fin d'oct., 1ʳᵉ.	Saint-Geniès.	Orig. autog.	586
— 2ᵉ.	Forget.	*id.*	587
Vers la mi-nov.1ʳᵉ.	Matignon.	*id.*	589
— 2ᵉ.	Bellièvre.	Orig. autog.?	590
Vers le 12 déc.	Matignon.	Orig. autog.	598
26 décembre.	*Idem.*	*id.*	606
Fin de l'ann., 1ʳᵉ.	Le duc de Montmorency[1].	*id.*	615
— 5ᵉ.	Matignon.	*id.*	619
— 8ᵉ.	De Ségur.	*id.*	622
1584, fin de janvier.	Matignon.	*id.*	632
Fin de février.	Henri III.	Orig. autog.?	645
10 mai, 3ᵉ.	Matignon.	Orig. autog.	661
Vers septembre.	Duplessis.	Imprimé.	680
Au mois d'oct.1ʳᵉ.	Henri III.	Orig. autog.	683
— 2ᵉ.	Catherine de Médicis.	*id.*	684
Novembre, 1ʳᵉ.	Matignon.	*id.*	688
— 2ᵉ.	*Idem.*	*id.*	688
— 3ᵉ.	*Idem.*	*id.*[2]	689
— 5ᵉ.	Bellièvre.	Orig. autog.?	692
Fin de l'ann., 3ᵉ.	Matignon.	Orig. autog.	696
— 4ᵉ.	*Idem.*	*id.*	697
		Vol. II.	
1585, 24 février.	Montmorency.	Orig. autog.	9
Février.	Henri III.	*id.*	10
Vers février, 1ʳᵉ.	*Idem.*	*id.*	12
Vers la mi-mars.	*Idem.*	*id.*	19
6 avril.	Matignon.	P.-script. autog.	36
Vers le 10 avril.	*Idem.*	Orig. autog.	37
27 avril.	De Puységur.	Copie.	49
Avril.	Saint-Geniès.	Orig. autog.?	50
Vers le 8 mai.	Elisabeth.	Impr. d'ap. aut.	57
30 mai.	Matignon.	Orig. autog.	68
Vers le 8 juin.	*Idem.*	*id.*	70

(1) Henri de Montmorency, maréchal de Dampville, était devenu duc de Montmorency par la mort de son frère aîné François, le 15 mai 1579.

(2) Marqué original dans les *Lettres missives.*

(1) Les *Lettres missives* ne marquent que la copie du Supplément français 1009-3; mais l'autographe est dans le fonds Béthune, 9131.

(1) Appartenant à M. Laverdet. Les *Lettres missives* n'indiquent que l'imprimé.

(2) Indiqué par erreur comme original autographe dans les *Lettres missives*.

(1 et 2) Marqués comme simples originaux dans les *Lettres missives.*

DATE.	ADRESSE.	PROVENANCE.	page
1593, 16 juin.	Gabrielle d'Estrées.	Copie.	804
23 juin.	*Idem.*	*id.*	808
25 juin, 2ᵉ.	Duplessis.	Imprimé.	810
26 juin.	Gabrielle d'Estrées.	Copie.	811
12 juillet, 3ᵉ.	*Idem.*	*id.*	818
23 juillet.	*Idem.*	*id.*	821
		Vol. IV.	
24 juillet.	Mᵐᵉ de Montmorency.	Orig. autog.	1
5 août.	Duplessis.	Imprimé.	5
7 août.	*Idem.*	*id.*	5
9 août, 1ʳᵉ.	Le Pape.	Orig. autog.	10
— 3ᵉ.	Grand duc de Toscane.	Orig. autog.?	12
15 août, 2ᵉ.	Duplessis.	Imprimé.	14
14 septembre.	*Idem.*	*id.*	29
20 septembre.	Souvré.	Orig. autog.	33
22 octobre.	De Gondy.	Cop. sur orig.	42
16 novemb., 1ʳᵉ.	Des Cars.	Orig. autog.	51
10 décembre, 2ᵉ.	De Chananeilles.	Orig. autog.?	68
24 décembre.	Souvré.	Orig. autog.	73
1594, le 21 février.	Duplessis.	*id.*	97
5 mars.	*Idem.*	Imprimé.	106
23 mars.	*Idem.*	*id.*	124
26 mars.	De Dunes d'Entraguet.	*id.*	128
30 mars.	Duplessis.	*id.*	129
15 avril.	*Idem.*	*id.*	139
21 juin.	Nevers.	Orig. autog.	180
26 juin.	*Idem.*	*id.*	182
Milieu de l'année.	De Genetynes.	*id.*	186
21 juillet, 1ʳᵉ.	Duchesse de Nemours.	*id.*	190
24 juillet.	Duplessis.	Imprimé.	192
2 août, 2ᵉ.	*Idem.*	*id.*	196
14 novembre, 1ʳᵉ.	Reine Élisabeth.	Orig. autog.?	249
18 décembre.	Gabrielle d'Estrées.	Copie.	283
28 décembre.	Duplessis.	Imprimé.	287
Fin de 1594, 1ʳᵉ.	Gabrielle d'Estrées.	Orig. autog.	289
— 2ᵉ.	*Idem.*	*id.*	292
Vers 1594.	Reine Élisabeth.	Copie.	292
1595, le 5 janvier.	Duplessis.	Imprimé.	295
24 février, 2ᵉ.	*Idem.*	*id.*	307

(1) Le duc de Montmorency.
(2) Marqué original dans les *Lettres missives*.

(1) Marqué original dans les *Lettres missives*.

(1) Madame Catherine, sœur de Henri IV, avait épousé le duc de Bar en janvier 1599.

(1) Marie de Médicis.

(1) Anne de Danemark.

DATE.	ADRESSE.	PROVENANCE.	page
1606, 16 mars.	Duc de Sully [1].	Orig. autog.	585
30 mars.	Connétable.	id.	595
2 avril, 1re.	La princesse d'Orange.	Copie.	596
3 avril, 3e.	Villeroy.	Orig. autog.	601
5 avril, 1re.	De la Force.	id.	601
14 avril.	Bellièvre.	Orig. autog.?	605
22 avril.	Boisdauphin.	Orig. autog.	607
10 juin.	Madame de Montglat.	id.	617
5 juillet.	Roi d'Angleterre.	Orig. autog.?	629
6 juillet, 1re.	De la Force.	id.	633
14 juillet.	Roi d'Angleterre.	id.	633
30 juillet.	Idem.	id.	654

(1) La terre de Sully avait été érigée en duché-pairie au mois de février.

FIN.

Imprimerie d'E. DUVERGER, rue des Grès, 11.

Paris. — Imprimerie d'E. DUVERGER, rue des Grés, 11.